吉村達也

白川郷　濡髪家の殺人

実業之日本社

実業之日本社文庫

白川郷　濡髪家の殺人／目次

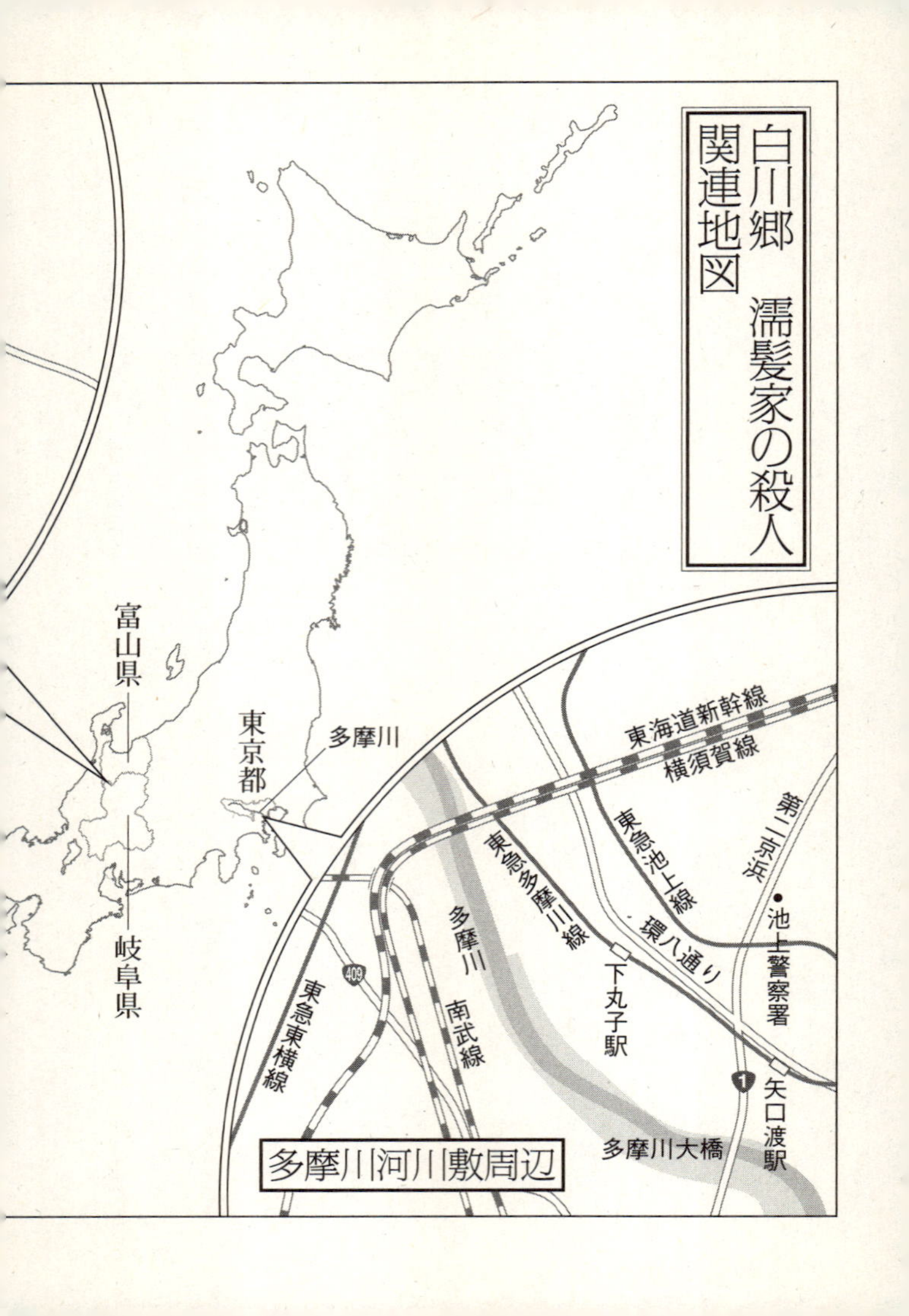

白川郷　濡髪家の殺人
関連地図
富山県
岐阜県
東京都
多摩川
東海道新幹線
横須賀線
第二京浜
東急池上線
東急多摩川線
池上警察署
環八通り
下丸子駅
多摩川
南武線
東急東横線
409
1
矢口渡駅
多摩川大橋
多摩川河川敷周辺

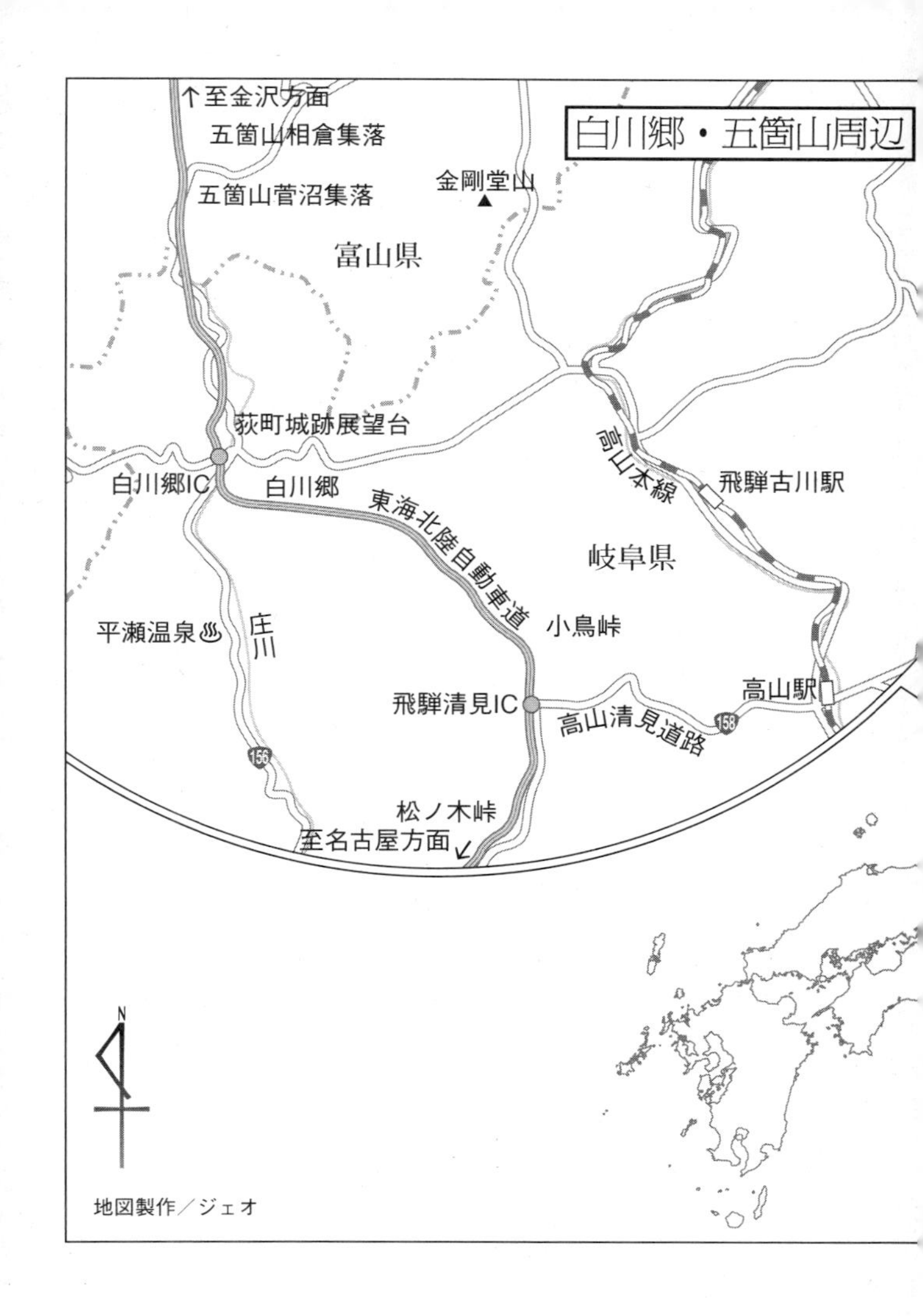
白川郷・五箇山周辺
↑至金沢方面
五箇山相倉集落
五箇山菅沼集落
金剛堂山
富山県
荻町城跡展望台
白川郷IC
白川郷
東海北陸自動車道
高山本線
飛騨古川駅
岐阜県
小鳥峠
平瀬温泉
庄川
飛騨清見IC
高山駅
高山清見道路
158
156
松ノ木峠
至名古屋方面
N
地図製作／ジェオ

第一章　濡髪家の殺人

1

「桜木編集長、お電話です」

　のちに世を震撼させる惨劇の幕開けは、まだ残暑も厳しい八月三十一日火曜日の夕刻、東京都千代田区神田に編集部を置く「週刊真実」編集部にかかってきた一本の電話からはじまった。

「誰から？」

　ことし五十一歳になった編集長の桜木大吾は、だいぶ白髪が交じってきた頭を赤鉛筆の尻で掻きながら、机の上に広げた記事のゲラから顔も上げずにきいた。

「横浜の斉藤さんという方です」

「横浜の斉藤？」

　そこでチェック中の記事から目を上げると、桜木は電話の応対に出たアルバイトの女性に向かって問い返した。

「どんな用件」

「それがおっしゃらないんです。編集長に出ていただければわかると」

「ちょっと保留ボタン押して」

送話口を手でふさいだまま編集長の指示を仰いでいた女性アルバイトは、そこではじめて保留ボタンを押した。

「いいか、きみね」

まだ「きみ」としか呼び方を知らないほど新顔の女性アルバイトに向かって、桜木は少し怒った調子で言った。

「受話器というのはな、送話口を手でふさいだって、受話口からも声は洩れるんだよ。気をつけろ」

「あ……はい」

「注意しなきゃいかんのは、それだけじゃない。編集長のおれを名指しでかけてくる電話には、抗議やら脅しやら、いろいろややこしいのが多いんだ。だから、あいまいな名乗り方をした電話を、いきなりおれにつなごうとするなよ。編集長に関していえば、居留守は罪悪じゃないんだぞ」

「すみません」

そこで桜木は、ほとんどの部員が出払っている編集部を見渡し、席で黙々とパソコンを打っている若い男に声をかけた。

「おい、修三。仕事中すまんが、ちょっとそこの電話に出てくれ」

「あ、ぼくですか」

修三と呼ばれた二十九歳の編集部員・山内修三はパソコンを打つ手を止めると、点滅している保留ボタンを押して電話に出た。

「もしもし、桜木はただいま席を外しておりますが、よろしかったらご用件を承っておきます」

桜木のほうに向かって目で指示を伺いながら、山内は手元にメモパッドを引き寄せ、鉛筆を握った。だが、まだ自分が名乗っていないのに、相手のほうから「山内さん？」とたずねてきたので、眉をひそめ、いぶかしげに問い返した。

「はい。たしかに私は山内ですが、そちら様は？」

そして相手の返事を聞くと、山内は一気に表情をゆるめた。

「なあんだ。横浜の斉藤です、なんておっしゃるから誰かと思いましたよ。本名を名乗られたら、ぼくだってすぐにはわかりません。編集長ですね、ええ、居留守がバレちゃいましたね。ほんとはいますよ。ちょっとお待ちください」

いったいどんな電話なのかと様子を窺っていた桜木に、山内は送話口もふさがずに、受話器を高く持ち上げて言った。

「作家の夏川洋介先生です」

「夏川先生？」

こんどは桜木が眉をひそめる番だった。

「夏川さんの本名は、斉藤というんだっけ」

「そうですよ」

「なんでおれに？　ま、ともかく代わろう」

桜木は自分のデスクの電話に手を伸ばした。

2

桜木大吾が編集長を務める「週刊真実」は、大手出版社である時代舎が発行する総合週刊誌で、政治・社会・芸能のスクープ記事を連発する人気雑誌だった。なにしろ雑誌のキャッチコピーが「スクープ&スキャンダル」である。

しかし、スクープの連発によって売り上げが好調である反面、その代償として訴訟も多く抱えており、桜木が外部からの電話に敏感になっているのも、そのせいだった。

いま女性アルバイトに注意したように、見知らぬ相手からの電話は、その八割以上が抗議や恫喝、あるいは「週刊真実」が抱えたトラブルに関してコメントを求める同業マスコミだった。

　そのため桜木は、携帯電話を三本も使い分けており、そのうちの一本は、やむをえずトラブル相手に教えなければならない番号で、その問題が解決すると、すぐに新しい番号に変更した。もちろん、自宅の住所もめったなことでは教えない。

　それほど神経質になっている桜木にしてみれば「横浜の斉藤」という漠然とした名乗り方でかかってくる電話には、本能的に警戒心を抱かざるをえないのだった。

　ところがそれが作家の——正確に言えば推理作家の夏川洋介の本名だと聞かされると、急に拍子抜けした顔になった。

　というのも、スクープ&スキャンダルをキャッチフレーズにした「週刊真実」において、書評や劇評、旨いもの食べ歩きなどの企画と並んで、連載小説は桜木が「ウチの雑誌の無風地帯」と呼ぶ、トラブルとは無縁のページだったからである。

　とくに小説に関しては「週刊真実」で連載後、単行本にして売ることが最終目的にあり、連載小説の執筆陣も、桜木は文芸編集部長からの推薦をほぼ丸呑みしていた。

　桜木は入社以来、取材記者一筋で腕を上げてきた男で、小説のことはまったくわからなかった。そしておおっぴらには言わないものの、編集部内では「おれは小説は読まないし、その良し悪しもさっぱりわからん」と素直に認め、「差別表現だけ気をつけてくれれば、おれから言うことはなにもない。中身が面白い面白くないの判断は、おれにはとてもできないから、チェックはすべておまえに任せる」と言った。

その「すべておまえに任せる」と丸投げされたのが山内修三だった。


山内は入社から去年までの六年間を文芸編集者としてやってきた男で、五年前から夏川洋介の担当編集者になっていた。

山内が担当についたころ、夏川洋介は五十の大台に乗り、デビュー以来ずっとつづけてきた恋愛小説の分野では、年齢的な理由から感性の衰えが指摘されていた。その彼を推理小説の分野に転身させ、見事に作家として二度目のピークを迎えさせたのは、山内の手腕によるものだと、社内の誰もが認めていた。

ことしの初め、「週刊真実」編集部にいた「小説のわかる」ベテラン編集者が定年退職したあと、まだ若い山内に後任として白羽の矢が立ったのも、つぎの連載小説を引き受けることが決まっていた夏川洋介からの強い推薦があったとも噂されていた。

入社以来、はじめて週刊誌の世界にきた山内は、一週間一サイクルを延々とつづけるパターンに戸惑いながらも、連載小説だけでなく、評論やエッセイのコーナーもほぼひとりで担当することになった。つまり同誌の「無風地帯」を一手に引き受けたようなものだった。

編集長がまったく興味を持たない分野の担当ということで、山内の査定はおそらく高くあるまいと同僚はみていたが、桜木は、自分の不得手なところをカバーしてくれる貴重な戦力として山内を評価し、周囲の想像に反して、彼にかなり高い査定ポイントを与えていた。

そんな事情があったから、担当編集者である山内修三が電話口に出たにもかかわらず、夏川がそこでよぶんな会話を交わさず、すぐ編集長に代わってもらいたがっているのは、桜木にとってもかなり不思議だった。

ひとつだけ考えられたのは、担当編集者である山内へのクレームかもしれない、ということだった。そうであれば、当事者を通り越していきなり編集長に電話をかけてくるのも理解できる。それ以外の、作品に関する入稿ミスなどの実務的な問題であれば、まず山内に話さないはずがなかった。

どちらにしても物騒な抗議電話が珍しくない桜木にしてみれば、たいして重要な用件とは思えなかった。たとえ担当編集者と諍いがあって、それに対する怒りの電話だとしても、生命さえ脅かそうとする暴力団からの脅しに較べればどうということはなかった。そして桜木は受話器を耳に当てると、とびきり愛想のいい声を出した。

「これはどうも夏川先生、いつも素晴らしいお原稿をありがとうございます。回を重ねるごとに、ぐいぐい盛り上がっていく感じですね」

読んでもいないのに、桜木は平然とおせじを言った。これぐらいの図々しさはお手の物である。

だが夏川の最初のひと言で、桜木の表情から笑みが消えた。

3

「突然、編集長にお電話して申し訳ありません。まさか最初に出た女性のつぎに、山内君が電話に出るとは思わなかったものですから少々あわてました。せっかく本名で取り次いでいただこうと思ったのが、段取りが無茶苦茶になりました。……なので、少々芝居じみたようになりますが、ご協力ください」

「は？」

「この電話は、私が編集長をゴルフにお誘いするためにかけたものという設定で応答していただけますでしょうか」

「はあ」

推理作家の意図がまったくわからず、桜木は戸惑いの声を洩らしながら、少し離れたところから様子を窺っている山内と目を合わせた。

「たしか桜木編集長はゴルフが大好きでいらっしゃると、山内君から聞きました」

「ええ、それはたしかにそうです」

「しかし山内君はゴルフをやりません。ですから、彼を飛ばして編集長とお話をしている言い訳になります」

「はあ」

相変わらず桜木は、間の抜けた相づちを打つよりなかった。

「けれども私の用件は別にあります。今夜、一時間ほど会ってお話しできる時間をとっていただけないでしょうか」

夏川は桜木より四つ年上の五十五歳だったが、非常に丁重な話し方をした。

「ただし他人には絶対に聞かれたくない内容ですので、編集長が会ってくださるなら、私は定宿にしている新橋のホテルに部屋を取ります」

「部屋を？」

「しっ」

電話であるにもかかわらず、夏川は、人差指を唇に当てたような光景が目に浮かぶ、息だけの声を出した。

「おそらく、そばで山内君が聞いているんでしょうから、『だいじょうぶ』か『だめ』か、だけでお答えください。今夜会っていただけますか」

「だいじょうぶです」

　釈然としない思いを引きずりながら、桜木は答えた。

「ありがとうございます。ではホテルの部屋を押さえます。で、お会いする時間ですが、いまが五時半ですけれど、七時でいかがでしょう」

「だいじょうぶです」

「無理言ってすみません。助かります。それでは、具体的な待ち合わせ場所ですが……」

　夏川洋介は定宿のホテル名を告げ、そこの一階にあるコーヒーラウンジで、と言った。

「くれぐれも……」

　夏川は強い口調で念押しした。

「山内君には内密で願います。私と今晩会うことも彼におっしゃらないでください。この電話は、あくまで私からのゴルフの誘いだったという話にしてください」

「それは了解しましたが……」

　いったいどんな用件ですか、と質問が喉まで出かかったが、桜井はかろうじてその言葉を呑み込んだ。そして、芝居をする後ろめたさのせいで山内から目をそらし、わざと明るい声を出して言った。

「私も最近はドライバーショットが安定しないので、とんでもないスコアを叩くこと

があります が、まあひとつお手柔らかに願いますよ。あはは」

4

約束の時刻に桜木大吾が指定のホテルに行くと、コーヒーラウンジには麻のジャケットを着た夏川洋介が先着しており、彼の前に置かれたコーヒーカップは空になっていた。そして桜木の顔を見るなり、夏川は伝票をつかんで立ち上がった。

「明日から九月だというのに、夜になっても蒸し暑いですな。いや、先生、どうもおひさしぶりでございます」

桜木はハンカチで首筋の汗を拭いてから、深々とお辞儀をした。

「連載をおねがいするためにお仕事場へ伺って以来、すっかりご無沙汰をしておりましたが」

「すぐ部屋へ行きましょう」

もともと桜井は声が大きい。それは五十一歳という年齢のわりには若干耳が遠いせいだったが、その桜井に大声を張り上げさせないよう、夏川は急ぎ足で近寄って耳打ちをした。

「近くに座っている中年女性の三人連れに気づかれまして、サインを求められたんです。きっと私たちのやりとりに聞き耳を立てていると思うので、すぐに部屋へ」

これが男と女だったら、あらぬ誤解を招くだろうなと思いながら、桜木は夏川の指示にしたがって踵(きびす)を返した。それからふと気がついて、推理作家の手から伝票を取ろうとした。だが夏川は「部屋につけておきますから」と言って、カードキーを胸ポケットから出してみせた。


十二階にあるエグゼクティブフロアのダブルルームに入ると、夏川は窓際に置かれた丸テーブルのところにある二脚の椅子を示し、桜木にそこへ座るように示した。

「編集長、なにかお飲みになりますか？」

部屋備え付けの冷蔵庫を示して、夏川がきいた。

「それでは冷たいミネラルウォーターを……あ、自分でやりますからご心配なく。先生は？」

「私は結構です」

夏川は顔の前で手を振った。

「いやあ、それにしても先生からいきなり電話を頂戴して、芝居を命じられたときには驚きましたよ」

グラス一杯の水を一気に飲み干してから、桜木は苦笑いを浮かべた。

「なんせ私も根が正直者ですから、ウソをつくのがヘタでして……、居留守を使ったことがバレてしまいましたが」

「で、山内君は？」

「はあ。夏川先生とゴルフですか、と半分以上は信じていない顔をしまして、案の定『まさか、ぼくのことじゃないでしょうね』ときいてきました。だから、おまえが先生に失礼をしたというような話だったら、とっくにおまえを呼びつけてるよと言ったんですがね。それで納得したかどうか」

「してないでしょうね」

　夏川は硬い表情で言った。

「ですから、ついさっき、私の携帯にも山内君からメールが入ってきましたよ。ほんとうに編集長とゴルフをするんですか、ってね。桜木編集長とは、かしこまった形でしかお会いしていないから、ぜひ親睦を深める意味でゴルフにお誘いしたんだと言っておきました」

　夏川は、桜木のフレーズを真似てつけ加えた。

「それで納得したかどうか」

　すると桜木のほうも、夏川の言葉を真似て言った。

「してないでしょうね」

そして桜木のほうから、改まった口調で問いかけた。

しばらく沈黙――

「で、やはり問題は山内のことでしょうか」

「いえ、違います。彼は素晴らしい編集者です。山内君がいなかったら、一度は恋愛小説家として終わってしまったこの私が、いまのような形で復活することはありませんでした。ミステリーを書こうなんて発想はカケラも頭にありませんでしたから。その意味では、山内君は大恩人です。まだ二十代の若さですが、私は彼に足を向けて寝られません」

「というと……ほかにいったい、どんなお話があるんでしょう」

「桜木さん」

夏川は居住まいを正して編集長に向き直った。

「どうか、私のわがままを聞き入れてください」

「わがまま?」

空になったグラスに、ミネラルウォーターを注ぎ足そうとして瓶を傾けた桜木の手が途中で止まった。

「どんなことでしょうか」

「いま連載している小説を中断したいのです。いえ、中断ではなく連載中止にしたいのです」

「なんですって」

桜木はコンと音を立ててミネラルウォーターの瓶をテーブルに置き、推理作家の顔をまじまじと見つめた。

「連載中止?」

「はい。きょうが火曜日です。『週刊真実』の発売日は毎週月曜日。週刊誌の進行スケジュールのことはよくわかりませんが、いまからでも中止はできますよね」

「いや、それは……それは、無理です」

桜木は激しく首を振った。

「先生の小説は毎号五ページとってあります。いまになっていきなり五ページの埋め草を考えろと言われても、そりゃ無茶ですよ」

「そこをなんとか」

「できませんって」

桜木は頑として受け付けなかった。

「小説のページは、速報性のある事件記事などと違って進行を早くしています。それから万が一にも連載に穴が空かないように、数週間先までストックを用意してから、連載をスタートさせたじゃありませんか。いまだって、たしか……」

「十月掲載分まで原稿は入っているはずです」

「でしょう？　だから『著者急病のため』という言い訳は、読者向けにはできても、社内的にはできないんですよ。いったいなにがあったんだ、という話になります。それでも一週間だけ休むというなら、まだなんとか取り繕いようもありますが、中止だなんて……それは前代未聞です。第一、七月に連載がはじまってからまだ二ヵ月ですよ。予定では話が終わるまで十ヵ月。ようやく五分の一までできたところじゃないですか。これでは予定の分量を縮小して完結するという体裁も取り繕えません」

桜木は、ただでさえ大きい声をさらに大きくした。

「そして、こんな初期の段階で突然連載中止となったら、読者はどう思いますか。いや読者以前に、ウチの社の連中がなんと思いますか。まさか先生がアイデアに詰まったからだとは誰も考えないでしょうし、実際そんな理由はありうるはずがない。となると、作中に重大な差別表現があって、それに対する抗議を受けての中止ではないかと、普通はそう考えますよ」

「だと思います」

「そんな邪推(じゃすい)を招いたら、ウチの雑誌にも悪影響を及ぼすし、先生ご自身にも傷がつきますよ。いったいなにがあったんです」

「………」

「ご自分で連載中止だなどと勝手に決め込まないで、まずは私に包み隠さず打ち明けていただけませんか。先生が追い込まれた事情を」

「………」

自分よりも年上の推理作家が、まるで編集長に叱られる部下のように、黙ってうつむいたままなので、桜木は不安の色を募らせた。

「まさか『濡髪家の殺人』に人権的な問題があったとおっしゃるんじゃないでしょうね」

連載小説のタイトルを口にする桜木の声が、かすかに震えていた。焦りによる震えだった。すべてを担当編集者の山内に任せきりで、編集長は一ページたりとも原稿に目を通していなかったという横着がそんな形で露見したら、桜木自身のクビが飛ぶのは間違いなかった。

どうか、最悪の事態だけは避けてほしいと祈った。だが――

「問題があったのです」

夏川の言葉に、桜木は顔をこわばらせた。

「『濡髪家の殺人』には人権上の問題があったのです」

5

「待ってくださいよ、夏川先生。いまさらそんなことおっしゃられても……」

桜木は顔面蒼白になった。

「いったいどこに問題があったんですか。連載第何回の何ページ目ですか」

「すべてです」

「すべて？」

「そうです。『濡髪家の殺人』という作品のすべてに問題がありました」

桜木は目を丸くして、白髪交じりの頭に両手を当てた。

「どういう意味ですか、それは」

「……」

「よもや『濡髪家の殺人』は盗作だったとおっしゃるんじゃないでしょうね」

「二日前、私の自宅にこんな手紙が届きました」

桜木の疑念に答える代わりに、夏川は麻のジャケットの内ポケットから一通の封書を取り出し、それを桜木のほうへ向けてテーブルに置いた。

和紙でできた封筒の表には、仕事関係者にしか教えていない渋谷区の自宅住所と、

「夏川洋介殿」という宛名が黒々とした墨で書かれていた。

その力強い墨痕といい、「殿」という尊称の使い方といい、そこには恫喝のオーラが滲み出していた。この手の文書をイヤというほど受け取っている桜木には、表書きを見ただけで、夏川洋介が重大なトラブルに巻き込まれたのを直感した。

そして、その封筒を手に取った。

切手の消印は名古屋中央郵便局になっていた。裏を返すと空白だった。

「中身を拝見して、よろしい、です、か」

途切れ途切れに桜木がきくと、夏川は目を伏せたまま、無言でうなずいた。

中から出てきたのは、同じく和紙でできた二枚の便箋だった。

一枚目は白。そして二枚目に、怒りのエネルギーが充満した墨の文字が躍っていた。

《おまえが「週刊真実」誌に連載している『濡髪家の殺人』について、連載の即刻中止を求める。来週発売号からただちにやめよ。命令に従わない場合は死人が出る》

そして文末に、血判が押してあった。ひと目で親指とわかる赤い指紋だった。

桜木は、それをじっと見つめていた。生々しい血判は、血の匂いが漂ってきそうな迫力があった。だが、その血判が、かえって桜木に落ち着きを取り戻させていた。

彼の思考回路からは、苦手な小説分野の著者と会っているという意識が消えていた。これは事件だ、と察した瞬間から、スクープに生命を懸ける記者根性のほうが優位に立った。

「理由はなんです」

桜木は、これまでとは打って変わって厳しい声を出した。

「この手紙の主が、先生に連載中止を求めてきた理由はどこにあるんですか」

「わかりません」

「わからないはずはないでしょう」

桜木の態度は別人のようになっていた。

「先生は理由もわからぬ脅迫に屈して、ウチの雑誌の連載を中止するとおっしゃるんですか。それは違うでしょう。ほんとうは、この脅迫者の真意をご存じなはずです」

「いえ、ほんとうに私にはわからないのです」

「先生、うつむいていないで、私の目をまっすぐ見てください」

桜木の求めに応じて顔を上げた夏川の瞳には、明らかに動揺が浮かんでいた。

「どなたか、ご家族が脅されているんですか。命令に従わない場合に出る死人とは、奥さんとかお子さんを示唆しているのですか」

「いえ、私には妻も子供もおりません。一度結婚はしていますが、十五年も前に離婚してからは、ずっと独身です。別れた妻とのあいだに子供もおりません。いまはつきあっている女性もないです」

「ああ、そういえばそうでしたね。先生が独身でいらっしゃることは、以前に山内から聞かされておりました。しかしそうなると、連載中止に従わない場合に殺されるのは、先生ご自身だということになるんですかね」

「当然、そうだと思います」

「では、なおのこと脅迫者の素性（すじょう）に心当たりがおありでしょう」

「ないです」

　夏川はキッパリ否定した。だが、それで引き下がる桜木ではなかった。

「これは先生だけでなく、我が社にとっても重大な問題なんですから、どうか隠さないでください。先生には、誰かから脅される引け目がおありなんでしょう？　若い山内には聞かせられないようなトラブルを抱えておられるんでしょう？　だから山内の同席を拒んだ」

「そこは……ええ……そこは編集長のおっしゃるとおりです」

「では先生、わかりやすい質問をしますから、ハッキリお答えください。『濡髪家の殺人』という作品自体に問題があるから、この手紙の主は先生に連載中止を求めているのですか。それとも連載中止はいわば人質で、この作品とは無関係なところに先生の弱みがあるんですか」

「……」

「どうなんです」

「編集長」

両の拳を固く握りしめて、夏川洋介は言った。

「撤回します」

「え？」

「連載中止は撤回します。その代わり、きょうの話も最初からなかったことにしてください。その手紙を見たことも忘れてください。そして、この部屋でのやりとりを決して誰にも言わないでください」

「なぜ急にそうなるんです」

「とにかく、もういいです」

夏川は苛立ち（いらだ）を前面に表わして、かぶりを振った。

「この件に関して、編集長は見ざる・聞かざる・言わざる状態でいてください。くれぐれも山内君には内密に。もしも編集長が約束を破ったとわかったら、その時点で私は原稿の執筆を中止します。こんどこそ問答無用で」

「そんな……」

「きょうは、蒸し暑い中をわざわざご足労いただいてありがとうございました」

夏川は立ち上がり、まだ座ったままの桜木に、部屋から出ていくように態度で促した。

「しかし、夏川先生」

仕方なく脅迫文書をテーブルに残して立ち上がりながら、桜木は言った。

「連載を継続したら死人が出るという、こんな手紙を見せられた以上、私が黙っているわけにはいかないのです。だって、そうでしょう。これじゃまるで、私が先生の身になにか起きるのを知ってて知らんふりする恰好になるではありませんか」

「それならそれでいいんじゃないでしょうか」

夏川は投げやりに言った。

「誰かに殺されるまで、私は『濡髪家の殺人』の原稿を書きつづけますよ。作者が死んでの中止なら、社内的にも問題は起こらないでしょうから」

「先生」

「お引き取りください」

夏川の口調は有無を言わせない強いものだった。

6

その夜、編集部に戻った桜木大吾は「週刊真実」のバックナンバー九冊を抱えて会議用の小部屋にこもった。そして、七月第一週から連載が開始された夏川洋介の『濡髪家の殺人』を、はじめてまともに読んだ。これまですでに発売されたのは九回分。まずは一般読者の目に触れた部分までを確認することにした。

推理小説『濡髪家の殺人』の舞台は、実在の土地ではなかった。しかし合掌(がっしょう)造り集落の春夏秋冬の四季を追いながら事件が展開していくところから、誰が読んでも、ユネスコ世界遺産の文化遺産に登録された富山県の五箇山(ごかやま)か、岐阜県の白川郷(しらかわごう)をモデルにしているのであろうと想像できるようになっていた。つまり架空の舞台でありながら、読者は日本の世界遺産として有名な現実の集落をイメージできることになる。

しかし富山県とも岐阜県とも断定できないように、事件の解決に向かう捜査陣は「P県警」というふうに、現実には存在しないイニシャルが使われた県警に所属していることになっていた。

物語は春・四月、雪解けを迎えた合掌造り集落からはじまる。雪の下から首のない女性の死体が発見されたのである。

そして、その背景には合掌造り集落の二大旧家である「濡髪家」と「水髪家」の、戦国時代からつづく対立があった。

　連載九回目までで、季節は春から夏に移っており、すでに三人の登場人物が首無し死体となって発見されていた。その連続殺人の裏で、シェイクスピアの『ロミオとジュリエット』を彷彿させる、対立するふたつの名家の関係に悩みながら愛しあう男女の物語が展開していた。茅葺き三階建ての特徴ある屋敷の中に住む風変わりな人々は、江戸川乱歩か横溝正史の世界を連想させた。

　小説をほとんど読まない桜木だったが、『ロミオとジュリエット』や江戸川乱歩、横溝正史といった有名どころの作品は映画で観て知っていた。だから夏川洋介の『濡髪家の殺人』を読んだ第一印象は、それらの作品の焼き直しだな、というものだった。

（なんだか、どこかで見たような雰囲気の描写ばっかりだなあ。こんなんで、いいんかい？）

　桜木は首をひねった。

（まあ、文芸編集部の連中がそれでいいって言うんなら、おれが文句をつける筋合いじゃないが、ほとんど古典だね、これは）

　そして桜木は、別の意味で首をもういちどひねった。

（とりあえず九回分を読んだかぎりでは、人権上の問題なんかどこにもなさそうだ

が）

　そもそも、どこかに差別的な表現があったならば、とっくに問題が表面化しているはずだった。「週刊真実」ほどの発行部数を誇っていれば、その種の問題があった場合に、世間が見過ごすことは絶対にない。

（夏川氏は、作品すべてに人権上の問題があると言うが、大局的な視点から見たって、なにも問題はなさそうだ。強いてあげるなら、首無し死体の描写が残酷という点ぐらいだが、いまどきこの程度の過激な描写はめずらしくないし、この作品に影響された人間によって、現実でも同じような猟奇殺人が誘発されるなんて可能性は、まずないと思うし……）

　ただ桜木は、よもや盗作だというのではないでしょうね、と念押ししたときに、夏川が明確な否定の言葉を発しなかったことが多少気になってはいた。しかしその質問に答える代わりに、夏川が脅迫の手紙を差し出したことから、桜木は、事は盗作問題などではないと否定したものと受け止めた。

　それに差別表現の有無と同じで、盗作の事実があれば二ヵ月にわたる連載中に、読者からの指摘がないはずがない。どこかで見たような筋書きではあるけれど、物語そのものはちゃんとしたオリジナルであるはずだった。そこに問題があったら、担当編集者の山内が見逃しているはずがない。

その点において、桜木は二十九歳の山内を完全に信頼していた。山内の読書量たるやすさまじいものであることは、社内でも評判だった。

（よし、とにかく誰にも言わずに様子をみることにしよう）

九冊のバックナンバーを抱えて小部屋を出た桜木は、結論を出した。

（あまりにも唐突な連載中止の申し出だったが、それをまた本人が撤回したんだ。当人が言うように、なにもなかったことにすればよい。もしかすると作家特有のノイローゼかもしれないしな）

小説を読まない桜木には、小説家に対する一種の固定観念があった。神経過敏で傷つきやすく、ちょっとしたことで落ち込んでしまい、妄想をたくましくする、というイメージだった。

（まあ、そうだからこそ、連中はとんでもなく非現実的な物語を書けるんだろうけどな）

7

九月最初の月曜日がきて、『濡髪家の殺人』の第十回が載った号が発売された。翌週には第十一回が、翌々週には第十二回が発表されたが、異変は起きなかった。九月最後の月曜日に、第十三回が掲載されても、夏川洋介は生きていた。

桜木は担当の山内にそれとなく夏川の様子をたずねてみたが、とくに変わりはない様子で、『濡髪家の殺人』の新原稿も、順調に入ってきているとのことだった。

その山内に対して、桜木は、夏川とのゴルフの約束は中止になったと告げてあった。それも夏川と口裏を合わせてのことだったが、かといって、あのホテルで会って以来、向こうから桜木に連絡をとってくることもなかった。

やがて十月に入り、小説の中ではすでに七人が殺されるというハデな展開になっていたが、作者の身には依然として何事も起こらなかった。

そうなってくると、もはや桜木がその件で頭を悩ませることはほとんどなくなっていた。唐突な連載中止の申し出も、きっと「神経過敏な作家ならではの一時の被害妄想」として、解決済みの問題になっていた。それに「週刊真実」編集部が抱える現実的な訴訟問題のことで、桜木の頭はいっぱいだった。

だが――


十一月十五日の月曜日、『濡髪家の殺人』の連載がちょうど二十回目を迎えたとき、桜木はひさしぶりに夏川洋介の問題を思い出すことになった。

「週刊真実」誌上で連載コラムを持つある経済評論家が、某建設会社の経営者にまつわる個人的なスキャンダルについて書いたところ、その企業から「いくら実名を伏せてあっても、誰が読んでもこれは弊社の代表取締役だとわかる」として、名誉毀損の訴えを起こしてきた。

それがきっかけだった。

（もしかして『濡髪家の殺人』という作品全体に人権上の問題があるというのは……）

桜木は、なぜいままでこの発想に及ばなかったのだろうと思った。

（あの小説じたいが実在の人間をモデルにしたものではないのか？）

しかし、次から次に首無し殺人事件が連続して起こったという話は聞いたことがない。

（だけど死に方は別として、合掌造り集落を舞台とした怨念の物語は、現実の名家をなぞったものではないのか？　だとしたら、表面化したときに大きな問題になる）

桜木は、それが連載中止要請の真相ではなかったのかと直感した。

そしてこの件で山内を問い質そうと思った。名誉毀損が関係しているならば、いくら作者から人には言わないでくれ、担当編集者の山内にも、と言われても、それに従うわけにはいかなかった。

編集長席でそのことに思い当たったとき、彼の視線はすぐさま山内を捜した。

だが、外に出ずっぱりの取材記者と違って、デスクで作業していることが多い山内の姿がめずらしく見あたらなかった。

編集部員全員の居場所を書いてあるホワイトボードは、まだ出社していないことを示す赤札のままだった。しかし、すでに時刻は午後一時である。そして山内からの休暇申請は出ていなかった。

「おい」

桜木は、編集部にいる面々に聞こえる声で問い質した。

「誰か、山内からきょうは休むと連絡を受けた者はいないか」

しかし、みな首をひねるだけで、誰も返事をしなかった。

「おかしいな」

つぶやきながら、桜木は山内の携帯に電話を入れた。だが、電源が入っていないか電波の届かないところにいる、というメッセージが返ってきた。

なんとなく不吉な予感がした。

そして、その予感は的中した。

午後三時――
多摩川（たまがわ）の下流に面した大田区下丸子（しもまるこ）の河川敷で野球遊びをしていた少年が、転がったボールを追いかけて草むらをかき分けたところ、そこに野球のボールよりもっと大きな「球」が転がっているのを見つけた。

切断された人間の生首だった。

両目を怨めしそうに半開きにして、天を仰いでいるその首の口には、一枚の名刺がはさまれていた。

《時代舎「週刊真実」編集部　山内修三》

そう印刷された名刺の片隅に、墨痕鮮やかにこう書き添えられてあった。

《コノヒトデス》

二時間後——

警察からの通報を受け、それが編集者の山内修三に間違いないと身元確認を行なったのは、ほかでもない桜木大吾であった。

彼は、めまいを抑えるのに懸命だった。

まさか殺されるのが自分の部下だとは、思いもよらなかった。

第二章　逃げる容疑者

1

「桜木さん、あなたに山内さんの件でお話をお伺いする前に、ひとつハッキリさせておかねばならないことがあります」

十一月十五日、午後七時すぎ——

「多摩川河川敷・編集者殺人事件」の捜査本部が置かれた大田区池上（いけがみ）三丁目にある池上警察署の一室で、池上署の重田（しげた）警部補とともに桜木大吾と相対した警視庁捜査一課の志垣（しがき）警部は、「クギを刺しておく」という言い方がぴったりの口調で、スクープ週刊誌の編集長に向かって切り出した。

「生首だけの身元確認という、非常にしんどい役目を引き受けてくださいましたことについては、我々捜査陣、深く感謝を申し上げます。つきましては、亡くなった山内修三さんのお人柄や仕事ぶり、そして対人関係などに関しましても、どうか被害者の上司という立場で、ご存じのことをすべて出し惜しみをせずにお話ししていただきたいと思います」

「出し惜しみをせずに？」

会議室の長テーブルを挟んで志垣と向かい合った桜木は、相手の言葉尻をとらえて、すかさず問い返した。

「それはどういう意味です」

「あなたは『週刊真実』の編集長です。そして、あなたの雑誌がどのような編集方針のもとに人気を得ているか、私は……いや、私どもは十分に承知しておるつもりです」

志垣は自分だけでなく、この事件に関わる捜査関係者全員が、桜木が統括する週刊誌の姿勢を十分理解しているというニュアンスを強調した。

スクープ至上主義の「週刊真実」と警察関係者とは、いわば犬猿の仲だった。事件に関する不確かな噂をもとにして誤った情報を書き飛ばすことから生じるトラブルもあったが、警察がまだ秘密にしておきたい情報を「週刊真実」がすっぱ抜き、そのために捜査に重大な支障をきたすケースのほうがずっと多かった。

それは「週刊真実」の取材力の優秀さを示す証拠でもあったが、桜木編集長率いる編集部には、警察権力と持ちつ持たれつの協力関係を維持しようという姿勢などまったくなかった。だから捜査陣が「週刊真実」の取材チームがつかんだ情報を、捜査のためにいましばらく伏せておくよう協力を求めても、彼らが従うことなど皆無で、捜査陣が煮え湯を飲まされる事態がたびたびあった。そしていままでは、いかなる事件においても、「週刊真実」の取材には一切答えてはならないとする不文律が、捜査関係者のあいだに行き渡るようになった。

ところが今回は、よりによってその「週刊真実」の編集者が殺された。しかも切断された頭部の口に本人の身元を証明するように名刺がくわえさせられるという、まさに「週刊真実」編集部が真っ先に飛びつきそうな猟奇的な状況で見つかった。

だから捜査陣としては、事件の当事者となったスクープ雑誌が、身内の惨劇についてどのようなスタンスをもって臨むのかを、まず確認しておく必要があった。

「出し惜しみをしないでください、と申し上げている意味は……」

志垣は、桜木をじっと見据えて言った。

「今回の衝撃的な事件を、決してお仕事に利用していただきたくない、ということです」

「そりゃ、私にも人間の血が流れていますからね」

白髪交じりの頭を片手でかき上げて、桜木は言った。

「可愛い部下の無残な死に様を商売にするような真似はいたしません。次号で大特集を組むとか、そんなことは夢にも思っていませんよ」

「いや、桜木さん。私は『週刊真実』で社員の惨殺事件をどう報道するかを気にしているのではありません。御誌のライバルがこの事件で盛り上がるのが面白くない、などの理由から、私ども警察によぶんな情報は提供しない、という姿勢でおられては困る、ということです」

「ようするに、私が商売上のメリットを考えて、山内に関する情報を伏せるのではないかと、そう心配されているんですね」

「ありていにいえば、そうです」

志垣は率直に認めた。

「なにしろ『週刊真実』さんには、これまでにもずいぶんかき回されていますから」

「信用がないんですね」

桜木はぶっきらぼうに言った。

「知ってることはちゃんと話しますよ。とりあえずは、私のアリバイ確認が必要なんでしょう?」

「まあ、そういきなり先走らないでください」

志垣は苦笑した。笑いながら、厄介な相手だな、と内心でつぶやいた。

極端に挑戦的な態度に出られると、それはたんに「週刊真実」vs.「警察権力」という職業的な姿勢から出たものだけとは思えなくなる。つまり、桜木大吾編集長を部下殺しの容疑者としてみる可能性も今後出てくるかもしれない、と志垣は感じはじめていた。

志垣の豊富な経験からいえば、身にやましいところのある人間はふたつの典型的なパターンを踏む。不自然に協力的な態度をとるか、不自然に怒りっぽい態度をとるか、だ。

桜木編集長については、いまのところ後者の意味で、やや怪しげであった。しかし、これまでの「週刊真実」が一貫して警察権力に批判的であったことを思えば、桜木の態度は不自然ではなく、むしろ自然であるともいえた。

まだ先入観を抱くのは早い——志垣は自分を戒めた。

2

「それでは事前の了解ができたものと思って、質問をはじめさせていただきます」

苦笑を引っ込めて、志垣が切り出した。

「御社の編集部で把握しておられる山内さんの昨日からの行動、これを教えていただけますか。それからきょうに関して言えば、山内さんは当然朝から顔を見せていないはずですが、それについて管理職である桜木さんは、どんな対応をとられていたかも併せてお話しください」

「お答えする前に、私からも確認したいことがあります」

まるで発言を求める生徒のように、桜木は片手を挙げた。

「山内が殺された時間帯はいつですか。彼は首が見つかったあの河川敷で殺されたんですか。そして彼の首から下の部分の発見はまだなんですか」

「ご質問は三つですか」

志垣が指を折って数えた。

「そのうち二件はお答えできます。山内さんのご遺体のほかの部分は、まだ見つかっておりません。そして殺害場所は、首を発見した河川敷一帯とは別の場所であろうと、いまのところは考えております。ただし確定的な判断ではありません」

「つまり犯人は、どこか別の場所で山内を殺し、そこで首を切り落として、首だけを多摩川の河川敷に運んで捨てた。ということになるわけでしょうか。それとも……」

「桜木さん」

「それとも、切断されたのは首だけではなく、いわゆるバラバラ殺人という状況なのでしょうか」

「桜木さん！」

志垣は、二度目は強く呼びかけた。

「いま申し上げたとおり、ここではジャーナリストとしての習慣は引っ込めていただけませんか。あなたは取材のためにこの場にいるのではなく、いわば取材される側としているのです。まあ、我々の質問は取材とは言いませんがね。

それからもうひとつ。言いたいことを一方的にまくしたてたほうが勝ち、という態度は好ましくありません。討論番組に出ている政治家の悪い癖を真似ないでいただきたい。私が桜木さんと呼びかけたら、そこでしゃべるのをやめて、口をつぐんで、こちらの言うことを聞いてください」

「なんだか、ずいぶんケンカ腰なんですね、志垣警部さんは」

桜木は、いったん名乗った捜査官の名前はちゃんと覚えているぞ、と言いたげに志垣の苗字を口にした。

「とにかくアレですね。山内が殺された時間帯は教えられない、ということですか。でも、いま志垣さんは『きょうに関して言えば、山内さんは当然朝から顔を見せていないはずですが』とおっしゃった。ということは、犯行時刻は昨日からきょうにかけての、深夜の時間帯とみておられるんですね。発見時点で、死後半日かそれ以上経っていると」

「その件は、いまお答えしません」

「だけど記者発表はもうすぐやるんでしょう？　今夜のうちに」

　桜木は、立場が入れ替わったような態度で志垣を問い質した。

「その記者会見の席では、山内の死亡推定時刻、つまり犯行時刻のおおよその範囲を発表しますよね。どうせ明らかになる情報なのに、なぜいま私には教えてもらえないんですか。それは、私を最初から容疑者のひとりに数えているからですか」

「そこまでにしてください」

　志垣は片手を突き出してストップをかけた。その顔に「いいかげんにしろ」と書いてあった。

「重ねておねがい申し上げますが、この場では職業意識を捨てて、私の質問に素直にお答えください。まずは山内修三氏の昨日の行動についてです」

「わかりました」

　桜木は短いため息を聞こえよがしに洩らしてから言った。

「では、お答えいたします」

　ようやく志垣の質問に応じる姿勢をみせながら、桜木は腹の中でこうつぶやいていた。

〈山内の担当する推理作家・夏川洋介が、「週刊真実」に掲載しているミステリーの連載を中止しなければ死人が出ると脅されている事実は、おれのほうからは絶対に教

えてやらないぞ。そっちが自力で突き止めるまでは）

3

ジャーナリストなどという気取った精神からではなく、根っからのスクープ&スキャンダル大好き人間として、桜木は夏川洋介から相談された秘密を、そう安易に警察権力に教えてたまるかと思った。

と同時に、その夏川からいまだに電話連絡もメールの返信もないことを、桜木は不審に感じはじめていた。

文字どおりの「首実検」によって山内修三の衝撃的な死を確認すると、桜木はすぐに夏川洋介に連絡をとろうとした。しかし、推理作家の自宅の固定電話も携帯も留守電モードになっており、そこにメッセージを吹き込んだが、夜になっても連絡がこない。メールも打ったが、やはり返事はなかった。

だが「週刊真実」編集者の切断された頭部を発見という衝撃的なニュースは、テレビでもネットでもすでに大々的に報道されている。

（夏川は、たんにおれが送ったメールや留守電に気づいていないだけなのか。それとも……）

「それとも」のあとにつづく想像には二通りの展開があった。

夏川もまた殺人鬼の刃にかかって、どこかに首を転がされているのか。

それとも夏川自身が山内を殺した犯人で、作家による担当編集者殺しという大スキャンダルの主人公となるのか。

どちらに転んでも、時代舎と「週刊真実」は嵐の渦に巻き込まれるのは間違いなかった。すでに「週刊真実」編集部だけでなく、全社的に問い合わせの電話が殺到しているという報告が、桜木の携帯メールに送られてきていた。

(問題は……)

目の前にいる志垣から鋭い視線を浴びながら、桜木は考えた。

(夏川洋介から見せられたあの手紙は、いったい誰が送りつけたものなのか、だ。たしか消印は……そう、消印は名古屋だった)

そして、名古屋という場所と、夏川洋介の連載小説『濡髪家の殺人』との関連に気がついた。

夏川の小説で惨劇の舞台となる合掌造りの集落は架空の存在という形をとっていながら、明らかに日本の世界遺産である富山県の五箇山か、岐阜県の白川郷がモデルとなっていた。

そして小説における架空の集落への東京からのアクセスも、新幹線で名古屋まで行き、名古屋からバスで二時間五十分ほどかけて行くか、あるいは名古屋から高山本線に乗り換えて、特急「ワイドビューひだ」で二時間二十分ほどの距離にある高山へ向かい、高山で散策などをしたのちに、バスで五十分ないし一時間かけてたどり着くという設定になっていた。

これは現実に白川郷へ向かうときの基本的なコースと、経路も時間も同じだった。そのほかにも、羽田から飛行機で富山空港または小松空港へ飛んで、そこから車で南下するというコースもある。

だが、まずは名古屋を経由して北上するのが基本中の基本なのだ。

(ひょっとしたら)

志垣からの事情聴取に応える準備を整えながら、桜木は頭の中で考えていた。

(山内が殺されたのは、夏川への脅迫状が投函された名古屋じゃないのか?)

4

桜木が池上署で志垣たちと相対していたころ——

生首発見現場となった多摩川河川敷では、夜間用照明を煌々(こうこう)と輝かせて、周辺の捜索が引きつづき行なわれていた。多数の警察犬も投入され、遺体のほかの部分がないか、文字どおり草の根をかき分ける捜索がつづいていた。

東京方面の天気予報は夜半過ぎから雷を伴う雨が降り出すことを告げており、それは未明から朝にかけて相当強まるものとみられていた。だから、とくに警察犬の嗅覚に頼る捜査は急ぐ必要があった。

同時に、河川敷近くの民家への聞き込みも行なわれており、警視庁捜査一課からは和久井(わくい)刑事がそれに参加していた。

午後七時半。山内修三の生首が見つかった現場から、多摩堤(たまづつみ)と呼ばれる土手を隔てた場所に建つ高層マンション——その住人を手分けして聞き込みをしていた和久井は、二階に住む男子大学生から重要な証言を得ていた。

「あれはゆうべの二時ごろだったかなあ。時間はよく覚えていないんだけど、だいたいそれぐらい」

大学の名前が入ったトレーナーの上下という恰好で応対に出たニキビ面の学生は、首筋を人差指で掻きながら言った。

「じつはゆうべ、夏のあいだに買ったけど、使わないまま残してあった花火を一気に打ち上げちゃえと思って、それをドカッと抱えて、ひとりで土手を越えて河川敷のほうへ歩いていったんですよ」

と、問い返しながら、和久井はこの学生は重要な参考人だと直感していた。

というのも、生首が発見された場所から多摩川の上流寄りに五十メートルほど離れた草むらから、季節はずれの花火の燃え殻が数本発見されていたからだった。どれも玩具の花火としては大型の、いわゆる打ち上げ花火だった。

さらにこれまでの聞き込みで、夜中の二時前後に、花火が連続して打ち上げられる音を聞いたという住人が複数いた。聞き込みにあたっていた捜査官たちは、その情報をメールによる連絡で共有したばかりだった。

季節はずれの花火と切断された生首とのあいだには、なにか関係があるのではないかと考えはじめていた和久井にとって、学生は意外な事実を語り出した。

「じつは個人的に面白くないことがあってムシャクシャしてたもんで。ま、いわゆる失恋ってやつですか。それでヤケクソのひとり花火大会。なんでかっていうと、その花火はふられた彼女と楽しむために買ってあったものなんです。だけど、花火を打ち上げる前に、おれたちの関係が燃え尽きちゃって」

学生は自嘲的な笑いとともに肩をすくめた。

「だけど、ずっと彼女のことを忘れられなかったんですけどね、いつまでも引きずってもしょうがないと思って、未練たらしい自分を吹っ切るために、花火の在庫一掃処分をドハデにやろうと」

「それで夜中の二時ごろ、多摩川の川べりに行ったんだね」

「そうです」

学生は、首筋を掻いていた手を引っ込めて、和久井にうなずいた。

「で、草地に降りていったら、五十メートルぐらい下流寄りのほうからジャッ、ジャッ、ジャッっていう音がしたんですよ。なにたとえたらいいかというと、数珠かな、数珠をこすっている感じ。その音といっしょにお経が聞こえてきたんです。ヤバいっすよね。夜中の二時ごろでしょ。もろ、出やすい時間帯じゃないですか、幽霊とか」

学生はトレーナーの上から二の腕を交互にさすった。首筋には鳥肌が立っていた。

「お経は女の声だったように思いました。なんか、うめいている感じの低い声で……。それでおれ、固まっちゃって……。そして三十秒ぐらいすると、お経の声と何かをこすり合わせる音がやみました。シーン、って感じの静けさがまた怖くって」

学生は、こんどは肩をすぼめながら、歯の隙間からシーッと息を吸い込んで、そのときの恐怖を表現した。

「幽霊なのか人間なのか、とにかく確かめなくちゃと思って闇を透かして見たんだけど、雑草が生い茂っていて、よくわからなかった。で、そのとき、自分が花火を持っていたのを思い出したんです。こいつを一気に点火したら、幽霊も驚いて逃げ出すだろうと思って」

　学生は、マッチを次々にこするゼスチャーをした。

「打ち上げ花火のデカいやつ、五本ぐらいいっぺんに火をつけたんです。パシューン、パシューン、パンパンパンとすごい音が連発して、赤や青の光がそこらじゅうを照らした。すると、お経が聞こえてきたほうの草むらから、ガバッと人が立ち上がって」

「草むらに人がしゃがんでいたの？」

「そうです、雑草の中に座っていたのがいきなり立ち上がった感じで、人の姿が見えました」

「男？　女？」

「女でした」

「歳は」

「よくわからないです。顔を見たわけじゃないし、なにしろこっちも相当ビビってたから」

「どんな恰好をしていたかな」

「覚えていないっす」

「服の色とかも？」

「覚えていないっす」

学生は同じ答えを繰り返した。

「とにかくその女は、きみが打ち上げた花火に驚いて立ち上がった」

「そうだと思います」

「そのあと、女はどうしたの？」

「おれが立っているのとは反対方向、多摩川の下流のほうに向かって駆け出していきました。多摩川大橋のほうに」

多摩川大橋とは国道1号線、通称・第二京浜国道が多摩川を渡るところに架けられた橋で、それを渡ると神奈川県の川崎市に入る。橋を渡らず、第二京浜国道を逆に二キロほど進むと、今回の事件の捜査本部が置かれた池上警察署があった。

池上署に至るまでに、東急多摩川線と東急池上線の二本の線路が国道を高架で横切っていたが、現場から最も近い多摩川線の矢口渡(やぐちのわたし)駅までは、多摩川大橋からおよそ一キロだった。だが、もちろん深夜には電車は走っていない。もしもその女が遠くへ逃げようとすれば、自分の車かタクシーを使うよりない。

そんなことを考えながら、和久井は学生にさらにきいた。

「女が逃げていったあと、きみはどうした？」

「おれも怖くなって、残った花火を抱えて、急いでマンションに戻りました」

「女がいた場所を確かめたりは？」

「しませんよ。けさ起きてから、ゆうべのことを思い出しても、あの場所に近づいてみる気もしなかったです。で、さっき大学から帰ってきたらこの騒ぎだったんで、びっくりしました。だから、刑事さんがたずねてこなくても、こっちから警察に連絡しようと思ってたんです。ええ、この写真の場所です。女がしゃがんでいた場所はここに間違いありません」

男子学生は、和久井が示した現場写真を確認して、はっきりとうなずいた。

5

午後八時すぎ――

事情聴取を終えて、池上署の建物から出てきた桜木大吾は、目の前の第二京浜国道を行き来する車の流れを眺めながら、どちらが都心方向か一瞬迷った。この方面はめったにこないので、夜景から東西南北の方角をすぐさま把握できなかった。

しかし、タクシーで池上署に駆けつけたときに、そのまま左折して署内の車寄せに入ったのを思い出し、社へ戻るには横断歩道を渡って、逆向きのタクシーを拾えばいいと、ようやく判断がついた。

まだ横断歩道の信号が赤だったので、桜木は携帯を取り出し、社で待機しているデスクの矢吹英太を呼び出した。

電話が通じると、桜木はぶっきらぼうに言った。

「桜木」

外から編集部直通の電話を呼び出したとき、誰かが出ると、桜木はつねに自分の苗字だけを素っ気なく言い放つのが癖だった。「桜木だけど」などの、よぶんな語尾はつけない。機嫌が悪いときや急いでいるときはもちろん、機嫌がいいときや急ぎではないときでも、つねに怒ったような口調で「桜木」と名前だけを告げる。もちろんいまは怒っていたし、急いでもいた。

怒りの理由は、捜査陣が日ごろの「週刊真実」の態度に仕返しをするような姿勢をみせたからだった。プライドの高い桜木には、事情聴取の場がまるで容疑者の吊し上げのように思えた。

そして気持ちが急いている理由は、こうなったら意地でも次号でこの事件を取り扱おうと決めたからである。志垣警部の前で「可愛い部下の無残な死に様を商売にするような真似はいたしません」と語ったが、それは即座に撤回した。

きょう月曜日に発売されたばかりの「週刊真実」の次号の原稿締め切りは、水曜日の深夜から木曜日の明け方だった。それがゲラになって出てきて、編集者、校正者、デスク、編集長の目を通って、すべてのチェックを終えて印刷に回す「校了」と呼ばれるデッドラインは、木曜日の二十四時だった。

多少の分量なら、校了直前の変更も利くが、基本的には木曜日の明け方までに記事をまとめあげなければならなかった。

だから取材のために割ける時間は、明日の火曜日とあさっての水曜日、この丸二日しか残されていなかった。だが桜木は、たとえ取材時間は短くても、山内の生首発見という衝撃的な事件を次号で取り上げることを決めた。

それは、ライバル他誌が「週刊真実」編集部員の悲劇を取り上げて売り上げを伸ばすのを、指をくわえて見ているのが不愉快だというだけではなかった。もっと大きな理由が桜木を突き動かしていた。


「いま、警察の事情聴取が終わった」

電話口に出たデスクの矢吹に、桜木は不機嫌な声で言った。

「これから社に戻るが、戻りしだい緊急の編集会議をする。部員を全員招集してくれ。それから契約記者も、人選はおまえに任せるから大至急集めろ」

「やるんですね」

「やる」

デスクの矢吹の問いかけに、桜木は即答した。よぶんな言葉を費やさなくても、長年コンビを組んでいる矢吹には、桜木の心のうちを見通せていた。

「ところで編集長が警察にお出かけになってから」

　矢吹が言った。

「田中総務局長が何度も編集部に下りてきて、同じことを繰り返すんです。まさか桜木は、山内の件を商売ネタにするつもりはないだろうな、と。これは社員のプライバシーであり、人権的な問題だから一行たりとも書くことは許さん。これだけは編集権への介入とは言わせないぞ、と、すごい剣幕なんです。山内のご両親の気持ちも考えてみろ、とも言われました。息子の会社が率先してグロテスクな記事を出したら、親御さんたちはどんなふうに思われるか、と」

「総務局長がそう言ってくるのは織り込み済みだ」

　桜木は驚きもせずに答えた。そして、歩行者用信号が青に変わったので、携帯を耳に当てた恰好で横断歩道を歩き出した。

「で、おまえはなんて答えたんだ」

「編集長からなにも指示を受けてませんから、取り上げる予定はないと思います、と言いました。だけど、ぼくの言葉じゃ信用してもらえないんです」

「こんど総務局長がきたら、もっと明確に答えていいぞ。山内の事件はやりません、と。編集長もそう言っていました、と」

「そんなにハッキリ答えていいんですか」

「ああ、いいよ」

　横断歩道を渡り切ったところで、桜木は立ち止まった。

「編集現場を踏んだことのない局長さんに、週刊誌とは生き物なんだと知ってもらういいチャンスだ」

「つまり、言ったことが土壇場で変わる、というわけですね」

「そのとおり。だからダミー原稿を用意しておけ。とりあえず来週号ではページ的には無理せず、見開きでいく。だから二ページ分のダミーがあればいい。もちろん、新聞や中吊り広告には山内の事件は一行も載せない。読者が買ってページを開けてみたら、ちゃんと載ってる。それでいいんだ」

「ウチの局長が同じことを言ってきたらどうしましょう。神村さんが載せるなと言ってきた場合は」

　矢吹は自分たちのトップである編集局長の名前を出した。

「その場合は、さすがに土壇場でひっくり返すわけにはいかないと思いますが」

「心配するなって。三年前、おれが編集長就任の内示を神村局長から受けたとき、なんて言われたと思う?」

「さあ……」

「おまえは、やることなすこと、感性がおれの完全コピーだ。だから信頼して任せる、ってね。いまの時点で神村さんからなんの指示もないということは、おれがやろうとしていることを見抜いたうえで、黙認するつもりだという証拠だ。それによく考えてみろ。田中総務局長が絶対的な社命として記事の掲載禁止を指示するなら、ウチの局長を通して話が下りてくるはずだろう。それが会社の指揮系統というものだ」

「たしかに」

「田中のオッサンが編集デスクのおまえに直に言った言葉は命令なんかじゃない。そんなのは独り言と思ってほうっておきゃいいんだ。向こうだって、そのつもりなんだから。おれたちを力ずくでねじ伏せたかったら、ちゃんとラインを通して命令を下ろしてこいっていうんだ」

「さすが編集長」

「さすが、じゃねえよ。当然だろ」

信号が変わって、ふたたび左右から車の流れが行き交いはじめた光景を見ながら、桜木はつづけた。

「いいか、矢吹、上の連中の顔色を窺うより、読者に目を向けろ。いまの時代、国民はちゃんと見ているんだ。たとえば野党だった連中が与党になったとたん、他人には厳しいくせに、いかに自分には甘い人間であるかを露呈している、そのぶざまな姿を国民はしっかり見ているんだ。おれたちマスコミも同じように厳しい目で見つめられていることを忘れるな。他人のスキャンダルには総攻撃をかけるくせに、身内の不祥事には口をつぐんで報道をしないのがマスコミの常道だと、国民の大半は思い込んでいる。その裏をかいてこそ、『週刊真実』は売れる雑誌でありつづけることができるんだ。だから意地でも山内の事件をやらなきゃならないんだよ。読者から、したり顔で『しょせんマスゴミ、他人に厳しく自分に甘い』なんて言われたくねえだろ」

桜木が言葉を強めた。

「自分の名刺をくわえた会社員の生首が多摩川の河川敷に転がっていたという大事件を、その被害者がうちの社員だというだけの理由でスルーしてみろ。いったい、どれぐらい多くの読者から信頼を失うことになると思ってるんだ」

桜木が、部下の惨劇を絶対に不掲載にしたくない理由はそこだった。たしかに桜木は売り上げ至上主義者だったが、それ以前に、読者から「自分に甘いマスゴミ」と揶揄(やゆ)されたくなかった。自分のやっている仕事に厳しい基準を設けておきたかった。

その点では、桜木は商売人であると同時に職人でもあった。

ただし、今回の事件を推理作家・夏川洋介あてに送られた脅迫状と関連づけて書くことは、まだできない。文字どおりの独占スクープになるが、それは本人をつかまえてからの話だった。

「ところで、梨夏の居場所は、いまどうなってる」

　桜井は、口調を変えてきいた。

「梨夏ですか。彼女なら六本木の焼肉屋です」

「焼肉屋？」

　桜木は眉をひそめた。

「山内がこんなことになったというのに、梨夏はのんびり焼肉を食ってるというのか」

「違いますよ、仕事です。『旨い店食べあるき』のコーナーで、本来なら山内が取材に行かなきゃならない店に、代理で取材に行ってるんです」

「おまえが指示したのか」

「そうですけど」

　と答えてから、矢吹はすぐに言い添えた。

「わかってますよ。彼女の契約には、社員の尻ぬぐいという項目がないことは。それに、グルメ取材があの子の守備範囲じゃないこともわかってます。でも、タレント込みの写真取材ですから、ドタキャンはできなかったんです」

「わかったよ」

桜木は少し不満そうに言った。

「それならしょうがないけど、あの子を便利屋に使うなよ」

「了解です。もし彼女にご用なら、ぼくがつかまえて、編集長に連絡するように伝えましょうか。どうせ梨夏にも緊急招集をかけなきゃいけないし」

「いや、いい。おれから電話する。それと、彼女は招集メンバーからはずしていい」

「ってことは、なにか特命調査でもやらせるんですか」

「まあな」

「こんどの件で？」

「そうだ。それじゃ」

矢吹との会話を切り上げて、桜木はただちにべつの短縮番号を押した。液晶画面には「梨夏」という名前が出た。

携帯を耳に当て、コール音がはじまったのを聞きながら、桜木は十一月とは思えぬ生温かい夜風が吹きつけてくるのを頬に感じていた。いまにも雨が降り出しそうな、湿った風だった。

6

加々美(かがみ)梨夏は五年前に大学を卒業して、通信社系の委託記者として働いていたところを、二十七歳になったことし、桜木に目をつけられて、専属契約記者として一本釣りされた。

「あの子には『目ヂカラ』がある」

これが桜木が梨夏に一目惚れした理由だった。

「それだけきれいな目をしていて、なんできみはモデルとか女優になろうと思わなかったんだ？」

桜木は専属記者としてスカウトすることを前提として会ったとき、笑いながら梨夏にたずねた。

「きみほどの美人だったら、もっと別の世界で大活躍できそうだが」

その答えは、こうだった。

「私も自分の目が好きです。でも、人に見られるより、人を観察するために、私の目はあると思っていますから」

それを聞いて、桜木は即決した。この子を「週刊真実」の若い戦力にしよう、と。

ただし社員として採用しなかったのは、加々美梨夏の天賦の才能は、会社のルールに縛られない自由奔放な環境においてこそ発揮できると思ったからだった。

ただし、長所でもあり短所でもあるのだが、取材活動中は強気一辺倒のキャラを見せるのに、恩義を感じた人に対しては、なかなかノーと言えない人のよすぎる一面が梨夏にはあった。

だからきょうのように、本来の守備範囲であるスクープ&スキャンダルという分野ではなく、「旨い店食べあるき」といったグルメネタの代打取材を急遽押しつけられても、いやな顔ひとつせず「わかりました」と言って、指定の店に出かけていった。

仮に、山内の急死という特殊な状況でなくても、社員記者のピンチヒッターを命じられたら、梨夏は快く出かけていったはずである。

そういう性格のよさで梨夏は周りのみんなから愛されていたが、桜木は、そうしたお人好しの部分をもう少し抑えてもいいのではないかと、つねづね思っていた。これでは新入社員として雇ったのと変わらなくなってしまうからだった。

とはいえ、梨夏のそうした素直な姿勢は、「週刊真実」にスカウトされたという感謝の気持ちをつねに忘れないところから生じたものだとわかっていた。

「おそらく梨夏は、幼いころからまっすぐな育ち方をしたんだろうなあ」

桜木はそう言って、梨夏のことを手放しでほめた。鬼編集長と部下から恐れられる桜木も、加々美梨夏に関して語るときは、まるで愛娘を見つめる父親のような顔になった。

「編集長～、さすがにきょうの取材はしんどかったです～」

桜木からの電話を受けると、梨夏は泣きそうな声を出した。

「山内さんが恐ろしい殺され方をしたあとで、焼肉の取材ですも～ん」

「そりゃそうだ。悪かったなあ」

桜木はやさしくなだめた。

「矢吹も気が利かない奴だよ。なにも梨夏に穴埋めをやらせなくたってよさそうなもんだ。で、その取材は終わったのか」

「どうにか終わりました」

「じゃあ、こんどはおれから仕事を依頼する。ほかでもない、山内の件だ」

赤い空車ランプを灯して川崎方面から走ってきたタクシーを見つけると、桜木はそれに向かって手を挙げた。だが思い直して、すぐにその手を下ろし、やり過ごした。いまから梨夏に話す内容を、タクシー運転手に聞き耳を立てられては困るからだった。

「いいか、これは編集長直轄の特命取材だと思ってくれ」

「特命……ですか」

「そうだ。いまからおまえに指示する仕事内容は、誰にも口外してはならない。デスクの矢吹にもだ。おれとおまえのふたりだけで情報を共有する、トップシークレットの任務だ」

「はい」

編集長の気迫に押されて、梨夏は言葉少なに返事をした。

「あと三十分ぐらいで、おれは社に戻れる。そして緊急招集をかけた部員や契約記者に、山内の死の真相を究明する特別記事の担務を割り振る。だが、梨夏はその会議に出なくていい。おれから矢吹にもそう言ってある」

「では、私はなにをすればいいんでしょう」

「いまどこにいるんだ」

「六本木です」

「だったら、すぐに品川へ向かえ」

「品川？」

「そうだ」

八時十五分を回った腕時計に目をやってから、桜木は言った。

「東京よりは品川に出るほうがいいだろう」

「吞み込みが早くて結構だ。いまからなら、まだじゅうぶん最終列車まで余裕がある」

「新幹線に乗るんですね」

「名古屋だ」

「どこへ行くんですか」

桜木は、自分のカンが当たってていてくれと祈りながら、その駅名を口にした。

「名古屋に行ってなにをするんですか」

「まずは、名古屋へ向かう新幹線の車中で、小説を読んでほしい」

「小説？」

いぶかしげに問い返す梨夏に、桜木は言った。

「ウチで連載している推理作家・夏川洋介の『濡髪家の殺人』だ」

「……………」

電話の向こうで、梨夏が急に押し黙った。

しかし、桜木も相手の反応を待って黙っていたので、梨夏のほうから口を開いた。

「なぜ、それが山内さんが殺されたことと関係あるんですか」

「山内は夏川洋介の担当だった」

「それは知ってますけど」

「そうか。じゃ、これから社に戻ったら、きょう発売号までに掲載された『濡髪家の殺人』二十回分のテキストデータを、おまえのｉＰｈｏｎｅのアドレスに送る。名古屋へ向かう新幹線の車中で受信して、まずはそれをぜんぶ読んでくれ」

「私、夏川さんの小説なら、もう読んでます」

「なに？」

桜木が意外そうな声できき返した。

「ひょっとして、夏川洋介の愛読者か」

「……ええ、まあ」

梨夏は言葉を濁した。

「だったら話が早い。一度読んでいても、内容を忘れたところもあるだろうから、掲載分のデータを送るよ。山内の手元には、さらに数回分のストックが届いているはずだから、あいつの業務用パソコンをチェックして、未掲載分も探して送る。とにかく夏川洋介が書き上げたところまでを、今晩中にぜんぶ読んでほしい」

「わかりました。それで、名古屋に着いたらなにをするんですか」

「宿を取れ。翌日の行動に備えて一泊しろ。そして明日朝一番で、世界遺産の白川郷に行ってもらう」

「白川郷って、夏川さんの小説のモデルになった場所じゃないんですか？　毎号イラストに合掌造りの家が出てきますけど」

「梨夏はほんとうに話が早くて助かるよ。そのとおりだ。夏川洋介の小説の舞台へ行くのが、おまえの仕事だ。場合によっては白川郷だけでなく、県境を越えて、富山の五箇山にも足を伸ばしてもらうことになるかもしれない」

「すみません編集長、まだ私には、山内さんが殺されたことと、夏川洋介さんの小説との関係がわからないんですけど」

「わからない？　そうかね？」

桜木が、それはおかしいという口ぶりで言った。

「呑み込みの早い梨夏なら、すでにピンときているはずだと思うが」

「………」

「そうだろ？」

梨夏の沈黙を肯定の返事と受け止めて、桜木はたたみ込んだ。

「その直感が当たっているんだよ。マスコミの連中だって、世間一般のやつらだって、明日の朝になるまでには気づくやつがいっぱい出てくるさ。そうなってからでは遅いんだ。だからおまえに、いまから動いてもらう」

桜木は早口になった。

「詳しい話は、またあとで。おまえが名古屋に着いてから話す。雨が降ってきちまった」

身を隠す場所がない交差点に立つ桜木の頭上から、ぽつぽつと大粒の雨が落ちてきた。そしてそれはあっというまに、水銀灯の明かりに斜めのラインを浮かび上がらせるまでになった。

川崎方面から走ってくるヘッドライトの列も、急に降りてきた雨のカーテンを銀色に光らせていた。その中に、空車のタクシーが一台あるのを見つけると、桜木はこんどは急いで手を挙げた。

「梨夏」

左ウインカーを出してタクシーが寄ってくるのを待ちながら、桜木は最後に言った。

「おれはな、山内を殺した犯人を、警察の連中よりも先に見つけ出したいんだよ」

7

六本木ヒルズにある巨大なクモのオブジェにも雨が落ちはじめていた。

そのすぐ脇で携帯電話を握りしめたまま、加々美梨夏は、いま桜木編集長から受けた指示を頭の中で繰り返していた。

(編集長は、山内さんの悲惨な殺され方が夏川さんの小説の中身と関係あると考えている……）

　桜木が鋭く指摘してきたとおり、梨夏もちゃんとわかっていた。まだ最新号の掲載分は読んでいなかったが、『濡髪家の殺人』は過去十九回の連載において、じつに派手な展開を見せていた。すでに七人の人間が殺され、そのすべてが首を切断された死体となって発見されるのである。

　そしてその担当編集者の山内修三が、同じ姿の死体となって見つかった。たしかに、関連づけて考えないほうが不自然かもしれなかった。

（やっぱり、彼に電話、かけなくちゃ）

　そう思って、携帯のボタンを押そうとしたとき、着メロが鳴り出し、液晶画面に名前が出た。

《夏川先生》

　それは、まだ桜木編集長や「週刊真実」のスタッフたちには気づかれていないはずの、梨夏の恋人の名前だった。

　まさか梨夏が、自分の倍も年が離れた推理作家と恋におちているとは誰も想像できないはずだった。「週刊真実」のアイドルとさえ呼ばれている魅力的な彼女が、過去に一度結婚の失敗経験がある五十五歳の男と愛し合っているとは……。

「先生」「梨夏」

通話がつながるのと同時に、ふたりは相手の名前を呼んだ。

「ちょうどいま先生に電話しようと思っていたんです。山内さんが……」

梨夏が切り出すと、夏川が緊迫した声で応じた。

「知ってる。その件で話があるから電話した」

「私も話があります」

「じゃ、そっちから」

「桜木編集長が、山内さんの殺され方が先生の小説に出てくる殺人事件と同じパターンだと考えているみたいです」

「それで?」

「そして私に命令がきました。いまから名古屋へ行けって。そこで一泊して、明日朝いちばんで白川郷へ向かえ、って……。編集長は、山内さんの事件の謎を解くヒントが、先生の小説にあるって考えているみたいなんです。だから私にバックナンバーをぜんぶ読むように指示してきました。そして先生が小説のモデルにした合掌造りの集落に、今回の事件が起きた原因があるとさえ言いたげなんです。そんなのって、アリですか」

「編集長がそういう行動に出るのは予測済みだ」

　夏川は、低い声で言った。

「だけど、まさか梨夏にその仕事を与えるとは思わなかった」

「じゃ、先生、ほんとにそうなんですか？　山内さんが殺されたのは、『濡髪家の殺人』のストーリーと関係があるんですか」

「……ある」

　硬い声で夏川は認めた。

「どういうふうに」

「………」

「私はいまから名古屋に行かなきゃならないんです。中途半端な気持ちで取材に出たくないから、教えてください。先生の小説と山内さんの死は、どういうふうに関係するんですか。まさか先生が……」

　そこまで一気にまくし立ててから、梨夏は言葉に急ブレーキをかけようとした。

　だが、勢いが止まらなかった。

「先生が山内さんを殺したなんてことはないですよね」

「梨夏」

　夏川は重苦しい声で言った。

「ぼくはおしまいだ」

「……」

梨夏の顔から血の気が引いた。

「ぼくは作家としても社会人としても、おしまいだ。梨夏という可愛い人と出会えて、五十五歳のいまから新しい人生が開けるかもしれないと思ったのに、自分で自分の未来をめちゃくちゃにしてしまった。そのことが歯がゆいし、梨夏にも申し訳ない」

夏川は泣いているような震え声を出した。

「ウソでしょう？　そんなのウソでしょう？」

梨夏も震え出していた。

「誤解しないでくれ。ぼくは山内君を殺したりはしていない。まして彼の首を切り落とすなんて、そんなことができるものか。小説に書くような調子で残酷なことができるものか。だけど……」

夏川の絶望の吐息が、電波を伝わって梨夏の耳に飛び込んできた。

「取り返しがつかないことをしてしまったのは事実だ」

「先生、いまどこにいらっしゃるんですか。すぐに私と会ってください」

「白川郷だ」

「白川郷！」

その答えに、梨夏は絶句した。

「じつは、昨日のちょうどいまごろ、ぼくは山内君と名古屋で待ち合わせをしていた」

夏川はかすれ声で語り出した。

「ぼくが一足先に名古屋にきていて、仕事を終えて東京からやってくる山内君と合流する段取りになっていた。だけど山内君は、待ち合わせ場所にこなかった。それだけでなく、携帯もつながらなくなっていた。でも、編集部に彼の居場所を問い合わせるわけにもいかない極秘行動だったから、ぼくはやむをえず名古屋に一泊して、彼からの連絡を待った。

だが、けさになっても音信不通はつづいた。そこでぼくだけ一足先に、白川郷へ移動することにした。そして夕方、桜木編集長からのメールと留守電で事件を知ったんだ」

「先生は、何のために白川郷へ行ったんです」

「言えない」

「言わなきゃダメです」

梨夏は自分の倍以上も年上の相手に命令した。

「隠したって、なにもいいことはありません。もうこうなったら、ぜんぶ私に話してください。苦しいことをひとりで抱え込まないでください」

「ありがとう……やさしいね、梨夏」

夏川の声は弱々しかった。

「ぼくは、きみに失望をさせたことが、いちばんつらいんだよ」

「失望なんてしていません、少しも！」

「ぼくは脅されている」

夏川は、唐突に切り出した。

「たぶん、ぼくを脅している人間が山内君を殺した犯人だ」

「誰なんですか、それは」

「それがわからない。だけど、山内君はそいつを知っている。知っているけど、どうしてもぼくに言おうとしなかったんだ。だから彼にすべてを吐かせるために、白川郷へ無理矢理つれていこうとした。その矢先に、彼は殺された」

「どこで？」

「名古屋かもしれないし、白川郷かもしれない。そして首だけが東京に運ばれた」

「どうして」

「それもわからない。だからぼくは、その謎を解くために白川郷にとどまっている」

「先生はいま白川郷のどこに……」

と、ききかけてから、梨夏はひとつのことに気がついた。そして、質問をそれに切り替えた。

「先生、結末はどうなるんですか」

「結末?」

「はい」

「この事件の結末がどうなるかなんて、わかるわけないじゃないか」

「違います。先生の小説の結末です」

梨夏はたたみかけた。

「先生の小説をコピーした犯罪なら、その動機も結末も小説といっしょかもしれないじゃないですか。犯人も!」

「……」

「だから教えてください。『濡髪家の殺人』はどうなるんですか。犯人は誰なんですか」

「犯人は……」

ささやくような声になって、夏川は言った。

「濡髪家と水髪家の、どちらかにいる」

「そんな、もったいぶった答え方をしないでください! 私にミステリーの結末を教えてください。犯人は誰なんですか」

「言えない」

「どうして！」

「結末を話せないのは、推理作家の性(さが)だ」

「なに言ってるんですか。小説だけの話にとどまらないから知る必要があるんじゃないですか。先生の小説の犯人が、現実の殺人事件の犯人かもしれないんですよ」

「とにかく言えない」

「でも、担当編集者として山内さんは知っていたんですね。先生の小説の結末を」

「ああ」

「真犯人が誰かということも」

「そうだ」

「だから殺されたんですね」

「とにかく梨夏、危ないからくるな」

質問を打ち切るように、夏川は強い口調を取り戻して命令した。

「白川郷にはくるな。編集長命令でもくるな」

「いやです、行きます！」

梨夏が叫んだとたん、携帯の通話が切れた。そして二度とつながらなかった。

冷たい夜の雨が、その勢いを急速に強めていった。

第三章　切断の理由

1

「これまでに判明した事件の状況をまとめてご報告します」

十一月十五日から十六日へと日付が変わろうとする直前の十一時四十五分、池上署に設けられた捜査本部では、異例の深夜捜査会議がはじまった。

午後八時ごろから降り出した雨は、夜が更けるにつれて勢いを増し、いまでは窓を閉め切った会議室にも、その雨音が届くほどになっていた。

その会議の席上、まず池上署の重田警部補が立ち上がって、事件の概要報告をはじめていた。

「のちに『週刊真実』編集部員山内修三と判明する男性の頭部が発見されたのは、本日の午後三時過ぎのことでした。多摩川のガス橋近くの河川敷でミニベースボールのような遊びをやっていた少年が、転がったボールを追いかけて草むらに入ったところ、そこに頭部が置かれているのを見つけたわけです。

お手元の写真でごらんのように、首は天を仰ぐように上向きに転がっており、その口に本人の名刺をくわえさせられているという猟奇的な光景でした。いま私は『上向きに転がって』いたと申し上げましたが、正確に表現するならば、犯人が捨てた勢いで偶然上向きになったのではなく、名刺をくわえさせるために、そのような置き方をしたものと考えられます」

捜査員ひとりひとりの前に置かれたノートパソコンには、多摩川の河川敷で発見された生首のカラー写真が映し出されていたが、誰もがその残虐さと猟奇性に、一様に顔をしかめていた。

薄目を開けた男の首は血の気が失せて青白く、半開きになった紫色の唇には名刺が挟まれていた。

画面の片隅には、生首の口から抜き取った名刺の拡大写真も出ており、《時代舎「週刊真実」編集部山内修三》と印刷された文字がクッキリと映し出されていた。

「この名刺からは、被害者自身のものも含めて、特定の指紋が検出されておりません。おそらく、被害者が新品の名刺を複数枚重ねて名刺入れに入れておいたところから、犯人が手袋などをして一枚を抜き取ったのではないかと思われます」

重田警部補がつづけた。

「詳細な司法解剖は明朝からの予定ですが、切断面から推測して、死後それほど時間が経過しない段階で胴体から切り離されたものであり、おそらく殺害直後の切断であろうというのが、検死官の見立てです」

重田の言葉に、捜査員たちは生首の切断面に焦点を当てた写真に目を移した。

「ごらんのとおり、頭部の切断面や頭髪、顔面などには土砂や植物性の繊維が付着しており、その分析を科捜研で行なっているところです。首が見つかった多摩川周辺の土壌や植物なのか、それとも現場から遠く離れた地域の土壌や植物なのか。その分析結果は、犯行現場を特定するうえにおいて非常に重要です。

なお、死亡推定時刻ですが、詳細は司法解剖を待たねばなりませんが、現時点では、被害者の殺害および頭部の切断は発見の前夜、すなわち昨日の夜と考えられております。ただし、解剖を行なっても、胴体なしの頭部だけでは、はたしてどこまで犯行時刻を絞り込めるものか、現時点では不明です。

また現場周辺の捜索の結果、頭部の発見場所近辺で被害者を殺害したり、遺体を切断したような形跡は見つかっておりません。さらに上流及び下流の両方向に五百メートルほど範囲を広げても、やはりそうした痕跡や遺体のほかの部位を見つけることはできませんでした。

したがって被害者は、遠く離れた場所で殺害、切断され、その頭部が多摩川河川敷に運ばれたものと思われます。さらに徹夜をしてでも捜索範囲を広げていきたかったのですが、あいにくこんな天気になったものですから……」

　重田はブラインドを下ろした窓のほうへ目をやった。

　会議がはじまったときより、さらに雨脚は強くなり、風も出てきたため、ときおり窓ガラスに直接雨粒が打ちつけるバラバラという音が響いた。

「ところで、周辺の聞き込み捜査をする過程で、捜査一課の和久井刑事が非常に重要な目撃証言を得ましたので、これについては和久井刑事から」

　重田警部補から話をふられて、和久井が立ち上がった。

　和久井は、発見現場近くのマンションに住む大学生・吉本英貴（よしもとえいき）が十五日の午前二時ごろ、現場の草むらで数珠をこすり合わせるような音とお経を上げる声を聞き、花火を打ち上げて驚かせたところ、草むらから急に女性が立ち上がり、下流方向に逃げ出した、と述べた話を紹介した。

「たしかに頭部の発見場所からおよそ五十メートルほど上流方向の草むらで、季節はずれの花火を打ち上げた残骸が発見されました。また、同時刻に打ち上げられた花火の音を聞いたという証言も、多数確認できました。

　しかし、草むらから立ち上がって多摩川大橋方面へ逃げたという年齢不詳の女性に関しては、この吉本という大学生以外に目撃証言はありません。したがって山内修三を殺し、首を切断したうえで、それを多摩川の河川敷に置いたのが、ほかでもない、この大学生だという可能性もじゅうぶん残されておりますので、アリバイの検証も含めて、彼は要注意人物としてマークしておく必要があります」

和久井が報告を終えて座ると、こんどは志垣警部が立ち上がった。志垣は、殺された山内修三のプロフィールや事件直前の行動などを簡潔に申し上げます、と前置きしてから語り出した。

2

「殺された山内修三は大手出版社の時代舎に勤める二十九歳の週刊誌編集者で、都内中央区日本橋馬喰町（ばくろちょう）の賃貸マンションに独り暮らしをしておりました。週刊誌というのは、ご承知のとおり『週刊真実』です」

志垣は、円滑な捜査を幾度となく妨害してきた不届きな相手であるというニュアンスを込めて、その雑誌名を強調した。

「『週刊真実』を発行する時代舎は神田にありますから、山内が住む馬喰町からですと、総武線と山手線を乗り継いでも電車に乗ってる時間は十分とありません。まさに職住近接の場所に住んでいたわけです」

捜査員たちが見つめるそれぞれのパソコンモニターには、むごたらしい生首の写真に代わって、山内の生前の素顔と経歴データが出ていた。

専用のＬＡＮで結ばれた各捜査員のパソコンに写し出される画像を切り替えているのは、池上署の若手刑事でＩＴ知識が豊富な長沢博（ながさわひろし）だった。

「山内は名古屋市で生まれ育って、高校まで名古屋におりました」

志垣がつづけた。

「高校卒業後は東京の大学に入り、以後はずっと東京暮らしです。大学を出ると時代舎に就職し、文芸編集部に配属されて、去年までの六年間は小説の編集者を務めておりましたが、ことし初めに『週刊真実』に異動になりました。といっても取材記者ではなく、連載小説やエッセイなどを中心に担当しており、文芸編集者だったころの仕事の内容と大きな違いはなかったそうです。

山内の頭部は、直属の上司である『週刊真実』編集長の桜木大吾がここ池上署まで出向いて確認しましたが、桜木によれば、週刊誌の記者は決まった曜日を休日とすることが難しく、いちおうシフトを組んでも、事件しだいでプライベートな予定など、あっさりすっ飛んでしまうそうです。

しかし山内はその担務の内容上、きわめて規則正しいローテーションで休みがとれていた。土日の休みが原則で、作家の都合に合わせなければならないときには土日出勤もあるというスタイルで、その点では文芸編集者時代とほとんど変わりがなかった。だから『週刊真実』編集部内での彼は、文芸編集部からのお客様、という目で見られていたようです。

つまり、どうやら山内は、スクープ&スキャンダルをモットーとする編集部に馴染んでいなかったらしい。編集長の桜木も、彼は部内で浮いていた印象があったと語っています」

咳払いをしてから、志垣はつづけた。

「桜木が総務部人事課や編集庶務の女性などにも確認したうえで明らかにしたところによれば、発見前日の日曜日も、さらに一日前の土曜日も、山内は通常どおり、休みをとっておりました。週刊誌の編集部は土日も祝日も関係ないので、週末も多くの社員や契約記者らが編集部に出入りしていたようですが、土日の二日間で山内が出社したのを見かけた者はなく、また彼と連絡をとった同僚もいまのところ見あたらない、との返事でした。

では山内は、休みを取った二日間どこにいたのか。とりわけ殺されたとみられる日曜日はどこにいたのか、ということになりますが、ここで私は、山内の頭部——いや、あえて『生首』というおぞましい表現を用いますが——切断された生首に注意を向けてみたいと思います」

会議室に居並ぶ捜査官の中で、とくに若い刑事たちは、本物の生首を見るのは今回が初めてという者が多かった。そんな彼らにとって、これまで数多くの猟奇殺人事件を扱ってきた警視庁捜査一課の志垣警部は、特別な敬意を払うべき存在となっていた。

だが、ふだんをよく知る和久井にしてみれば、志垣とは、私生活では妻の尻に敷かれ、娘からは「お父さんダサい」と疎まれ、たまの休みがあると温泉旅行に出かけるのがなによりの楽しみという、どこにでもいる平凡な中年警部であった。

そんな「ただのオジさん」が、猟奇性を帯びた事件になればなるほど、目の色を変えて捜査の鬼になる。その落差のある変身ぶりをいちばんよく知っているのも、和久井であった。

「この切断された生首については、解き明かされなければならない大きな謎がありま す」

志垣はそう言って、大きな目をギョロリとむいて一同を見渡した。

「それは、なぜ犯人は山内修三の首を切り落としたのか、という理由です」

3

志垣が疑問を呈すると、捜査本部長を務める池上署署長が即座に答えた。

「首を切り落としたのは、死体の始末に困ってと考えるのが自然だと思いますが。どうでしょうか」

署長はいわゆるキャリア組で、まだ三十代の若さだった。だから犯罪捜査の現場を踏むという点では、叩き上げの志垣警部の足もとにも及ばない。それを自覚しているから、警視庁捜査一課の警部に対して、年長であるという以上に敬意を払ったしゃべり方をした。

「署長がおっしゃるとおり、死体を殺害現場から運び出してどこかに捨てるとき、全身のまま運ぶのは人目についてしまうから、それをコンパクトなサイズに分解しよう――これがバラバラ殺人の基本的な動機のひとつです」

志垣が署長の言葉を受けて言った。

「したがって、その基本的なパターンでいくなら、残りの遺体もいくつかのパーツに切断され、分散して捨てられているとみられます。胴体、二本の腕、二本の脚、というように」

志垣が具体的に述べると、署長は露骨に顔をしかめた。

「ところが今回の事件をバラバラ殺人の基本形だとみなすには大きな疑問があります。第一に、首の切断は室内ではなく、屋外で行なわれた可能性がある点です。切断面や顔面、頭髪に土砂や植物の繊維が目立って付着しており、室内で首を切断し、河川敷の雑草の上に置いただけでは、あのような土砂の付着はありえません。ということは、たとえばマンションの一室などで殺し、そのまま外に運び出すと他人の目につくから死体を小分けにした、という状況とは考えにくいわけです」

「しかし野外で殺したのだったら、わざわざ遺体を切断しなくても、そのままどこかに埋めればいい、という矛盾がありそうですが」

「そうなんです。そこが疑問のひとつです」

　志垣は署長に向かってうなずいた。

「生首に付着した土砂などから想像するに、そこは舗装された場所ではなく、土がむきだしの自然の中であったことが想像されます。しかも、その場所で首を切断したからには、人目につかない場所であることは間違いないでしょう」

「たとえば山の中とか？」

「ええ。ところが仮に山奥で殺したならば、署長がおっしゃったように、そこでわざわざ首を切断する理由がわからない。しかもその首を、多くの人が散歩やスポーツのために訪れる多摩川河川敷まで運んできて、生首の口に被害者本人の名刺をくわえさせています。その理由はなんなのか」

　捜査員全員が、力強い口調で疑問を投げかける志垣を見つめた。

「マスコミは『バラバラ殺人』という言葉を好んで使いますが、バラバラにして殺すのが『バラバラ殺人』ではありません。殺してからバラバラにするのが『バラバラ殺人』です。犯人の第一目的は殺害にあり、分解そのものにあるのではない。バラバラにするのは、殺したのちに、その死体の処理に困るからです。つまり『バラバラ殺人』とは、無計画な殺人、衝動的な殺人の結果として生じるものであるのが普通です」

雨音をバックにして、志垣の声が会議室に響いた。

「そのような窮余の一策としての死体分解ですが、運び出しに便利というだけでなく、被害者の身元を一定期間伏せておく効果もあります。もちろん、DNA鑑定などから行方不明者リストと照合して、最終的には身元が判明することが大半ですが、それまでのあいだに犯人は時間を稼げます。その時間を利用して逃亡したり、アリバイ工作に費やしたり、証拠の隠滅を図ることができます。ところが今回は、殺された人物はこういう人ですよと積極的に明かすように、生首に名刺をくわえさせています。この行為には、いったいどういう意図があるのでしょうか」

志垣の問いかけに、こんどは署長も口をつぐんだまま言葉を発しなかった。

「これが何十年も前の出来事であれば、じつは別人の首を山内と見せかけるトリック、などという考え方もできるのですが、現代ではそのような小手先のごまかしが利かないことは、誰もが承知しています。現に我々は、上司の桜木編集長に首実検をさせただけでなく、ＤＮＡ鑑定及び歯型の照合を経て、この首が山内修三に間違いないと確定させているわけですから。

それでも今回の逆バージョンであれば——すなわち、首無し死体が発見されたというのであれば、身元の判明を遅らせるために、頭部を切断して隠したという見方もできます。しかし、名刺という身分証明書付きの首を見つかりやすい場所に置いたんですからね」

「となると、これは異常者のしわざということなんですかね。愉快犯とか」

ようやく署長が口を開いたが、

「それはどうでしょうか」

と、志垣は首をかしげた。

「むしろ私は、犯人の行為になんらかの戦略があるように思えてならないのです」

「戦略、というと？」

「山内修三を殺したぞというアピールを、衝撃的な形で宣言する必要が、犯人の側にあったのではないかと思うのですが」

「誰かを脅すために、ですか」

「はい。なにしろ被害者は、我々警察をも悩ませる『週刊真実』の編集部員です。桜木編集長にも、そのあたりを踏まえたうえで、山内個人あるいは『週刊真実』編集部が脅しをかけられていた事実はないかとたずねたんですが」

「編集長の答えは？」

「なんだか挑戦的でしてね」

志垣は苦笑した。

「いま日本の警察に最も嫌われているメディアがウチの雑誌であることからもおわかりのように、敵はたくさんいるんです、と言いました。脅しは日常茶飯事で、とくに編集長の私を殺したいと思ってる連中は、アンダーグラウンドの人間を中心に多数いるでしょう、と」

「なるほど」

「しかし山内は『週刊真実』に異動してきても、事実上の文芸編集者であり、彼が仕事で怨みを買っているような状況は一切ありません、というのが桜木編集長の答えでした。私生活ではどうなのかも調査中ですが、恋人の有無も不明で、交友関係のトラブルや借金の有無なども、まだ調べ切れておりません」

そこまで志垣が語ったとき、

「志垣警部、ちょっとよろしいでしょうか」

と、挙手をして発言を求めた者がいた。

会議の進行に合わせながら、捜査員各自のノートパソコンに事件関連の画像をアップロードしている長沢刑事だった。

「じつは二、三時間前から、この事件についてネットで騒ぎになっている話題があるんです」

「そりゃ、自分の名刺をくわえた生首だもんな。大騒ぎにもなるだろう」

志垣は、ネットの野次馬などかまっていられないという口調で言った。

「ネットユーザーの推理ごっこなんかほっとけや」

「いえ、いまこの事件について盛り上がっているのは、もっと具体的な問題です。いまからその掲示板をみなさんにも見ていただきます」

捜査員たちのパソコンにデータを送るためにマウスを右手で動かしながら、長沢はつづけた。

「今回の生首発見は、『週刊真実』に七月から連載されている推理作家・夏川洋介の『濡髪家の殺人』の内容と関係があるという指摘があって、ネットではその話題で持ちきりなんです」

「なに、『週刊真実』の連載小説だって？」

志垣だけでなく、署長をはじめとする全員が長沢に目をやった。

「殺された山内は『週刊真実』で小説の担当をしていたんだぞ」

「そうです、志垣警部。そして『週刊真実』には小説の連載は一本しかありません。

それが夏川洋介の『濡髪家の殺人』です」

「桜木の野郎……」

志垣が歯ぎしりをした。

「あれだけなにもかも話せと言ったのに、やっぱり隠しごとをしていたな。で、その小説はどんな内容だというんだ」

「ネットの掲示板だけの情報でいえば、連載開始から現在まで、その物語ではすでに七人の男女が殺されており、いずれも首無し死体として発見されているんです」

長沢の言葉に、志垣の顔がみるみるうちに険しくなった。

「首無しというのは、首のない死体が発見されるという筋書きか」

「ええ。今回の事件とは逆に、首を切り落とされた死体が次々と発見される展開らしいんですが、そのストーリーと、『週刊真実』の編集者の首だけが見つかったのは、絶対に関係があるんだという噂が、この二、三時間のうちにネットを通じてどんどん広まっているようなんです」

「桜木のやつ……」

志垣が舌打ちをして、署長をふり向いた。

「署長、『週刊真実』の桜木を大至急ひっつかまえて、またここに呼び寄せます。真夜中だろうと知ったこっちゃない。『濡髪家の殺人』のバックナンバーを持ってこさせて——もちろん我々がその小説を読まなきゃなりませんが——桜木に、これまでのあらすじと今後のストーリーがどうなっていく予定なのか、それをぜんぶしゃべらせます。こんどこそ隠しごとは絶対にさせない！　それから作者も呼ばなければ。なんていったっけ、作者の名前は。夏川洋介？　ああ、聞いたことがあるな。それじゃ、和久井」

志垣がこんなに怒るのを見るのはひさしぶりだな、と思っていた和久井に、指示が飛んだ。

「おまえは大至急、作家の夏川をつかまえろ。よく考えてみたら、その作家こそ、殺された山内と休日に会っていた可能性があるじゃないか」

「了解しました」

志垣の指示を受けて、和久井はすぐに別室に移動すべく立ち上がった。

だが、口には出さなかったが、和久井は頭の中で疑問の言葉をつぶやいていた。

（推理小説と現実の殺人事件がリンクしているだって？　そんな都市伝説みたいなネットの噂にふり回されていいのか？）

4

和久井が会議室を出ていったあと、長沢刑事が事件と小説の類似性で盛り上がるネットの掲示板に、注目すべき投稿があるのを見つけた。

その投稿は十五日の午後十一時三分に書き込まれたもので、投稿者は匿名だったが、いわゆる「名無し」ではなく、「白川郷の一住人」というハンドルネームを使っていた。

書き込まれた内容は、生首騒動に乗じたイタズラとするには、あまりにもリアリティに富んだ内容で、すぐさまその投稿に対する反応が掲示板に殺到したが、「白川郷の一住人」を名乗った人物からは、現在に至るまで新たなリアクションはなかった。

その人物が書き込んだ文章はかなり長く、掲示板の一回分の文字制限に引っかかるため、五回に分けて連続投稿されていた。

会議の進行をいったん中断してでも、その書き込みを全捜査員が読む必要がありそうですと長沢刑事が言ったため、署長の指示で、捜査員たちのノートパソコンに問題の投稿文がアップロードされた。

《いまこの掲示板で、多摩川の生首事件は「週刊真実」に連載中の夏川洋介のミステリー『濡髪家の殺人』と関係があるという噂が飛び交っていますよね。それは事実だけど、奥はもっと深いのです。

小説『濡髪家の殺人』は、架空の合掌造り集落にある二軒の旧家、「濡髪家」と「水髪家」の対立から生じる連続殺人事件です。最新号の連載分までで、すでに両家から七人の犠牲者が出ています。殺された人間はいずれも首を切断され、胴体と手足だけの姿で発見されます。そして、いまのところ七人の首はどこからも出てきていません。

では、なぜ犯人は被害者たちの胴体から首を切り離し、その首を持ち去ったのか。その真相はまだ明らかにされていませんが、少なくとも被害者の正体を隠すためではないことは確実です。つまり古典ミステリーのように、首を切り落とされて殺されたはずの人物が、じつは生きていて、彼こそが連続殺人鬼だった、というようなドンデン返しが用意されているのではなさそうです》

《そりゃそうですよね。時代設定が戦前ならともかく、舞台は二十一世紀の現代ですから、首を持ち去ったぐらいで、死者のすり替えが成立するはずもありません。そんなトリックにだまされる警察は、いまどきない。

しかし読者の私には、犯人がどのような理由や狙いで、殺した人間の首を切り取って持ち去ったのか、まだ見当もつきません。作者はいったいどんな設定を用意しているんでしょう。

　対立する濡髪家と水髪家の怨念に満ちたエピソードは、これまでのストーリーの中核を成しているので、首の切断と持ち去りの背景には「復讐」や「怨み」あるいは「呪い」といった要素があるのは間違いありません。そして切断された首はどうなったのかということも、いずれ明らかにされるでしょう。

　ところで、みなさんはごぞんじでしょうか。この小説には実在のモデルがあるということを。

　じつは『濡髪家の殺人』とは、世界遺産で有名な岐阜県の合掌造り集落・白川郷に実在する二軒の旧家がモデルになっているのです》

《二軒とも非常に大きな茅葺きの合掌造りで、本来なら観光客の注目を集めてもよいのですが、どちらも白川郷のメインエリアから少し南寄りに離れたところに建っているため、見物客の立ち寄る姿はほとんど見られません。

　ふたつの旧家の名前は、一方が「暮神(くれがみ)家」といい、もう一方が「伊豆神(いずがみ)家」といいます。どうです？　めちゃくちゃ似ていませんか。夏川洋介の小説に出てくる「濡髪家」と「水髪家」に。

濡髪と暮神、水髪と伊豆神——口に出してみるとわかりますが、発音的にはほんのわずかな違いです。ヌレガミとクレガミ。ミズカミとイズガミ……。

ただし、それだけなら、実在の旧家の名前をアレンジして小説に使ったという話で終わりますが。この暮神家と伊豆神家は、小説の濡髪家と水髪家さながらに、昔から感情的な対立を抱えている犬猿の仲なのです。その理由などは、ここでは長くなるので書きませんけれど、諍いの歴史は戦国時代にまで遡るらしい》

《だから私は、小説の展開が現実の暮神家と伊豆神家の対立をなぞっているのではないかと、最初はそう思ったんです。けれども、いくら仲の悪い両家だといっても、血で血を洗うような首無し殺人事件が七件も立てつづけに起きていたら、とっくに両家とも滅亡しているだろうし、日本中が大騒ぎになっています。

残念ながら——という表現が適当かどうかわかりませんが——残念ながら、そんな身も凍る猟奇殺人は、白川郷では一件も起きていません。ですから、週刊誌にあの小説が連載されはじめても、ああ、これは白川郷のあの家がモデルだなとわかったけれど、あまり気に留めていなかったんです。

ところが、多摩川で「週刊真実」の編集者の生首が見つかったというニュースをネットで見て、これは大変だと思いました。だって、連載がはじまる前の号に「新連載のおしらせ」と題して、本格ミステリー『濡髪家の殺人』の内容予告と、作者・夏川洋介先生の挨拶が載っていたのです。

そこには「私にとって週刊誌の連載は初めてで不安はありますが、担当編集者の山内さんとは長いつきあいなので、彼に頼ることがいっぱいあるかもしれません」と書いてあるんです。いま読み返したので間違いはありません。担当編集者が山内さんだと作者は語っていました》

《で、山内さんって、今回殺された人ですよね。首を切断されて……。

それで私は急に恐ろしくなったのです。『濡髪家の殺人』という小説が現実をモデルにしているのではなく、小説どおりの現実がこれから起こるのではないか、と。小説では首無し連続殺人事件だけど、現実世界では「首だけ」連続殺人事件が起こるのではないかと……。少なくとも七件の「首だけ」連続殺人事件が！

ちなみに小説の濡髪家と水髪家は大家族ですが、現実の暮神家と伊豆神家は核家族で、どちらも両親と子供ひとりという三人家族の構成です。暮神家のほうが男の子で、伊豆神家のほうが女の子。といっても、それなりの年齢です。暮神家のひとり息子は十九歳で、伊豆神家のひとり娘は二十一歳。そして両家の激しい対立にもかかわらず、彼らはおたがいに愛しあっているのです。まるでロミオとジュリエットのように。

そこで私は気がつきました。今回犠牲になった編集者と、暮神家の三人、伊豆神家の三人を合わせるとぜんぶで七人。小説の犠牲者と数が合うではありませんか！

怖いです。とってもとっても怖いです。

恐ろしいです。とってもとっても恐ろしいです》

ノートパソコン画面を食い入るようにして「白川郷の一住人」と称する人物の書き込みを読んでいた捜査員たちは、すべてを読み終えても咳払いひとつしなかった。

会議室は異様な静けさに満ち、窓越しに伝わってくる、くぐもった雨音だけが響いていた。

「長沢君」

静寂を破ったのは池上署の署長だった。

「きみはＩＴに詳しいからたずねるけれど、この投稿者の個人情報はつかめるだろうか」

「プロバイダーの協力を得られれば可能です」

長沢は即答した。

「じゃあ、すぐにやってくれたまえ。それから志垣警部」

署長は、こんどは志垣に向き直った。

「桜木編集長や夏川洋介の聴取も必要ですが、このぶんだと、遅かれ早かれ白川郷へ行かなければならないような気がしますが、どうでしょう」

「同感です」

志垣は低い声で答えた。

「場合によっては、桜木と夏川の聴取が済みしだい、すぐにでも」

第四章　暮神家と伊豆神家

1

池上署で深夜の捜査会議が行なわれる二時間ほど前――

契約記者の加々美梨夏は、午後十時に東京を出た新幹線で名古屋へ向かっていた。桜木編集長はすぐにでも新幹線に飛び乗れという勢いで出張を命令したが、けっきょく乗ったのは最終の「ひかり」だった。それもギリギリ飛び乗ってまにあった。

梨夏は名古屋へ向かう前に、一方的に電話を切られてしまった夏川洋介とどうしても話をしたくて、何度も何度も彼の携帯に電話を入れた。メールも入れた。だが、電話の電源は切られていたし、メールの返事はこなかった。

夏川があまりにも絶望的な言葉を残して電話を切ったので、梨夏は不吉な予感にとらわれた。いま白川郷にいるという彼の言葉を、そのまま信じてよいかどうかわからなくなった。そして最悪のケースも想定して、六本木から渋谷区代官山へタクシーで向かった。独身の夏川が仕事場兼住居としているマンションがそこにあったからだ。

雨は急速に勢いを増し、タクシーに乗っているあいだじゅう、タイヤが路面の雨水をはね飛ばす音だけが梨夏の耳についた。

傘を持ち合わせていなかったので、タクシーを降りると、梨夏は取材用のバッグを頭にのせて雨を防ぎながら、道路から七階建てのマンションを見上げた。

六階にある夏川の部屋、６０６号室の位置はすぐにわかった。夜、彼の部屋を訪れるとき、外から見上げて窓明かりを確認するのが習慣になっていたからだ。

いま、その窓明かりは消えていた。見上げているあいだに、強い雨が梨夏の顔を濡らした。

マンションの入口に駆け寄って、６０６号室のインタホンを鳴らした。

反応はなかった。

正面玄関のドアを開けるテンキーの暗証番号は教えられていたので、建物の中に入り、エレベーターで六階へ上がった。夏川の部屋の前まで走り、部屋のチャイムを鳴らした。ドアをノックした。名前を呼んだ。

だが、やはり中から反応はない。合鍵は渡されていなかったので、それ以上のことはできなかった。

雨水に濡れた顔を手でぬぐいながら、梨夏は部屋の前で荒い息をはずませていた。

十一月中旬の夜気はどんどん冷えてきて、息が白かった。

電話を切る前の夏川の言葉が、梨夏の脳裏を駆けめぐった。


(ぼくはおしまいだ)

(作家としても社会人としても、おしまいだ)

(ぼくは山内君を殺したりはしていない)

(だけど……取り返しがつかないことをしてしまったのは事実だ)


「死んでないよね、先生」

濡れた身体を震わせながら、梨夏は606号室のドアをじっと見つめ、つぶやいた。

「この中で死んでたりしないよね」

その最悪の予想が現実とならないように、梨夏は夏川の言葉を信じることにした。

いま、白川郷にいるという言葉を。

そして、最終の新幹線に間に合わせるために品川駅へ急いだ。一泊するための旅支度などを調えている余裕はなかった。

2

雨の中を疾走する新幹線の、通路側の席に座った梨夏は、桜木からｉＰｈｏｎｅにデータ送信されてきた『濡髪家の殺人』の未掲載分の原稿に目を通した。

桜木によれば、「週刊真実」の編集部員ならば誰でも開ける山内修三の会社用アドレスに、先週金曜日の段階で、夏川洋介から連載第二十五回までの原稿が送られていた。つまり、未掲載のストックは五週分ある計算になる。

桜木は、すでに梨夏が読んでいる既発表の二十回分もいっしょに送信してきたので、梨夏はストーリーを思い出す目的で、その既発表分も速読した。

連載第二十回までのおおまかな筋書きは、つぎのようなものだった。


岐阜と富山の県境、冬ともなれば深い雪に埋もれる山あいにある合掌造り集落。そこには集落で最も歴史の古い濡髪家と水髪家というふたつの旧家があった。その両家の家系図をたどると、諍い（いさか）のルーツは戦国時代にまで遡る。

天正三年（一五七五年）三河国長篠（みかわのくにながしの）城をめぐる戦いにおいて、織田信長（おだのぶなが）率いる鉄砲隊の威力で信長・家康（いえやす）連合軍が武田（たけだ）勢を撃破して以来、鉄砲は戦国武将が乱世を勝ち抜くために必須の武器という位置づけになった。

その鉄砲を発射するための黒色火薬は、木炭・硫黄・硝酸カリウム（硝石）の三つを混ぜ合わせてつくるが、金沢城を居城とする前田氏の加賀藩は、「塩硝」とも「煙硝」とも表記される硝酸カリウムを、地元の風土に合わせた独自の手順で製造する方法を編み出していた。

その製造拠点となったのが、意外にも山深い地域にある合掌造り集落だった。合掌造りの家でないと塩硝がつくれない大きな理由があったのだ。

作者の夏川洋介は、『濡髪家の殺人』の連載第二回から第三回にかけて、そのいきさつを詳述していたが、塩硝づくりに関しては史実に基づいたものだった。

小説では架空の集落だが、実際に塩硝づくりが盛んに行なわれていたのは、富山県の五箇山集落であり、岐阜県の白川郷でも同様の作業を行なう家が多くあった。

一九九五年十二月に「白川郷・五箇山の合掌造り集落」としてユネスコ世界遺産に登録された両集落は、富山と岐阜の県境をはさんで、直線距離にして二十キロ程度しか離れていない。

急傾斜の茅葺き屋根を持つ合掌造りは、両手を合わせた形に似ているために「合掌」の名を冠せられたが、これは屋根の傾斜を急角度にすることによって雨水のハケをよくし、冬場には屋根に積もった雪が一定量たまると、その自重で滑り落ちていくようにするためだった。

建材の接合には金属のクギや鎹は一切使われず、地元では「ネソ」と呼ばれる、柔軟性のあるマンサクの枝を縄のように用いて建材どうしを結わえ、締め上げる。時が経てば経つほど、その締まりは固くなっていく。

すべての荷重を支える柱材には樹齢百年を超す天然檜の大木が用いられ、そのほかの骨格を成す部分にも、カツラ、トチ、ケヤキなどの、これも樹齢が数百年に及ぶ大木が使われることが多かった。

この急傾斜の屋根が形づくる三角形の部分——通常の家屋でいえば屋根裏にあたるスペースは、かなりの高さを持つことになる。そのため屋根裏は二層、三層、あるいは四層構造になっており、使用人の寝室や物置、そして養蚕のためのスペースとして用いられていた。

一階の居住区の天井は完全な板張りではなく、すのこ天井と呼ばれて、厳冬期には囲炉裏の暖気や煙が屋根裏へと抜ける構造になっているので、屋根裏にはほどよい温度と湿気が保たれ、蚕の飼育に適した環境になっていた。また、つねに囲炉裏の煙で燻蒸されることになる茅葺き屋根は、必然的に防虫対策が施されるため、家の保存にも役立った。

厳しい豪雪地帯にあって、養蚕は合掌造りに住む村人にとって大きな収入源になったが、その養蚕の副産物として、黒色火薬の製造が盛んになった。なぜなら、塩硝の製造過程に蚕の糞（ふん）を利用したからだった。

その手順は、囲炉裏の脇に深さ一・八メートルの穴を掘るところからはじまる。その穴にヒエの殻を敷き、そこに蚕の糞や鶏糞を混ぜた土を入れ、ヨモギ、麻の殻、ソバ殻を載せ、また蚕の糞が入った土を載せ、その上から大量に貯めておいた人間の尿を注ぎ入れ、最後に土をかぶせて五、六年間発酵させる。

そうしてできた塩硝土から水分を搾り取り、草木の灰を加えながら何度も煮詰め、乾燥させたものが塩硝である。それに硫黄と木炭を加えて黒色火薬が完成する。

加賀藩は鉄砲隊による武力を維持するために不可欠な国産の黒色火薬を、このようにして合掌造りの村人たちにつくらせて、それを買い上げた。だが、この塩硝づくりは、鎖国が解かれて硝石がチリから輸入されると急速にすたれていき、いまはその技法も伝承されていない。

『濡髪家の殺人』の連載第二回と第三回に記されたここまでは、史実に基づくものだった。

そこから先は、小説の世界に入っていく。

3

戦国時代に織田信長の側近として仕え、豊臣秀吉の天下になってからは五大老の一員として政権の中枢で睨みを利かせた前田利家は、のちに加賀百万石の栄華を誇ることになる前田氏繁栄の基礎を築いたが、その息子で初代加賀藩主の利長は、支配下にある合掌造り集落で、他の家とは比較にならないほど効率よく大量の塩硝を製造するふたつの家に着目した。それが濡髪家と水髪家だった。

両家は、利長からどのようにしてそんなにたくさんの塩硝がつくれるのかと問われても、濡髪家の当主も水髪家の当主も、「それはお殿様への忠誠の心がなせる業でございましょう」と答えるのみだった。

しかし、村人のあいだでは、この両家に対して嫉妬まじりに奇妙な噂が立てられていた。それは塩硝土の製造過程の最後で、美しい女性の髪の毛を大量に混ぜると、塩硝の製造効率が飛躍的に上がるのではないか、というものだった。

奇しくも両家の名前に「髪」という字が含まれているため、その噂は現実味を帯び、「とくに濡髪家のほうは、濡れたような漆黒の髪を長く伸ばした美少女を、生きたまま土に埋めて塩硝土を完成させている」という内容にまでエスカレートしていった。

しかもその美少女は濡髪家の娘ではなく、集落の中から誘拐して生け贄（にえ）としている、という話になった。

猟奇的な噂が広まると、濡髪家の当主は事実無根と猛反発したが、騒動の最中に水髪家のひとり娘が失踪し、その死体が濡髪家の囲炉裏端で発酵中の塩硝土の中から見つかった。

怒った水髪家の当主は濡髪家の当主を殺すが、こんどは濡髪家の跡を継いだ息子が、水髪家の当主を仇討ちで殺す。

そのようにして、江戸幕府がはじまる直前の戦国時代に端を発した両家の怨念は、明治・大正・昭和を経て、二十一世紀の現在にも引き継がれ、そして新たなる第一の殺人がはじまった——ここからがミステリーの本筋だった。

最初の犠牲者は濡髪家の当主で、首のない死体となって集落の端の草むらで見つかった。それが春の雪解けの出来事で、秋までのわずかな期間に、濡髪家から四人、水髪家から三人の犠牲者が、全員首無し死体で見つかった。

小説で探偵役を務めるのは、明らかに作者・夏川洋介の名前からアレンジして付けたと思われる秋山陽介だった。「夏の川」が「秋の山」に替えられ、「洋介」が「陽介」になっただけである。

秋山陽介は私立探偵という設定で、二人目の犠牲者が出たところで合掌造り集落へ向かい、濡髪家と水髪家から等距離にある、やはり合掌造りの民宿に滞在。そこを拠点にして調査をつづけるうちに第三、第四の殺人が起きていく、という展開だった。

そして最新号の「週刊真実」に掲載された連載第二十回では、謎の人物から「もうひとり、八人目が殺される」というメッセージが、探偵の秋山陽介のもとに届けられた。

未掲載の第二十一回から第二十五回までは、その謎のメッセージを発信した人物が東京にいることがわかり、秋山陽介はいったん合掌造り集落から引き上げて、東京での調査活動に移る。

そうこうしているうちに、陽介の去った合掌造りの村には雪が舞い落ちはじめる――というところで、夏川洋介は第二十五回を書き終えていた。


小説の連載は約十ヵ月、四十回にわたる予定だったから、既発表分の二十回でちょうど物語の真ん中まで進み、ストックの五回分を加えると六割を超えたところまできたことになる。「もうひとり、八人目が殺される」という新たな予告が発せられたあたりから、ミステリーとしては、そろそろ物語を収束へ向かわさねばならない段階と思われた。

合掌造り集落の魅力は、なんといっても家々が綿帽子のように雪をかぶる冬の季節である。現に、白川郷や五箇山では、冬場の週末を中心にライトアップが行なわれ、雪の中に立ち並ぶ合掌造りが、幻想的な姿を闇に浮かび上がらせる。その光景を期待して、厳寒の季節にもかかわらず、多くの観光客が訪れるのだ。

　だから小説でも真冬に惨劇のクライマックスと謎解きのフィナーレが訪れる展開は、素人の梨夏にも容易に予想できた。

　しかし、いくら夏川洋介の恋人だからといって、梨夏はその結末を先に聞こうとは思わなかったし、ふたりで会っているときには、おたがいに小説の話題は持ち出さなかった。

　だが、担当編集者の山内が無残な死に方をした現在、夏川洋介からストーリーの結末を事前に聞いておけばよかったと、梨夏は後悔した。

　首無し殺人が連続する『濡髪家の殺人』と、山内の生首事件とのあいだには、なんらかの関係があると梨夏も思いはじめていたからだった。

4

　桜木編集長から送られてきたデータをｉＰｈｏｎｅの画面で速読し終えた梨夏は、窓際の席に座る中年サラリーマンの向こう側へ目をやった。新幹線の窓ガラスには雨水が斜めに走り、夜の闇に浮かび上がる街明かりが、滲んだ光の輪になって輝いていた。

それは雨のせいだと思っていたが、梨夏はいつのまにか自分の頰に涙が流れていることに気がついた。そして、ますます滲んでいく街明かりを眺めながら、夏川洋介との最初の出会いを脳裏に思い浮かべた。

夏川と初めて知り合ったのは、ことしの六月だった。銀座の映画館で行なわれた、ある若手恋愛小説家のベストセラー作品を映画化した完成披露試写会で、梨夏の隣の席にいたのが夏川だった。

梨夏はその偶然に驚いた。恋愛小説作家であったころの夏川の大ファンだったからだ。一面識もないので上映前に話しかけるのは遠慮したが、映画が終わって場内が明るくなったときに、思い切って挨拶をした。

すると夏川は、梨夏が差し出した名刺に「週刊真実」契約記者とあるのを見て、「じつは来月からきみのところでミステリーの連載をはじめるんだよ」と、切り出した。それから、すでに灰色に沈んで何も映っていないスクリーンに目を向けると、さびしそうに小声でつぶやいた。

「この映画を観て強いショックを受けたよ。もう、恋愛小説家としてのぼくの感性が時代遅れになっていることがハッキリわかったから」

　返答に困る梨夏をよそに、夏川はつづけた。

「『週刊真実』の山内君から気分転換に映画でもどうですかと、この試写会の招待状をもらった。あまり気乗りしなかったけど、とりあえずきてみたんだけどね。やっぱり、くるんじゃなかったな」

　その言葉で梨夏は、大きな映画館の中で、自分とこの推理作家が隣り合わせになったことがまったくの偶然ではなかったのを知った。梨夏も山内から招待状をもらっていたからだった。

「どうですか、えーと梨夏さん」

　渡されたばかりの名刺を確認してから、夏川は梨夏を下の名前で呼んだ。

「ちょっとどこかで飲みませんか」

5

　三十分後、夏川が行きつけだという赤坂のバーで、梨夏は彼の愚痴の聞き役となっていた。

　梨夏は、はたからみているとミステリー作家として大成功を収めている夏川が、激しい苦悩に満ちていることを初めて知った。

「人は、恋愛小説家から推理作家への華麗な転身と、ぼくの路線変更を褒め称えてくれる。たしかに、ぼくの書いたミステリーはヒットしている。でも、だからといって、恋愛小説家としての敗北が消せるわけではない」

バーカウンターの片隅で梨夏と並んで止まり木に座った夏川は、顔面を両手で覆って、指の隙間からため息を洩らした。それから、その両手で髪の毛をかき上げ、皺が刻まれた額をあらわにしてつぶやいた。

「ぼくは、やっぱり愛を描いて生きていきたいんだ。だから、いまの作家としての生き方はかりそめのものだと思っていた。今回の『週刊真実』の連載が終わったら、ミステリーを書くのはやめて、またもとの恋愛小説に戻ろうと思っていた。推理作家としての成功は、恋愛小説家に戻るための保証金のようなものだと理解していた。ところが……」

夏川はタバコに火をつけてから、煙とともに深いため息を洩らした。

「さっきの映画と、その客層を見て、もうぼくの時代は戻ってこないことがよくわかった。負けたよ。完敗だ」

「そんなことはないと思います」

梨夏は、すかさず反論した。

「私は夏川先生のラブストーリーに何度も涙したし、何度も勇気づけられました。先生の描く愛情物語は、どんな作家にも書けません。きょうの映画の原作はたしかにベストセラーになっているけれど、中学生、高校生、大学生が読者の中心なんですよ。この試写会にきていた顔ぶれを見てもそうでしょう？　二十七歳の私でさえ、おばさんみたいに感じられるほど若い層です。先生のファンとはぜんぜん別の世代ですよ。いまの先生は、昔お書きになっていた以上に、大人の恋愛が描けるはずじゃありませんか」

「そうだろうか……」

「そうですよ。この映画の原作者と勝った負けたと比較するのがおかしいんですよ。第一、肩書きなんかにこだわる必要はないじゃないですか」

「肩書き？」

「恋愛小説家とか推理作家とか、そういう区別です。そんな肩書きでご自分の守備範囲を狭める必要なんかないと思いません？　肩書きは『作家』だけでじゅうぶんじゃないんですか」

「そうか……そうかもしれないな。梨夏さんは、はげまし上手だね」

夏川は一瞬だけ明るい表情を浮かべたが、すぐに自嘲的な笑いでその明るさを消した。

「でもね、こんどのミステリーの連載期間は十ヵ月ほどになる予定だけど、それを書き終えたところで、ぼくは自分の身の振り方を考えてみようと思っているんだ」

「身の振り方って？」

「きみが作家・夏川洋介をはげましてくれるのはうれしい。けれども、ぼくは夏川洋介じゃないからね。夏川洋介としての生き方ではなく、ほんとうのぼくの生き方を考える時期にきている」

「え？」

その表現が意味するところがわからなくて、梨夏はきき返した。

「先生が夏川洋介じゃないというと？」

「ペンネームだ、ということだよ」

夏川は、隣のスツールに座る梨夏のほうに身体をひねって言った。

「夏川洋介は小説を書くときのペンネームであって、ぼくの本名ではない。ぼくは斉藤正（ただし）というんだ。平凡だろ」

夏川は肩をすくめた。

「推理作家としてならともかく、恋愛小説家として斉藤正はないだろうと思ってね。それで作家デビューが正式に決まったとき、本名ではなく、夏川洋介というペンネームにした。なんのことはない、考えたときの季節が夏で、目の前を多摩川が流れていたから、夏川という苗字を思いついた。イージーなネーミングだろ」

「多摩川?」

「そうだよ。ぼくが生まれ育ったのは多摩川べりなんだ。大田区の矢口というところでね。『矢口渡』という、『矢切の渡し』とよく間違えられる名前の駅から多摩川のほうへ歩いていって、川の堤防を兼ねた土手に出る直前のところに住んでいた。あの界隈に立派なマンションが建ちはじめたのは、たぶん八十年代に入ってからだろうな。ぼくが生まれたころは木造のボロ家が長屋みたいに並んでいてね、セピア色で表わしたいような風景だったよ。そこに小学校を出るまでいた」

　夏川は遠くを見る目になった。

「思えば生まれてからもう五十五年、ずいぶん長い人生を歩んできたものだ」

「先生、そんなお年寄りみたいなことをおっしゃらないでくださいよお」

　梨夏は笑いながら言った。

「もう五十五年じゃなくて、まだ五十五年でしょ。とくに作家の先生はこれからがいいものを書ける年齢じゃないんですか」

「やさしいね、梨夏さんは」

　夏川は、梨夏が試写会場で渡した名刺をまた胸ポケットから取り出して、しげしげと見つめながらそう言った。

思い返せば、のちに夏川が梨夏に向かって口癖のように繰り返す「やさしいね、梨夏は」というフレーズは、初対面の夜から発せられていたのだった。

「加々美梨夏……か。本名とは思えないほど素敵な名前だね」

「先生のお名前と同じ字がひとつ入っているんですよ。ここに」

梨夏は隣から手を伸ばして、夏川が持っている自分の名刺の「夏」の文字を指差した。

「ああ、なるほど。そうか」

夏川は大きくうなずいた。

「梨夏の『夏』は、夏川の『夏』か。じつは夏川洋介というペンネームを使うのは、こんどの連載かぎりにしようと思っていたんだけど、梨夏さんと同じ字が入っているんだったら、考え直そうかな」

梨夏は、自分の父親のような年齢の作家から意味深な言葉を聞かされ、ドキッとした。そして、その戸惑いを隠すように、あわてて言った。

「じゃ、ペンネームの下半分は、洋介はどうやって付けたんですか」

「それも夏の川を……多摩川を見ていて決めたんだ。ここに流れている水は、まもなく東京湾に注いで、そして太平洋に出ていくのかな、ってね」

「太平洋の『洋』をとったんですか」

「うん。残りの『介』は、まあ語呂がいいもんでね。それで夏川洋介。デビューは三十二歳だから、もうそのペンネームを二十年以上使っていることになる。だから、いつのまにか本名以上に自分を表わす名前となってしまった」

そして夏川は、自分の手元に置いたグラスに視線を落とすと、気恥ずかしそうにつぶやいた。

「どうだろう、梨夏さん。夏川洋介という男に、新しい恋愛小説が書けるような体験をさせてもらえないだろうか」

6

梨夏は、夏川洋介と出会った日の回想から我に返った。

「夏川洋介」というペンネームが、夏の多摩川を見て決められたこと、その夏川が生まれ育った場所が大田区矢口の多摩川べりであったと聞かされたことを思い出し、愕然となっていた。

（山内さんの首が発見された場所のすぐ近くで、夏川先生は子ども時代を過ごしていた……）

ふと顔を上げると、車輛前方のドアの上に設置された電光掲示板にニュースが流れていた。

《「週刊真実」編集者山内修三さん殺人事件は、同誌に連載中の推理小説の模倣か。編集長は否定するも、山内さんは同作品の担当編集者》

梨夏の顔から血の気が引いた。

電光掲示板は、そんな彼女に念押しするように、もう一度同じ文章を流した。

《「週刊真実」編集者山内修三さん殺人事件は、同誌に連載中の推理小説の模倣か。編集長は否定するも、山内さんは同作品の担当編集者》

梨夏は携帯を片手につかみ、取材用のバッグを肩に掛けると、勢いよく立ち上がった。窓側の席でビールを飲みながら週刊誌を読んでいた中年サラリーマンが、びっくりして梨夏の顔を見た。

梨夏は通路を走ってデッキに出た。そして、携帯の短縮ボタンを押した。

(このままだと夏川先生が……)

震える手で携帯を耳に当てた。だが、夏川の携帯は依然としてつながらなかった。

仕方なく、梨夏はきょう何度目になるかわからないメールを、夏川あてに打った。
《大至急連絡をください。私はもうすぐ名古屋に着きます。白川郷にいらっしゃるなら、車を飛ばしてでも行きます。居場所を教えてください。おねがいします》
そこまで打ったところで送信ボタンに親指がかかったが、梨夏はさらにメッセージを追加した。
《このままだと、警察が先生を追いかけるような気がします。それも指名手配みたいな形で……。そんなことになったら、先生の社会的生命が終わってしまいます。おねがいですから、連絡をください》
その文章を追加して送信しようとしたが、さらにもう一回、文章をつけ加えた。
《私は夏川先生が大好きです。どんなことを聞かされても驚きません。先生に幻滅したりしません。ですから、ひとりで悩まないで私にすべてを話してください》

こんどこそ、梨夏は送信ボタンを押してメールを発信した。それから席には戻らず、デッキのドアにもたれかかり、冷たいガラスに頬を押しつけて夜の闇を見つめた。

また涙があふれ出して止まらなかった。

ときどきパンタグラフから放たれるスパークが、線路際の地面を銀白色に照らし出した。涙でにじんだ視野に閃くその光は、自分の頭が火花を散らしているように見えた。

梨夏が乗った最終の「ひかり」が名古屋に到着するのは、日付が変わる直前の午後十一時四十九分の予定だった。いまは十一時半を回ったところである。

夏川からメールの返事はきそうになかったが、梨夏は決心していた。名古屋に着いたら、そこで泊まることはせずに、白川郷へ向かおうと。

大都市には二十四時間営業のレンタカー会社がある。名古屋駅周辺にもあるはずだった。そこで車を借りて、東海北陸自動車道で白川郷へ向かう。そして、そこで夏川洋介を捜すのだ。

(私は先生を守る。先生は絶対に山内さんを殺した犯人じゃない。だから、守ってあげなければ)

梨夏は涙を拭った。泣いている場合ではない、と自分を必死に奮い立たせた。

7

日付が十一月十六日、火曜日に変わったころ、富山県境に近い、岐阜県大野郡白川村の合掌造り集落白川郷――

季節はまだ十一月の中旬でも、夜の冷え込みは、都会でいえば真冬に相当する。しかも数日以内に大陸から、この時期としてはめずらしい超弩級の寒波が押し寄せてくることが予想されていた。

そのため多くの家々では、すでに雪囲いを完了させていた。合掌造りの四方に丸太を組んだ骨組みを回し、そこにオダレと呼ばれる茅を編み上げたものをフェンスのようにして、軒下の高さまでカバーする。現代では合掌造り集落の多くが、それをプラスチック製の波形板で代用していたが、伝統を守る旧家では、昔のままにオダレで囲っていた。

前の年は十一月の末に雪囲いを行なえばじゅうぶんにあったが、ことしは半月ほど早く作業を終了させていた。この雪囲いによって、さまざまな雪害から家屋を守れるだけでなく、真冬の風が直撃することも避けられた。室温の維持には、オダレの雪囲いは絶対に欠かせなかった。

その代わり、部屋の中は昼間でもぐんと暗くなるため、住人にとっては、まさに冬ごもりという印象が強くなった。

白川郷のはずれに周囲から孤立して建つ二軒の旧家、暮神家と伊豆神家も、オダレによる雪囲いで家の周囲を覆っていた。

その一方の暮神家の広い囲炉裏端に、真夜中だというのに六人の男女が集まっていた。

戦国時代に興った暮神家と伊豆神家は、いずれも塩硝の製造によって江戸時代に莫大な財を築き、それに伴って何度か茅葺きの家を改築し、いまの大きな家になったのが、どちらも約三百年前と伝えられていた。

暮神家の囲炉裏のそばにかつて設けられていた塩硝づくりの穴はとっくに塞がれていたが、囲炉裏の真上から吊り下げられた太い鉄鉤(かぎ)は、三百年分の煤(すす)をこびりつかせて歴史の生き証人であることを誇示していた。その鉤に掛けられた鉄瓶は、燃えさかる炎にあぶられて白い湯気を吐き出していた。

鉄瓶の下で燃えているのは、裏の薪小屋に何年も貯蔵して乾燥させた太いナラの木だった。それが三本、無造作に囲炉裏に突っ込まれていた。長さは一メートルを超しているため、まだ炎が回っていない部分は囲炉裏端にまで、斜めの角度をつけてはみ出していた。そして囲炉裏の中心部では、すでに短くなった薪が赤い炎の中で炭に変わろうとしていた。

暮神家では古来より北を上座としているため、囲炉裏端の四辺のうち、北の辺には暮神家第二十七代当主の真蔵（しんぞう）が丹前姿で座っていた。

その正面、南の辺に座っているのが、三百メートルほど離れた隣の敷地からやってきた、伊豆神家第四十一代当主の光吉（こうきち）である。

四十九歳の暮神真蔵が艶々とした黒髪をオールバックにしているのに対し、それより十一歳も上で、ことし還暦を迎えた伊豆神光吉は、頭髪はすだれ状で、ほとんどが白髪だったため、実際の年齢よりもずっと老けてみえた。

光吉はグレーのダウンベストを着て自分の家から暮神家へ歩いてきたが、夜の空気は、ダウンベストよりもダウンジャケットにしたほうがよいほど冷え込んでいた。だが、三百メートルの移動距離の間に冷えた身体も、燃えさかる囲炉裏の炎にあたって、だいぶ温められていた。

囲炉裏端の西の辺には、真蔵の妻・紘子（ひろこ）と、息子の高史（たかし）が並んで座っていた。クラシックな綿入れを着込んだ紘子は、夫の真蔵よりも三歳上の五十二歳だったが、「姉さん女房」といった迫力はまったくない。小柄なうえに表情に乏しく、内向的な性格のため、どこにいても存在感は薄かった。存在感のありすぎる夫との軋轢を避けるには、紘子は地味にならざるをえなかった。

夫の暮神真蔵は、大きな目玉をギョロリとむいて人を威嚇する癖があり、それは亭主関白というレベルを超えた絶対君主として家庭内で君臨するさいの武器となっていた。

真蔵は目玉だけでなく、声も大きかった。背丈も百八十五センチあり、肩幅は広く、胸板は厚かった。そして態度も大きい。自分の考えはすべて正しいと信じており、人の意見にはほとんど耳を傾けなかった。唯我独尊という言葉ほど、暮神真蔵の人柄を表わすのに適切なものはなかった。

だからその妻でありつづけるには、紘子は絶対服従という生き方を余儀なくされていた。真蔵は紘子に対し、「おまえはおれがもらってやったんだ」と繰り返し言い聞かせていた。紘子はそんな傲慢な年下の夫に対し、表立って逆らうことは一度もなかった。

暮神家の存続のためには男の子をたくさん産んでほしい、というのが真蔵の希望だったが、結婚当時すでに三十二歳だった紘子は、なんとか帝王切開で男児をひとり産んだあと、二度と妊娠できない身体になった。

そのことについても、真蔵はすべてが妻の責任であるかのように紘子を責めた。おまえがこれ以上子供を産めないのなら、よそで女を作って産ませても文句はないな、という暴言まで吐いた。が、紘子は抗議の言葉を発することもできなかった。

紘子の左の口もとにあるホクロは小さかったけれど、彼女の表情をいつも暗く哀しいものにみせた。たまに笑うことがあっても、そのホクロのせいで笑顔が泣き顔にみえた。

暮神家の唯一の後継者として生まれた息子の高史は、ことし十九歳になった。彼は茶色のタートルネックを着て母の隣に座っていたが、小柄なところも、気の弱そうな顔立ちも、母親そっくりだった。そこが父親の真蔵は気に入らなかった。

男の子なら男の子らしく、もっと堂々とせんかと、真蔵はしょっちゅう息子を怒鳴りつけていたが、子供時代から高史は父親の大声が苦手で、叱られるとすぐに泣いた。それがまた女々しいと、真蔵の怒りの炎に油を注いだ。

ことし四月から名古屋の大学に進んだ高史は、市内のアパートで独り暮らしをしていたが、大学の授業にはあまり出ずに、アパートの近くにあるガソリンスタンドでアルバイトをしていた。しかし、父親からは、大学の夏休みや連休には必ず白川郷へ帰ってこいと命令されていた。その命令に黙って従うところも、母親そっくりだった。

真蔵は、自分とは正反対な性格にひとり息子が育ってしまった状況を「紘子の家系を暮神家に加えたことが失敗だった」と、平然と口にした。

たしかに暮神家の歴代当主は、真蔵のように短気で横暴な性格の者が多かったと、これまでも伝えられてきた。ひとり息子の高史は、とても父親のようなアクの強い生き方はできそうにないと最初からあきらめていたし、また父親のような性格を軽蔑もしていた。

8

粗野で傲慢な性格の暮神家当主・真蔵とは対照的に、いま、ダウンベスト姿で囲炉裏の南の辺に座っている伊豆神家当主の光吉は、きわめて穏やかな性格の人物として知られていた。

戦国時代の同じころに興った両家でありながら、暮神家の当主・真蔵が二十七代目であるのに対し、伊豆神家の当主・光吉は四十一代目であることからもわかるように、伊豆神家のほうが歴代の当主は短命だった。そのため親から子へという直系の継承とはかぎらず、弟が兄の跡を継ぐという形も多く、暮神家に較べれば伊豆神家は家系が入り組んでいた。

しかし、ある時期から伊豆神家の家系には女の子しか産まれなくなり、つぎつぎに傍系の血筋が絶たれて、いまでは伊豆神家は暮神家と同様、白川郷の本家を残すのみとなった。

その当主である光吉が六十歳の還暦を迎えたのは、短命な伊豆神家の家系としては長寿の部類に入るといってよかった。だが、彼の人生は決して平坦なものではなかった。光吉の最初の妻・万里子が、難産で苦しんだ末に、結果的に母子ともに助からなかったという悲劇に見舞われていたからである。

しかも、いったんはこの世に生を授かりながら、数十分後に短い命を終えた子供は、女児ばかりがつづいた伊豆神家にとってひさびさの男の子だった。それが妻子を同時に失った光吉にとって、二重のショックだった。

いまから三十年前、伊豆神光吉が三十歳のときの出来事である。

当時、暮神家の当主であった真蔵の父・暮神以蔵は、悲嘆に暮れる伊豆神光吉を眺めて、「あれはタタリじゃな。先祖の悪行が祟ったのじゃ」と聞こえよがしに言った。

それから八年後、伊豆神光吉は三十八歳のときに、十七も年下で、まだ二十一歳という若さの雪乃を妻に迎えた。若い妻を迎えたのは、周りが冷やかすような理由によるものではなく、とにかく伊豆神家の跡継ぎを――それも男の子をたくさん産んでほしかったからだった。その点では、暮神真蔵とまったく思いは同じだった。

しかし、結婚からほどなくして誕生したのは、やはり女の子だった。そしてそれ以降は、夫婦ともに健康に問題はなかったにもかかわらず、子宝に恵まれなかった。

光吉と雪乃のあいだに生まれたたったひとりの娘は、季絵と名付けられ、いまは二十一歳、東京の私立大学に通う大学三年生だった。

囲炉裏の東の辺に並んで座る伊豆神家の母と娘は、ＤＮＡがそのまま母から娘へと受け継がれていることが明らかな顔立ちをしていた。

いまふたりは、暮神家へくるときに羽織ってきた黒い冬物コートを脱ぎ、揃いの黒いセーター姿になっていたが、その黒と鮮やかなコントラストを成すように、母も娘も抜けるように色が白かった。そして涼しい目もとをしていた。

よけいな形容詞をつけない「美人」というシンプルな言葉がぴったりの容姿で、それは代々、伊豆神家の女性たちに受け継がれてきた伝統の遺伝子でもあった。

しかし、このままいけば大学生の季絵が婿をとらないかぎり、伊豆神家は家系が断絶する。いくら美しい女の子が産まれる家系であっても、季絵が嫁に行ってしまえば、その段階で伊豆神家は絶えてしまうのだ。

だがそうした状況にあっても、光吉は決して妻の雪乃を責めたりはしなかったし、娘の季絵が息子として生まれなかったことで肩身が狭くなるような言動は一切しなかった。なにがなんでも婿をとらねばならない、という縛りもかけなかった。

夫としても、父としても、伊豆神光吉はやさしい人間だった。そして、どこかで伊豆神家の断絶をすでに受け容れているような様子さえあった。

しかし、夫のやさしさにもかかわらず、妻の雪乃は決して明るい人生を送っているようにはみえなかった。いつもその表情に翳りがあった。ただ、暮神紘子と異なるのは、その内面的な翳りさえも、雪乃の場合は美しさに変えていることだった。

では、雪乃の翳りとは何が原因か？　白川郷の住民たちはさまざまな噂を立てていたが、真の理由を知る外部の人間はいなかった——

9

「東京の大学へ行っている季絵が戻ってくるのを待っていたため、お邪魔するのが遅くなりました」

伊豆神光吉はそう言って、正面に座る暮神真蔵に深々と頭を下げた。そして、ゆっくりと顔を上げてつづけた。

「しかし、ほかの用件ならば翌朝回しにもできますが、事が事だけに、深夜の訪問と相成りました」

「それはかまいません。今夜のうちに話し合いをしなければならないのは、私も同感ですから。ただし、よぶんな雑談で時間を費やしている場合ではないので、単刀直入に本題に入りましょう」

暮神真蔵は、顔を上げた光吉に向かってギョロリと目をむいた。

「世界遺産に登録されてからというもの、この静かな山奥の村も、すっかりにぎやかな観光地になってしまった。それでもウチと光吉さんのところは、離れた場所にあるおかげで喧噪(けんそう)とは無縁でこられた。だが、さすがにこんどは、そうも言っていられない。夜が明けて朝がくれば、野次馬が押し寄せてくるのは間違いない」

「たしかに」

光吉は、独特のかすれ声で言った。

「最近はインターネットのおかげで、真実のニュースも、根も葉もない噂話も一気に日本中に広まります。野次馬だけで済めばよいが、マスコミも大勢押しかけてきましょう。なにしろ殺されたのが『週刊真実』に連載されている例の推理小説の担当編集者で、しかもその男は、小説のように首を切られて殺されました。そして明らかに我々の家が小説のモデルになっていると、大勢の人に知られてしまった。テレビ局やら週刊誌やらが殺到するのも時間の問題です」

「お父様、マスコミの人は、もうきています」

透き通った声を出した伊豆神家の娘・季絵に、ほかの五人の視線が集まった。

「もうきている、とは？」

驚いてたずねる父親の光吉に向かって、季絵は言った。

「いま、こちらのお宅に伺うとき、二神神社の後ろの木立で、何かが月明かりに光るのが見えました。たぶん望遠カメラのレンズだと思います。人影も見えました」

二神神社というのは、戦国時代よりつづく暮神家と伊豆神家の諍いを鎮め、両家の安寧を祈るために江戸時代中期に建てられたもので、苔むした鳥居の奥にある小さな社は、両家から三百メートルほどの等距離にあった。つまり、神社と暮神家と伊豆神家は、たがいに三百メートルの距離をもって接する正三角形を成していた。

ほかの神社と異なり、二神神社は両家専用の社といってよいものだったが、神社ができたあとも両家の諍いは絶えなかった。

神社の背後には深い森が控えており、神社の境内や奥の森には、両家の争いの犠牲となった死者の亡霊がさまよっているという怪談も、まことしやかに語られていた。

そのため、白川郷のほかの人間はめったなことでは近寄らず、幼い子供がかくれんぼなどの遊び場に使うこともなかった。暮神家と伊豆神家の家人のみが、定期的に清掃に訪れるだけだった。

「東京のマスコミ連中は怖いもの知らずだな」

真蔵が吐き捨てるように言った。

「あそこの神社で夜中を過ごすとは……。呪われても知らんぞ。……とにかく、もうマスコミが張り込んでいるならなおのこと、本題を急がねばならない。よろしいですか光吉さん、きょう私が、うちの家族と伊豆神家のご家族に集まってもらったのは、東京で起きた事件を受けて、ハッキリさせるべきことはハッキリさせておこうと思ったからだ！」

暮神真蔵の声が割れるように大きくなった。

妻の紘子は目を伏せ、息子の高史は口をとがらせて囲炉裏の火を見つめた。伊豆神家の妻・雪乃はキュッと肩をすぼめ、娘・季絵は暮神家当主の態度に不快感を示すように、唇を真一文字に結んだ。

だが伊豆神家の当主・光吉だけは、真蔵の剣幕にもまったく動揺した様子を見せず、穏やかな口調でたずねた。

「真蔵さん、今晩なにをハッキリなさりたいのですか」

「いま話に出たように、『週刊真実』に夏川洋介が連載している『濡髪家の殺人』は、明らかに暮神家と伊豆神家をモデルにしている」

「それはまったくそのとおりだと思います」

光吉は静かにうなずいた。

「小説に登場する濡髪家と水髪家は、暮神家と伊豆神家にほかなりません。そして戦国時代の昔から、両家のあいだに諍いが多かったのも事実です。しかし、塩硝づくりに女の髪を混ぜたり、ましてや美少女を生き埋めにしたというのは、誰が読んでも作家の頭でつくられた絵空事だとわかりましょう」

伊豆神光吉は、暮神真蔵とは対照的に細い眼を、さらに細めて言った。

「また、小説に書かれているような、血で血を洗う殺戮(さつりく)の歴史などは、私どもの祖先にはありませんぞ。たしかに仲は悪かった。しかし、殺し合いなどはしておりません。伊豆神の家系が短命なのは病気によるもので、おたくの先祖による陰謀があったためとは思いません。まして、現代になってから両家で変死が相次いでいる事実もありません」

「それはそうだが、実際にそういった出来事があったんだろうと読者から邪推されても仕方ないほど、あの小説は私たちのプライバシーを下敷きにしている」

「いやいや」

光吉は首を左右に振った。

「小説では濡髪家も水髪家も大家族で、登場人物はいちいち一覧表を参照せねばならないほど多い。しかし現実の私どもは、おたがいに核家族です」

「そんな違いは問題じゃない。重要なのは、推理作家の夏川洋介に、誰が小説の材料を提供したのか、ということなんだ」

ムスッとした顔で言い放つと、真蔵は丹前の襟もとをかき合わせ、火掻き棒を囲炉裏の炎に突っ込んだ。

薪が細かい火花を散らしてはぜた。

「あの小説は、たとえ推理作家が白川郷に何日か泊まったって、短期間の取材ではとても書けないほど詳しく白川郷の四季を描いているし、なによりも我が家とおたくの四百年以上にわたる確執の歴史を、きわめて詳細に下敷きにしている」

炎のオレンジ色を顔に反射させ、真蔵は囲炉裏の中心部を見つめたままつづけた。

「光吉さんは、『濡髪家の殺人』の中で塩硝づくりのために美少女を生き埋めにしたというくだりは、誰が読んでも絵空事だとわかると言った。しかし、あんただって知っているだろう。徳川幕府が開かれてまもないころ、伊豆神さんの祖先が、うちの祖先に対してそういう噂話を立てたことを」

10

「日本の中枢は秀吉から家康の時代に変わり、前田の殿様も藩祖の利家公から数えると三代目、藩主としては二代目となる利常（としつね）公の時代になった。それを機に、あんたの祖先は、暮神家を出し抜いて一気に塩硝づくりを独占しようと思い立った。白川郷で一番となり、郷内の家々を傘下におさめ、さらには本家本元の五箇山にも手を伸ばして、加賀藩の塩硝づくりを独占しようと企んだ。それは、いまふうにいえば軍需産業ネットワークの確立だった」

　火掻き棒で太いナラの木を動かしながら、真蔵は過去の歴史を語った。

「その作戦の第一歩が、周囲とは異なる独自の技法で白川郷一の塩硝生産量を誇っていた、我が暮神家の評判を潰すことだった。暮神家の秘法を盗めなかったあんたの祖先は、悔しまぎれに、塩硝土をつくるときに暮神の家では、村の美しい少女の髪を切り刻んで混ぜているという噂を立てたのだ」

「そういう昔話はやめませんか」

　苦笑いを浮かべて、伊豆神光吉が言った。

「回り道をしないで本題に入ると言ったのは、真蔵さん、あなたですよ」

「もう本題に入っているんだよ」

　囲炉裏の炎から目を上げて、真蔵は言った。

「夏川洋介に『濡髪家の殺人』の元ネタを提供したのは、白川郷の人間に間違いない。しかし、白川郷の住人というだけでは、この土地の四季がどのように移り変わるかを教えることはできても、暮神家と伊豆神家の確執の歴史は語れない。それができるのは、当事者だけだ。そしていま、暮神家と伊豆神家の人間はそれぞれ三人ずつしか残っていない。ここにいる我々だ！」

そして真蔵は一同を見回した。

「おれは……」

自分を呼ぶ一人称が「私」から「おれ」に変わった。

「なにもあんたのほうだけに疑いをかけようなんて、一方的な真似をするつもりはないんだよ、光吉さん。夏川洋介に材料を提供したのは、こいつかもしれないし、こいつかもしれない」

真蔵は、妻と息子を「こいつ」と呼んで順番に指差した。それから、その指を自分自身に向けた。

「そして、このおれかもしれない。だが同時に、光吉さん、あんたかもしれないし、雪乃さんかもしれないし、季絵ちゃんかもしれない」

その指摘に、光吉と季絵はまっすぐ真蔵を見返したが、妻の雪乃だけは、なぜかうつむいていた。

「それでもな」

真蔵は、少し声を低めてつづけた。

「先祖の恥を週刊誌でさらすというだけなら、おたくとウチだけで解決すればよい話だった。『週刊真実』に『濡髪家の殺人』がはじまって、ウチらがモデルになっていると気づいたときには、おれはその程度の認識だったんだよ。ところがだ、その担当編集者が東京で殺された。しかも、首を切り落とされて。ここまできたら、シャレにはならん」

「おいおい」

光吉が眉尻を下げて、困ったヤツだという表情を作った。

「すると真蔵さんよ、あんたはナニかい。編集者を殺して首を切り落とした犯人も、この中にいるというのか」

「そう思わなければ、こんな真夜中でもかまわずあんたらを呼ぶと思うかね」

そのとき、いままで黙っていた伊豆神家の娘・季絵が口を開いた。

「おじさまはどういう根拠があって、ウチの家族を犯人扱いするんですか」

「だから言ってるじゃないか。疑いはこの六人平等にかかっているのだ、と」

「バカバカしい」

それまで温厚なしゃべり方をしていた伊豆神光吉が、怒りとともに吐き捨てた。

「まっさきに容疑者から自分をはずしているくせに、そして自分の女房子供も疑惑の圏外に置いているくせに、六人平等に嫌疑をかけているなどと、しらじらしいことを言わないでほしいものだね。要は、いま季絵が言ったように、私か、雪乃か、季絵の誰かが犯人だと言いたいんだろう」

「ひとりとは限らないんじゃないのかな」

ポツンとつぶやいたのは、暮神家のひとり息子、高史だった。

こんどは全員の視線が、にきびが目立つ、まだ幼い顔立ちの高史に集まった。

「ぼくは推理小説は読まないから、よく知らないけどさ、犯人がひとりじゃなきゃいけないっていうのは、古典ミステリーのルールだろ。とても単独犯行とは思えない殺人をひとりでやっていた、というところにミステリーの面白さがあるんだよな、たぶん。だけど実際の殺人事件には、そんなルールは適用されないからね」

「じゃあ、ナニかい」

正面の真蔵を見据えていた光吉が、身体の向きを横に変えて、高史を睨んだ。

「きみは、私ら一家が共謀して編集者を殺したとでもいうのか」

「季絵さんは、人を殺すような人じゃない」

高史は、自分より二学年上の季絵にチラッと目をやってから、即座に言った。

「でも、おじさんとおばさんは信用できない」

「ふざけたことを言わないでもらいたいね。おおかたきみは、うちの季絵が好きなんだろう。勝手に片思いをしているんだろう」

「………」

光吉の指摘に、高史は赤くなってそっぽをむいた。だが、季絵のほうは顔色を変えずに、高史の反応をじっと見つめていた。

「独り相撲の恋愛ごっこはやめてもらいたいものだ。季絵はきみより二歳も上なんだぞ。子どもじみた恋愛ゲームにつきあうほど愚かではない。……なあ、季絵」

父親から同意を求められ、季絵は微かにうなずいた……ようにみえた。

「そもそも、伊豆神家の娘が暮神家の息子と結婚するなど、戦国時代も江戸時代も、明治・大正・昭和の時代も、そして二十一世紀の現代も絶対にありえない」

光吉は、囲炉裏の炎に向かって唾を飛ばした。

「ひょっとするときみは、父親から伊豆神家の乗っ取り計画でも指示されたのかもしれんがね」

「光吉さん」

激してきた伊豆神光吉のしゃべりを、女の声が押しとどめた。

発言者は彼の妻でもなければ娘でもなく、暮神家の妻である紘子だった。つねに影の薄い紘子は、いままでひと言も口を利かなかったし、こうした集まりで彼女が発言することなど、誰も予想はしていないはずだった。

だから、誰よりも夫の真蔵が驚いていた。

11

「言い争いをする前に、ひとつ聞いてほしい話があるんです。高史もよけいなことは言わずに黙っていなさい」

紘子は、息子にもクギを刺してから語りはじめた。

「私は、ことしの二月、『まんさく』の女将さんから聞かされているのです。『つい先日、おたくと伊豆神さんのことを根掘り葉掘りきいてきた泊まり客がいたんだよ』と」

『まんさく』とは、白川郷の中心部にある合掌造りの民宿だった。そこの女将の米倉春子は、あまり人づきあいをしない暮神紘子がめずらしく気安く話ができる相手だった。ことし五十二歳の紘子とほぼ同年配の五十歳であるうえに、隣の富山県にある五箇山の合掌造り集落「菅沼」地区から嫁いできたという点でも、いっしょだったからだ。つまり、同郷の幼なじみであったのだ。

「春子さんは、たぶん週刊誌の取材だと思うから、気をつけたほうがいいよ、と教えてくれました。その泊まり客は、『まんさく』に二泊して、長靴を履いて深い雪の中を歩き回り、とくにウチと光吉さんの家の周りをうろついていたというのです」

「ちょっと待て」

暮神真蔵が険しい表情になった。

「それがことしの二月の話だって？」

「はい」

「なぜ、そんなことをいままで黙っていた」

「すみません」

紘子は、夫の非難に謝るだけで「なぜ」黙っていたのかについては語らなかった。それは特別な意図があるわけではなく、言い訳や説明は、この夫には無意味だと知っていたからだった。

事情説明をしても、それは夫の怒りを増幅するだけで、最後には決まって「理屈を言うな」「言い訳するんじゃない」と怒鳴る展開になるので、紘子は夫が怒ると謝るだけで、言い合いは一切避けた。

そんな紘子の態度に対して、真蔵は「謝ればいいってもんじゃないぞ」と、さらに怒鳴るのだが、それでも紘子は「すみません」「ごめんなさい」を繰り返すだけだった。

だからいままでは、紘子の「すみません」が出ると、真蔵はそこでいったん怒りの矛先をおさめねば話が先に進まないことを承知していた。

「それで、その怪しげな泊まり客の名前を、おまえはきいたんだろうな」

「はい」

「それが推理作家の夏川洋介だったたんだな」

「いいえ、違います」

紘子は、年下の夫に敬語で答えた。

「宿帳には山内修三と書いてあったそうです。でも職業は『会社員』とだけ」

「なんですと」

伊豆神光吉が眉を吊り上げた。

「東京で殺された編集者が、二月の時点でここへきていた？　じゃあ、作家もいっしょにかね」

「いえ、ひとりだったそうです」

「それはおかしいな」

光吉が首をひねった。

「私らの家系をモデルにして小説を書こうとして、そのための取材に訪れたなら、作家もいっしょでなければおかしいだろう。作家が単身で取材にきていたなら自然だが、編集者だけがひとりで、しかも二泊もしているのはおかしい。おまけに、ただの会社員と宿帳に書いたということは、出版社に勤めているという身分を隠していたわけだ。

『まんさく』の女将には、小説の取材だとは言っておらんかったんでしょう？」

「そのようです」

「だとしたら、山内はもっとほかに用事があったはずだ」

光吉は、暮神紘子から真蔵へ視線を移した。

「どうかね、真蔵さん。あんたの奥さんが民宿の女将から聞いた話は、すぐ警察に報告すべきだと思わんかね」

光吉がそこまで言ったときだった。暮神家の表で急に人の話し声と足音がして騒がしくなった。

「なんだ？」

真蔵が聞き耳を立てながら、囲炉裏の部屋の大黒柱に掛かっている柱時計に目をやった。

ゼンマイ式で一日一回はネジを巻かねばならないその時計は、黄金色の振り子を左右に動かしながら、長針がゆっくりと先に進んで「6」の数字の上にきた。

同時に、ボーンと鐘がひとつ鳴った。毎時三十分に一回鳴る鐘である。深夜の零時半だった。

「こんな時間に、誰だ」

と真蔵が腰を浮かせたとき、暮神家の玄関を叩く者がいた。

「暮神さん、暮神さ〜ん、飛騨日報の者です」

その声に、真蔵は伊豆神家の娘・季絵の顔を見た。さっき彼女が、二神神社に張り込みの気配があることを言ったからだった。

「暮神さ〜ん、大変です。開けてください！　大変です！　神社の裏で人が死んでいる！」

12

全員が囲炉裏端から立ち上がった。そして、真蔵を先頭に全員が玄関へ走った。黒光りした廊下を駆けるドタドタという足音が響いた。伊豆神光吉が足をもつれさせて転びそうになった。それを暮神高史が支えた。

真蔵は曇りガラスを嵌めた格子戸の、ねじ式の鍵をひねってはずし、ガラガラと音を立てて、戸を勢いよく引き開けた。

身震いをしたくなる冷たい夜気とともに、雪が玄関先に舞い込んできた。いつのまにか夜の闇に、白い点が無数に舞っていた。

真蔵たちの目の前には、ふたりの男が白い息を吐いて立っていた。ひとりは一眼レフカメラを手にしていたが、いまはそれを玄関先に出た真蔵たちに向けようとはしていなかった。もうひとりは右腕に「報道　飛驒日報」と書かれた腕章を巻いていた。

「飛驒日報の岡田(おかだ)です」

腕章を巻いたほうの男が口を開いた。

胸を上下に激しく動かし、言葉も途切れ途切れだった。

「いま、もう……警察には通報しましたが、あそこの二神神社の裏手の崖に、男が首を突っ込んでいるのが見えたんです」

「ちょ、ちょ、ちょ……ちょっと待ってください」

真蔵が興奮する記者を片手で制した。

「崖に首を突っ込んでいるって、それはどういうことですか」

「神社の裏は小高い山になっていて、そこが森になっているでしょう？　その山肌に沿って、小径がつづいている」

記者が白い息をモワモワと立てながらつづけた。

「もう、こうなったら正直に話しますが、私たちは、東京で起きた編集者の生首事件が、『週刊真実』に連載中の『濡髪家の殺人』と関係しているのではないか、そして『濡髪家の殺人』は白川郷に実在するふたつの旧家の確執をモデルにしているのではないかというネットの噂を知って、すぐに飛んできたんです。なにしろ、うちは本社が高山ですからね。東京の連中に先を越されるわけにはいかないと思って。それで、神社の裏から、まずは両家の様子を窺っていたんです。ちょうど伊豆神さんの家から一家総出で暮神さんの家に向かう姿も見えたし。で、そのあとウチのカメラマンが……」

記者は、後ろに立っているカメラマンを親指で示した。

「神社の裏山に上っていく小径を見つけたんで、高いところから茅葺き屋根の両家を見下ろした写真を撮りたいと言い出した。あたりは真っ暗だけど、どちらの家も煌々と明かりが灯っている。いまの時代、デジタルカメラなら、長時間露出できれいな写真が撮れますからね。それで、ふたりでその小径を上りはじめたら、左手に山肌がつづくカーブを曲がりきったところで、暗闇の中に見えたんです。スーツを着た男が、崖の中に首を突っ込んで……もっと正確に言うと、胸から上を崖の中にめり込ませているのが見えたんですよ。しかも足は地面から浮いていた。……ああ、もう、私の表現力じゃわかってもらえないかもしれない。実際の画像を見てもらったほうが早いな。おい、コンちゃん」

コンちゃんと呼ばれたカメラマンは、広角ズームレンズに付け替えていた一眼レフカメラを首から外し、それを岡田記者に渡した。

「えーとですね、まず、これです」

岡田はカメラの再生ボタンを操作して、一枚の写真を液晶画面に出した。そして、それを暮神真蔵のほうへ向けた。

真蔵の周りを、ほかの五人が取り囲んだ。

短い悲鳴が上がった。

伊豆神家の妻、雪乃だった。

液晶画面には、ストロボ撮影された奇妙な風景が浮かび上がっていた。

画面全体に、ストロボ光を受けた雪の白い粒が点々と散っていた。

その白い点の中に、スーツ姿の男が鮮やかに浮かび上がっていた。ただし、胸から下しか見えていない。胸から上は、岡田が言ったように、崖の中にめり込んでいるのだ。両腕も、二の腕のあたりまでが崖の中に埋もれていて、肘から下が体側にぴったりつけられた形で外に出ていた。そして両脚のつま先は、地面から三十センチほどの距離に浮いていた。

つまり、崖に横穴を掘ってそこに男の身体を突っ込み、胸から上を押し込んだあと、空間に土を埋め戻して固定した恰好である。そのため、つま先は地面についておらず、宙に浮く形となった。

「ごらんのとおり、あまりにも異様な姿だったので……」

岡田が、少し震えた声でつづけた。

「私と近藤は――近藤というのは、このカメラマンですが――金縛りにあったように動けませんでした。目の前にある光景が信じられなかった。でも、ともかく近藤に二、三枚写真を撮らせてから、男の身体を引きずり出すことにしたんです。そりゃ、警察に言わせれば、なぜ勝手に現場をいじったということになるでしょうが、男が死んでいると決まったわけじゃありませんからね。もしも生き埋めだったら、まだ助かるチャンスがあるかもしれない。それで、私と近藤で、男の身体や脚を抱えて、崖に半分埋もれている状態から引きずり出したんです。そうしたら、ですね……こんな……状態で……」

岡田は、デジタル一眼レフカメラの再生画像を先に進めた。そして、さらなる驚愕の一コマを一同に見せた。

飛驒日報のふたりによって崖の土中から引っこ抜かれた男が、あおむけの恰好で地面に横たえられていた。

首がなかった。

第五章　白く静かなる村

1

十一月十六日、火曜日、午前五時五十分——

午前六時に東京駅を出る始発の新幹線「のぞみ1号」に乗り込んだ志垣警部と和久井刑事は、二人掛けの席に並んで座った。志垣が窓側で、和久井が通路側だった。

東京の日の出時刻は六時十七分。だからまだ東京駅は暗く、車内の照明がまぶしく感じられるほどだった。夜半の雨は上がっていたが、その代わり、明け方の冷え込みは真冬並みに強烈だった。

志垣と和久井は秋物のレインコートを羽織っていたが、東京でこの寒さでは、白川郷では大変なことになるとわかっていた。だが、彼らは手袋もマフラーも持たずに新幹線に乗り込んだ。足もとも革靴だった。

とにかく、ふたりにとって少しでも睡眠をとることが先決だった。深夜から未明にかけての凝縮された数時間は、彼らの大脳を疲弊させていた。ふたりとも一睡もせずにこの時間まで起きていたので、精神的な疲労はピークに達していた。

だから席に着くとすぐに、志垣と和久井は背もたれを倒し、目を閉じた。

六時ジャストに新幹線がゆっくりとホームを滑り出しても、それさえ気づかなかった。やがて走行音で列車が動き出していることに気づいた志垣が、目を閉じたまま低い声で和久井に呼びかけた。

「おい、名古屋に着くのは何時だ」

「七時三十六分です」

和久井も目を閉じたまま答えた。

「てえことは、何時間寝られる計算だ？」

「うーんと、二時間半ですね」

「そうか。仮眠としちゃじゅうぶんだな。……ん？　おい、計算違うだろ。一時間半じゃねえかよ」

「そうでしたっけ」

「そんな計算もできんのか」

「いま、ぼくにむずかしい暗算をさせないでくださいよお」

薄目を開ける気力さえない和久井は、情けない声を出した。

「自分で計算できるなら、人にきかないでください。もう、眠くてヘロヘロなんですぅ～」

「眠いのはおれだって同じだ。なんせ一睡もしていないんだから。もともと捜査会議が深夜にはじまったうえに、異例の時間帯の再聴取に桜木が応じることになって」

「ぼくはぼくで、夏川洋介をつかまえるために四方手を尽くして、でも空振りの連続で」

「そこへ、いきなり岐阜県警から白川郷で首無し死体発見の一報だよ」

「その騒動の最中に、桜木が池上署にきてしまいましたしね」

「それで、よけいややこしくなった。とんでもない時間に呼びつけたのはこっちだから、まさかきたとたんに追い返すわけにもいかなかったが、山内らしい死体が発見された事実を、桜木にすぐに教えたくはなかった」

「そうはいっても、首無し死体が山内修三のものらしいとわかった以上は……」

「直属の上司が捜査本部を訪れているのに、その件を持ち出さないわけにはいかなかったからなあ」

　依然として目をつぶった状態で、ふたりは会話をつづけた。ただし、周囲に聞き取られないようなボソボソとしたつぶやきで。

「実際、ジレンマでしたよね。桜木からさらに事情は聴きたいけど、同時に編集長としての彼の取材意欲をかき立てることになる」

「そうなんだよ。それに桜木本人だって……」

志垣は目をつぶったまま、和久井のほうに身体全体を向け、さらに小声でつづけた。

「まだ山内殺しの容疑から解放されているわけじゃないんだ」

「ええ」

と、和久井もまぶたを閉じたまま志垣のほうへ身をよじり、一段と小声になってささやいた。

「たしかにあの編集長を、最初から善意の第三者とみなすわけにはいきません」

「だから、おれは意表を衝いたところから質問をはじめたわけだ」

「はい」

「あの戦略は、じゅうぶん牽制球になったと思うけどな」

「……は……い」

「桜木が空気の読める男だったら、『週刊真実』の好きなようにはさせんぞ、というおれの強いメッセージを感じ取れたと思うんだがな」

「………」

「な?」

「………」

「おい、和久井」

志垣は、閉じたまぶたをまだ開かず、眉間に皺を刻んでたずねた。

「おまえ、もしかして、寝てる？」

「……………」

「おい」

「……………」

反応がまったくなくなったので、志垣は目を開けてみた。そして苦笑を浮かべた。

おたがいに同じ角度で座席の背をリクライニングさせ、小声でささやきあっていたので、無意識のうちに顔を近づけ、いまでは文字通り目と鼻の先に、和久井の寝顔があった。

「しょうがねえなあ、しゃべっているうちに寝やがって」

穏やかな表情ですやすやと寝息を立てている顔を見つめて、志垣はつぶやいた。

「まったくこいつは、どこまでいっても子どもだよな。大人になるときがあるんかいな、このおぼっちゃまは」

「え？」

志垣のその言葉に、和久井が反応した。

それからワンテンポ遅れてまぶたを開いた。そして、志垣のごつい顔が間近に迫っているのを見て、小さな叫び声をあげた。

「わ！」

和久井はいきなり身を起こした。

「およしになって」

「およしになって、じゃねえよ、バカタレ」

志垣も身を起こして、和久井の後頭部をパカンとはたいた。

「おめえは時代劇の腰元かよ」

「あー、びっくりした。警部にそんな趣味があるとは」

「ふざけんなって。人が熱心に話しかけているときに、勝手に寝るヤツがあるか」

「寝てました？　ぼく」

「ああ、寝てた。あんまり寝顔が可愛いので、食べちゃいたいと思ったぐらいだ」

「またあ、そんな気色悪いことを～」

「とにかく、このまま寝たら、ふたりともたぶん名古屋では起きられないぞ」

「かもひれないれすぅ～、ほわ～」

大きなあくびをして、目尻に涙を浮かべながら、和久井が言った。

「ヘタすると、京都も大阪も通り越して、起きたら終点の博多、なんてことになってるかも」

「そうなっちゃ困るんだよ。岐阜県警のほうで、名古屋駅まで車の迎えを用意してくれているんだから。すっぽかすわけにはいかん」

「その車で、白川郷へ直行するんですね」

「そうだよ。名古屋から在来線の特急に乗り換えて、高山まで行ってから車で向かうよりは、名古屋からいきなり高速に乗って、赤色回転灯つけてぶっ飛ばせば、そのほうが早い。それに……」

　志垣は冷たい窓ガラスに指先を触れ、まだ明け切らぬ大都会の上空に広がる黒雲に目をやった。

「いつになく早い冬将軍の到来で、東京でさえこの寒さだ。高山も白川郷もゆうべからかなりの雪になっているらしいから、十分でも二十分でも早く着いたほうがいい」

「なるほど～。でも……」

「でも？」

「ぼくの場合、しっかり睡眠をとっておかないと、車で酔っちゃうんですよね」

「知ってるよ」

「それに、ヘタすると新幹線に乗ってるあいだにも酔っちゃうかもしれないし」

「新幹線でも乗物酔いするのか？」

「はい。どうも時速百キロ以上のスピードで移動する物体に乗ると、視神経がまいっちゃうみたいで」

「亀のように遅い船だって酔うじゃねえかよ」

「あ、それはそうですけど」

「宿の枕が合わなくても酔うだろ」

「はい、寝たまんま吐きそうになったり」

「もう、ホントおまえは何年経っても虚弱体質が抜けねえよなあ」

つくづく呆れたという顔で、志垣は和久井を見た。

「じゃ、もういいから寝てろ」

「あれ、警部は？」

「いま言っただろ。ふたりとも寝たら、名古屋を乗り過ごすに決まってると」

「え？　じゃあ、警部はずっと起きてるんですか」

「ああ」

「ぼくを寝かせるために？」

「そうだよ。おまえが寝るんだったら、おれが起きてるしかないだろ」

志垣は太い眉毛を上下しながら、わざとらしいため息をついた。

「まったくおれも、自分の部下思いぶりには自分で感動するわ」

「ぼくもですぅ〜。感動しましたあ〜」

「わかったら、ゆっくり寝てろって。名古屋に着いたら起こしてやるから」

「ありがとうございますぅ～」

和久井は両手を合わせて志垣を拝むと、倒した座席にふたたび身を委ね、目を閉じた。

新幹線は出発から七分たらずで品川駅のホームに着いた。そして品川を出ると、まもなく夜明けを迎える薄明かりの中へ飛び出した新幹線は、つぎの停車駅、新横浜へと向かった。

志垣は寒々しい都会の風景に目をやった。背後に残した東の空は白みかけていたが、進行方向の空はまだ暗い。そして、西へ行けば行くほど、天気はふたたび悪くなっていきそうだった。

2

同じころ――

加々美梨夏は、名古屋駅前で終夜営業をしているレンタカー会社で借りた車を運転して、白川郷に入っていた。

ここにくるまでの高速のサービスエリアで、少しだけ仮眠をとったので、現地入りが朝になった。

厳密に言えば、この地域の日の出時刻である六時二十九分まであと少しあったので、まだ「朝」とは言えないかもしれなかった。だが、すでに風景がある程度見通せるほどにはなっていた。

しかし、その景色も降りしきる雪に霞んでいた。晴れていれば東の方向には青空が見えてよい時間帯だったが、日の出の方角に目を向けても、夜の闇よりわずかに淡い灰色が見えるだけだった。ヘッドライトはとうぶん消せそうになかった。

例年より早い冬将軍の到来を知っていたから、レンタカーは雪道用のスタッドレスタイヤを装着した４ＷＤのＲＶ車を借りていた。だが、予想を超えた雪の降りで、高速を下りると、一面の雪景色が梨夏を待ち受けていた。

一般道に出てから車を路肩に寄せて停め、ハザードランプを点滅させると、梨夏は携帯を手に取った。依然として夏川洋介からの連絡はなかったが、その代わり、編集長の桜木からの緊急メールが午前四時すぎに入っていた。

いつ夏川からの連絡があってもいいように、携帯のマナーモードを解除した状態で仮眠をとっていた梨夏は、そのメールの着信を知らせる音で目を覚ましたのだった。

《山内の首から下が、白川郷で見つかったそうだ。現場は、夏川さんが『濡髪家の殺人』のモデルにしたといわれる、暮神家と伊豆神家が信仰する二神神社の裏山だ。名古屋での宿は早めにチェックアウトして、大至急現地へ向かえ》

梨夏が名古屋で一泊していると思い込んでいた桜木は、梨夏が即座に「もう向かっています」というレスを返したので驚いていた。そして折り返し、つぎのようなメールが桜木から届いた。

《おれはついさっき、夜中の二時すぎという時刻に、また池上署に呼ばれて行った。山内の死体が見つかったという件がメインじゃない。うちの編集部のことや、『濡髪家の殺人』と今回の事件の類似性を知っていたか、などの質問攻めだ。知るわけねえだろって。おれは小説は読まないんだから。だが警察は、必死になって夏川さんの行方を捜しているようだ。

どうも警察は、夏川さんを山内殺しの第一の容疑者として考えている気配がある。

じつは夏川さんに関して、おれは誰にも話していない重大なネタを持っている。もう少し抱え込んでおこうかと思ったが、こういう流れになったからには、そのネタを、来週発売号でぶちあげることにする。

もちろん、夏川さんを安易に犯人扱いするつもりはない。だが状況証拠が揃ったら、たとえウチで連載を書いている作家だからといって、容赦はしない。文芸編集局は記事を止めようとするだろうが、知ったこっちゃない。だからおまえも、山内の件を徹底的に取材しろ。場合によっては、そっちにずっと滞在していてもかまわん。追加の経費を、あとでおまえの口座に振り込んでおく》

そして桜木は、最後にこうつけ加えていた。

《それにしても夏川さんはどこへ行ったんだ。このまま逃げていたら、おれだってあの人を疑わないわけにはいかなくなる。……まあ、梨夏に夏川さんの行方をきいたって、知るわけないだろうけどな。白川郷で何か夏川さんに関する噂を耳にしたら、すぐに連絡してくれ》

何度も読み返した桜木のメールをまた読んで、梨夏は胸が苦しくなった。

(夏川先生は白川郷にいると言った。ぼくはおしまいだ、と絶望的につぶやいた。そして、白川郷で山内さんの首から下の死体が見つかった……。そして警察は先生を第一の容疑者とみなし、編集長は夏川先生のことで重大なネタをつかんでいるという。それって……なに?)

すべてが夏川を絶望的な状況へと追い込んでいるようで、梨夏はやりきれない気持ちになった。

（とにかく……）

梨夏はハザードランプを消し、セレクトレバーをドライブに入れて、ふたたび車を走らせた。

（行くしかない）

目指すは荻町城跡展望台。白川郷の合掌造り集落を一望に見下ろせる高台の城跡にあり、観光写真としての白川郷を撮影する定番のポイントとなっている場所だ。

だが、そこまではヘアピンを含む坂道を上っていかなければならない。スタッドレスタイヤを履いた４ＷＤのＲＶ車とはいえ、この雪では不安があった。気温も零下五度を示しており、路面が凍結しているのは間違いない。

しかし、試しに坂道に差しかかってみると、幸運にも未明に除雪車が一度走ったらしく、路面には雪が積もっているものの、大半は脇にどけられていた。凍結の危険はあるものの、慎重に行けばなんとかなりそうだった。

そして高台に到達した梨夏は、駐車スペースに車を停めると、持参した取材バッグの中からデジタルカメラを取り出し、それを片手に降りしきる雪の中を走った。

駐車場から石段を駆け上がり、右手に折れると息を呑むような風景が梨夏を待ち受けていた。

3

明け切らぬ天空から音もなく大量の雪が降り注ぐ中、窓明かりを灯し、茅葺き屋根にことし初めての雪を載せた合掌造りの家並みが、眼下に広がっていた。その集落の奥には、綿帽子をかぶった針葉樹林に覆われた小高い山が連なっていた。

それはまるで昔話に出てくる日本の原風景だった。とてもそこに二十一世紀の服装をした人々が住んでいるとは思えず、絣(かすり)の着物を着て、簑(みの)をかぶり、藁(わら)で編んだ雪沓(ゆきぐつ)を履いた子どもたちの姿が見えてきそうだった。

髪の毛に雪が降り積もるのもかまわず、梨夏は幻想的な白川郷の全景を黙って眺めていた。

微かに開けた口から吐き出される息が真っ白だった。しかし、寒さは感じなかった。

(暮神家と伊豆神家はどこなの？　山内さんの首から下が発見された神社の裏山って？)

梨夏は、まるで作り物の世界のように現実感を伴わないパノラマに目を凝らした。

だが、眼下の光景が決して民話の世界などではなく、現代の風景である証拠はすぐに目に飛び込んできた。集落を一直線に貫く道路を、ヘッドライトを灯した車が何台も行き来していた。

しんしんと雪が降りつづく明け方の時間帯にしては、車の往来は決して少なくなかった。そして、向こうと手前の両方向から白川郷にやってきた車のほとんどが、道路の左手に連なる集落の中へと折れていった。

しかしヘッドライトの光は、集落のメインエリアでとどまるのではなく、その先へ進んでいった。

そして合掌造りがかたまって存在する場所から、いったん広い雪原へ出ると、さらにその雪原が針葉樹林によって途切れるところまでいった。そこでヘッドライトの列は、また方向を変えた。

高台から見下ろす梨夏の目が、それを追った。

周辺から孤立した、いちだんと大きな二軒の茅葺き屋根の家が目に入った。その周りに多数の車が停まっており、明らかにテレビ局の中継車とみられる大きな車もまじっていた。

いまはテレビ用の照明は灯されていなかったが、報道陣のカメラとみられるストロボ光がときどき光るのが見えた。

（あれが暮神家と伊豆神家？）

その両家から等距離にある針葉樹林の入口近くには鳥居が立っていた。そこには、赤い回転灯をともした警察の車が多数停まっていた。それらの車には捜査員らしい人影が出入りしており、その人の動きが樹林の中へとつづいていた。

そこで梨夏は、視線を小高い山に沿って移動した。雪のカーテンはいちだんと濃密さを増してきたが、樹林の合間から異様に明るい光が洩れているのが見えた。テレビ用の照明よりもっと明るいその光は、警察が現場検証用に灯したものだった。

「あそこが……」

梨夏は声に出してつぶやいた。

「山内さんが殺された場所？」

突然、脳裏に、夏川洋介が担当編集者の首を切断する光景が浮かび上がった。

「やだ！」

叫ぶと、梨夏は踵を返し、もときた道を走って、駐車場に停めた車に駆け戻った。短時間のうちに、ワイパーの動きを止めたフロントガラスは、雪でびっしりと覆われていた。

「絶対にちがう！」

車の中に入ってハンドルを両手で握りしめると、梨夏は首を左右に激しく振って叫んだ。

「絶対に夏川先生が犯人なんかじゃない！」

それは、自分に無理やり言い聞かせようとしている響きがあった。

熱い涙が、冷え切った頬に流れはじめた。

4

隣の席で、和久井がいつのまにか軽い寝息を立てはじめたのを見て、志垣は笑った。

それから、徐々に明るさを増していく車窓の風景に目を転じ、数時間前の桜木との「対決」を思い起こしていた。

深夜の捜査会議で、生首事件と推理小説『濡髪家の殺人』との類似性を知った志垣は、時刻などかまわずに、「週刊真実」編集長の桜木大吾をふたたび池上署に呼び出した。

相手も昼夜逆転みたいな生活をしているはずだから遠慮することなんかないと、強引に呼び出した志垣の思惑どおり、午前二時に池上署へやってきた桜木は、いまが昼間のように、シャキッとした顔をしていた。

なんという非常識な時間に呼び出すんだとか、人権無視だなどと文句をつけるそぶりもなかった。桜木は、夜中の二時や三時に働くのはあたりまえ、という日常を送っている人間であることを、志垣はあらためて認識した。

「雨は小やみになってきたけれど、ずいぶん冷えてきましたよ」

と、桜木が両手をこすり合わせながら言ったので、志垣は彼に熱いお茶を出した。

それから、以前と同じ小部屋に招き入れた。こんど事情聴取に同席するのは、ネットでの噂をいち早くキャッチした池上署の若手、長沢刑事だった。

志垣と相対した桜木には、むしろ警察の事情聴取を再度受けることになったのを歓迎している表情さえ窺えた。深夜の緊急呼び出しの裏に何があるのか、それを探り出して記事に役立てようとしているのは明らかだった。

しかも捜査陣にとっては間の悪いことに、ちょうど岐阜県警から、二神神社の裏山で見つかった首のない死体の一報が飛び込んできたところだった。

その間にも和久井は夏川洋介と連絡をとる手立てを尽くしていたが、まったくつかまえることができなかった。そこで朝になるのを待たず、午前二時すぎに、渋谷区代官山にある夏川の住居を訪れる決断をした。

最悪の事態も考慮に入れたその判断は、加々美梨夏がとった行動と同じだったが、梨夏と異なるのは、住み込みの管理人を起こして、合鍵で６０６号室を開けさせた点だった。

しかし室内に人影はなく、また異変はなかった。それだけ確認すると、和久井は夏川の部屋を引き上げた。家宅捜索令状をとっているわけではなかったので、住人の安否を確かめるためだけの入室にとどめなければならなかった。

だが和久井は、管理人に防犯カメラの記録映像を提出させることを忘れなかった。

そこには、昨夜九時前にやってきたひとりの若い女性が、６０６号室のドアを叩いたり、チャイムを鳴らしたり、ノックする姿が記録されていた。

「これは誰ですか」

和久井は管理人にたずねた。

「さあ、名前はわかりませんが、夏川さんのコレじゃないでしょうかね」

年老いた管理人は、意味ありげな笑いを浮かべて小指を立てた。

「恋人？」

「はい。ことしの夏ごろからたびたびお見かけします。目がパッチリして、なかなかの美人ですよ。あ、そうそう、たしか『リカ』って呼んでましたね、夏川先生は彼女のことを」

5

和久井からの報告を携帯で随時受けながら、志垣は警察の宿敵ともいうべき「週刊真実」の剛腕編集長に対して、予想外の切り口から質問をはじめていた。

「『週刊真実』は毎週月曜日発売ですね。そこでおたずねしたいのですが、原稿の最終締め切りはいつですか」

「はあ?」

桜木大吾は、まったく意表を衝かれたといった顔でき返した。

「警部さん、ウチの雑誌の締め切りをきくために、こんな時刻に私を呼びつけたんですか」

「いや、そうではありません。しかし、これもおたずねしておきたいことなのです」

「しかし……」

「お答えください」

志垣は、またしても反論と引き延ばしをしようとする桜木に、きつく言い渡した。

「いまは午前二時すぎ、あなたに言われるまでもなく、こんな時刻にお呼び立てするのは、いくらあなたが夜型人間であっても異例中の異例です。つまり、緊急におたずねしたいことがあったから、夜中にきていただいた。それは時間を無駄づかいしている余裕はない、ということでもあります。ですから、素直にお答えください。『週刊真実』の原稿締め切りはいつなのか。

ちなみにデタラメを答えられたところで、月曜発売の週刊誌はほかにもある。『週刊現代』とか『週刊ポスト』とかね。だから、ウソはバレますよ」

「だったら講談社とか小学館にきけばいいでしょう。どうせ、どこの社でも大きな違いはないいんだから」

「私はほかの週刊誌の締め切りを知りたいのではない。あなたが編集長を務めておられる『週刊真実』の締め切りスケジュールを確認したいのです」

「何のために」

「答える気があるのか、ないのか！」

志垣は鬼の形相で机を叩いた。

桜木は横を向いて、チッと舌打ちをした。そして言った。

「だいたい志垣さんの考えていることはわかってますよ。質問の狙いはね」

それから首をフラフラと振りながら言った。

「水曜の夜中が締め切りです」

「どういう種類の締め切りなんですか」

「原稿ですよ。原稿の締め切りが水曜の夜中。どんなに遅くても木曜の朝イチ。もちろん、そこまで遅れていいのは、ごく一部にかぎります」

「記者が原稿用紙に記事をまとめる最終デッドラインが木曜日の明け方と、そういうことですな」

「原稿用紙？」

桜木はせせら笑った。

「いつの時代の話をしてるんですか。パソコンに打ち込まれたデータですよ。すでに最初から一行何字で何段組という基本レイアウトは決まっているので、図版や見出しが入るスペースをおおよそ見当つけながら、パソコンに入力する。そのデータを印刷所に回すと、ゲラという校正刷りが出てきます」

「なるほどねえ。原稿用紙に鉛筆で書く時代じゃないわけだ」

志垣は、わかっていてそんな言い方をした。

怒らせたほうがボロが出るタイプだと踏んでいたからだった。

「そのゲラが出るのは何時ごろですか」

「木曜の昼です」

「それをどのような手順でチェックするんですか」

「なんでそこまで詳しくきくんですか。山内が殺されたこととは関係ないでしょう」

「関係あると思っているからたずねているんです。桜木さん。時間を無駄にしているヒマはないと、何度同じことを繰り返せばいいんですか」

　志垣の剣幕にも、桜木はひるむ様子もなく、ハーッとわざとらしいため息をついた。それから、イヤイヤといった感じで答えた。

「ゲラは編集者と校閲担当者が並行して見ます。その直しが入ったものをデスクがチェックします」

「デスクとは副編集長のことですか」

「社によって違うけど、ウチの場合は副編集長を兼ねた副編デスクが二名、平デスクと呼ばれる者が二名、計四名です」

「その四人のデスクが分担して原稿を見るわけですか」

「原稿じゃないです。ゲラです。初校ゲラ」

「しょこう、というのは？」

「一回目の校正という意味です」

「ああ、なるほど」

　志垣は鉛筆の尻で、オールバックにした髪の毛を掻いた。その鉛筆は、メモをとる手帳の背に差し込むタイプの小さなものである。

　これは演出ではなく、志垣はいまだに古典的な刑事の筆記用具を愛用していた。

「四人もデスクがいるというのは、記事の内容によって分担があるんですか」

「ですね。事件担当、政治担当、経済担当、文化担当の四分野に分けています」

「となると、山内さんの事件に関する記事は事件担当デスクになるわけですな」

「引っかけはやめてくださいよ、志垣警部。私は前回の聴取でお約束したでしょう。可愛い部下の無残な死に様を、記事にして商売にするような真似はしないと」

「たしかにそうおっしゃったけれど、それにつけ加えて、次号で大特集を組むとか、そんなことは夢にも思っていないと言われた。うまい逃げ口上ですな。大特集は組まないと約束したが、見開きぐらいの記事なら大特集のうちに入らないから、やりませんと約束したわけではないと、あとで言い訳できる」

「よくもまあ……」

桜木は頭の後ろで両手を組んで、背伸びをした。

「人の言ったことを覚えていますねえ」

「暗記しているわけじゃない。記録にとってあるんでね」

「なるほど」

「で、その事件担当デスクのお名前を教えてください」

「矢吹です、矢吹英太。歳も言っときましょうか。四十一歳です」

「字は？　どういう字を書きますか」

「矢を吹くに、英語の英に、太い」

「なるほど。では、亡くなった山内さんが担当しておられた『濡髪家の殺人』という小説に関しては、文化担当のデスクがゲラを見るんですね。その方のお名前は？」

「藤代昌樹（ふじしろまさき）、四十七歳。藤の花の藤に、時代の代、日がふたつに、樹木の樹」

「ふんふん……ん？　なにか？」

デスクの名前を手帳に書き留めていた志垣は、桜木が自分の顔をじっと見つめているのに気がついてたずねた。

「私の顔になにかついていますか」

「いや、いまどき鉛筆の芯を舐めながら字を書く人なんてめずらしいなと思って」

「ああ、これね」

志垣は、ちびた手帳用の鉛筆をかざして笑った。

「鉛筆の芯を舐め舐め字を書くのは、先輩刑事から受け継いだ、いわばデカの伝統的作法です。ここにいる長沢君のようなＩＴ刑事と違って、私は昭和の時代から刑事をやってますんでね」

「………」

桜木は、志垣の言葉の端々に挑戦的な匂いをかぎ取って黙った。

「それで、四人のデスクの目を通ったところで、編集長のあなたが見るんですね」

「いや、まだ私は見ません。四人のデスクが持ち分の初校ゲラをチェックし終えたところで、いったん印刷所に戻します。そして直しを入れた再校ゲラが、その日のうちにまた出てきます」

「ほう、その日のうちにまたゲラが出るんですか」

志垣は唇を丸めて感心した。

「こりゃ水曜日から木曜日にかけては大忙しですな。で、具体的に何時ごろですか、再校が出るのは？」

「夜の七時ごろです」

「で、その再校ゲラをあなたが読む」

「いや、まだです。初校と同様、まずは編集者と校閲担当者が目を通し、新たに直しがあれば朱を入れます。それをまたデスクが見て、そののちに編集長の私が見ます」

「副編とかデスクは四人おられて、それぞれ受け持ちの分野が決まっているけれど、編集長のあなたは、丸々一冊分、ぜんぶをひとりで最終チェックするわけですな」

「そうです。内容のチェックだけでなく、記事のタイトルや本文の見出しなどは、私が見て、こうしたほうがいいと思うものは、独断でどんどん変えていきます。それが編集長の仕事ですから」

「小説の部分も、朱の入った再校ゲラの段階で読まれるんですか？」

　意味ありげに志垣がきくと、桜木が肩をすくめた。

「そこは、おまかせですね、ウチの場合は」

「おまかせ、というと？」

「担当の山内と、デスクの藤代にまかせていました。正直、小説まで読んでいるヒマはないです」

「では、あなたは昨夜来、ネットで噂が飛び交うまでは、山内さんが首を切り落とされて殺された事件と、連載中の小説とのあいだの関連性には気づいておられなかった」

　志垣の確認に、桜木は相手をにらみ返した。

6

「なんだ、回りくどいきき方をすると思ったら、質問の核心はそこですか」

　桜木は不機嫌を顔に出して言った。

「ええ、そうですよ。編集長として職務怠慢だとおっしゃるなら、どうぞご自由に。率直に言って、小説の中身までチェックしている時間は私にはないんだ。私は忙しいんですよ。ろくに睡眠もとらずに、毎週毎週やっているんだ」

「べつに、私はあなたの上役ではないんで」

志垣は軽い口調で言った。

「編集長のあなたが小説まで目を通していなかったからといって、それを咎めたりする権利はありませんのでね」

「……………」

「さて、木曜日の夜に編集長のあなたが最終チェックを終えた再校……というんですか……再校ゲラは、印刷所に戻されると、すぐ印刷にとりかかるんですかね」

「いや、その前に見本刷りができあがってきます」

「ああ、聞いたことがありますな、週刊誌の見本刷りね。つまり、まだ綴じていない形での最終プリントアウトがくるわけだ」

「いや、違います。見本刷りといっても、単行本の刷り出しとは違って、ちゃんと週刊誌スタイルに綴じてあって、見た目は市販される状態とまったく変わりません」

「ほう、そうなんですか。で、その見本刷りが出てくるのは何時？」

「金曜の朝十時半」

「それをまた、あなたが念のために読むんですね」

「おっしゃるとおり、あくまで念のために読むだけで、原則として、よほど重大なミスが生じていないかぎり、その段階ではもう直しをしません。いや、直しをしないのではなく、できない、というほうが正しい。

　というのも、見本刷りが編集部に届いた時点で、すでに印刷所の輪転機は始動しはじめており、製本工程もはじまっているからです。もうどんどん作業は進んでいるんです。だから、もし見本刷りにミスが見つかっても、時間的に直せるのは誤植程度で、しかも配送がいちばん遅い地域、つまり東京都心部に配られるぶんに限りますね」

「そうですかあ。いや、いろいろ参考になります」

「参考？　なんの」

　桜木は、志垣の言葉尻を捉えた。

　だが、志垣はそれを無視して、新たな質問を発した。

「ところで週刊誌で重要なのは、新聞や電車の中吊りに掲載される最新号の中身の宣伝ですよね。つまり広告です。そこでどれだけ刺激的なキャッチコピーを並べられるかで、おたくの売り上げも変わってくるんでしょう？　そこでおたずねしますが」

　志垣は、「週刊真実」編集長の顔をじっと見据えた。

「その広告の制作進行は、いったいどういう段取りになっていますか」

「なるほど、そうきましたか」

　桜木は唇の端を歪めて苦笑した。

「ウチが来週月曜発売号で、山内の件に関してどんなネタを出すのか、一日も早く知りたいというわけですか」

「そう受け取ってもよろしいが」

「その手には乗りませんよ」

桜木は志垣のほうへ挑戦的に身を乗り出した。

「広告に打って、早めに手の内を明かすようなことはしません。警察に対しても、同業者に対しても」

「じゃあ、やっぱり記事になさるわけだ。さきほどとは、おっしゃることが違いますな」

「………」

「ともかく、新聞広告や中吊り広告の進行スケジュールを教えていただきたい」

「まず水曜日の夜七時ぐらいに、編集部のほうからタイトルやスペース、位置などについてのラフ案を作ります」

桜木は、志垣を睨みつけたまま言った。

「それを宣伝部に渡し、宣伝部所属の社員デザイナーが、すぐデザインに取りかかります。と同時に、宣伝部の担当者は編集部から出たラフ案を、新聞社ごとに異なる広告代理店に送り、代理店経由で掲載する新聞各社の審査に回します」

「審査?」

「そうです。不適切な用語など新聞広告にふさわしくない表現があれば、新聞社の審査からその旨が、各代理店を通してウチの宣伝部にフィードバックされ、そして編集部に修正の依頼がきます。その審査基準は、新聞社ごとに異なります」

「すると、宣伝広告の内容に問題が生じても、宣伝部で勝手に直すのではなく、編集部が修正すると」

「他社さんは知りませんが、ウチではそうです」

「では、最終原稿を印刷に回すのは？」

「新聞広告に関しては、木曜夜の六時に最終原稿を入れて、金曜日の昼に出たゲラをただちに確認して校了します。地下鉄などの中吊り広告の校了は新聞広告より早くて、木曜日の夜です」

「コウリョウ？」

「校正が完了。もう直しはありません、ということです。といっても金曜の夕方ぐらいまでは、直しが不可能ではありませんが、その時点では、もう本誌の印刷がはじまっているわけですから、大きな修正はできません。そして、校了されたデータは代理店経由で新聞社に入稿されます」

「なるほど、なるほど」

志垣は鉛筆の芯を舐め舐め、手帳に書き込みをしながらうなずいた。

「ということは、ですよ、来週月曜日に発売される『週刊真実』の記事は、遅くとも今週木曜の朝一番で書き上げねばならず、それより一日早く、水曜日夜の段階で、最新号の広告デザインは決まっていなければならないわけですね」

「そういうことです」

「そして本体の記事の直しは木曜日の夜中がデッドラインで、金曜日の朝に見本刷りが上がってきた段階では、すでに印刷がはじまっている。そしてそれが製本され、土日のあいだに全国に配送される」

「そのとおりです」

「あ、もうひとつおたずねしますがね」

手帳の鉛筆を振って、志垣がきいた。

「『週刊真実』の表紙に入れ込むキャッチを、編集長のあなたが決めるのはいつでしょうか」

「広告のラフ案を決める直前の、水曜夜の六時半ぐらいではないですかね」

「そうですか。いや、おかげさまで、なんだか『週刊真実』の編集部員になったかのように、流れがよく理解できましたよ」

メモをとっていた手帳をパタンと閉じると、志垣は、あえて桜木から視線をはずして言った。

「そうなりますと編集長のあなたは、水曜から金曜の少なくとも午前中にかけては、社を離れられないということになりますな」

「厳密に言えば、金曜日も夕方までは離れられません」

「ほう、それはなぜです」

「ウチでは金曜日の午後に、次号のプラン会議をやりますから」

「そうですか。じゃあ桜木さんは、週の後半は会社に貼りつきだ」

「ええ」

「しかし、土日はフリーに動ける」

「おい、なにを言いたいんだ！」

「いやいや、誤解されたらお詫びします。私が言いたいのは、水曜から金曜のあいだであれば、あなたは必ず会社でつかまえられるんですね、ということです。少なくとも警察に対して居留守を使われては困りますのでね」

「………」

「しかしねえ、桜木さん、ここらで私が御誌のスケジュールを詳細にうかがった理由を申し上げたほうがよさそうです」

　志垣は、ゆっくりと桜木に視線を戻した。

「昨夜来のあなたの態度を拝見するにつけ、私は刑事のカンとでも申しましょうか、ちょっとひらめいたことがある。それは、あなたは最初から山内さんの悲劇を、来週発売の誌上で記事にしようと考えておられる、ということです。……いや、その程度の推測であれば、なにも刑事のカンなどと大げさなフレーズで言うまでもないのですが、しかし私は、あなたが重大な情報を私どもに隠しているという気がしてならないんですよ」

「重大な情報？」

「そうです。あなたはいま、夏川洋介氏の連載小説『濡髪家の殺人』を、いちいち読んでいないとおっしゃった。それは毎号そうだったんですね」

「そうです」

桜木は開き直って答えた。

「もちろん、山内の事件が起きたからには、すぐに目を通しましたが」

「最初から最新の連載分まで、すべてにですか」

「そうです。いや、未発表のストックが五回分ありましたから、それも」

「おかしいですね、それは」

「なにがおかしいんです」

「あなたが本署で山内さんの身元確認を行なったのは、発見から二時間後、昨日の夕刻五時ごろです。昨日といっても、あなたはあれからお休みになっていないでしょうから、いまから九時間ほど前と言ったほうがいいでしょう。わずか九時間前です」

「それで？」

「さすがにあなたもショックを受けられたが、すぐには社に戻らず、本署で私どもの事情聴取に応じていただきました。お帰りいただいたのは夜の八時過ぎでしたでしょうか。ですから、いまからわずか六時間前です。そして、あなたは社に帰るや否や……いえ、もしかすると帰社途中にすでに命令を発したのかもしれませんが、山内さんの事件の取材態勢を組みはじめた」

「そんなことを誰が」

「警察を甘くみてはいけませんね。それぐらいの情報はとりますよ。とにかく、あなたは大忙しだった。そんなあなたが、それまで読まなかった連載二十回分だか二十五回分だかの小説を一気に読めますか」

「……………」

「なるほど、あなたはスクープ&スキャンダルをモットーとする『週刊真実』の編集長として、連載小説にいちいち目を通している余裕はなかったかもしれない。ひょっとしたら、週刊誌の連載小説なんて、単行本にするのが目的であって、いわば社内の文芸セクションのために、ページを貸してやってるんだぐらいの認識しかなかったかもしれない。

しかし、どこかの時点で——山内さんが殺されるよりもっと前に——夏川洋介氏の『濡髪家の殺人』が、なにか深刻な問題を孕(はら)んでいることを認識されたんじゃありませんか？　そして、あわててこれまでの連載分を読んだ。それがいつのことかは知りませんがね。つまり今回の事件は、山内さんが推理作家・夏川洋介氏の担当編集者であることと重大な関係があると、最初からあなたは認識していた。身元確認のときに受けたショックは、たんに生首を見せられたという衝撃だけとは思えないのですが」

「……」

桜木は押し黙った。こんどはふて腐れて黙っているのとはワケが違った。

沈黙する桜木に、志垣が低い声で言った。

「私どもは、いま夏川洋介氏の行方を懸命に捜しています。あらゆる手立てで連絡をとろうとしています。だが、どこにいるのかまったく所在がつかめない。携帯の電源を切っているのも、GPSサーチなどで居場所を知られるのを恐れてのことではないかと思うのです。で、おたずねしますが、桜木さん、あなたは夏川氏がどこにいるか、ごぞんじなんじゃありませんか」

「それはない」

桜木は首を左右に振った。

「私だって、彼の居場所を知りたいんです。だが、ぜんぜん連絡が取れない」

「そうですか。では、ひとつあなたにニュースをお伝えしましょう」

　ニュース、という言葉に、桜木はビクンとなって顔を上げた。

「ついさきほど入ってきた情報なんですがね、山内さんの死体が発見されましたよ、首から下がね」

「え……」

　それまでふてぶてしい挑戦的な態度をとりつづけてきた桜木が、激しく動揺した。

「ど……どこで」

「白川郷です。夏川洋介さんの小説がモデルにしていた舞台と言われる、世界遺産の村で」

7

「警部、警部！」

　志垣は自分の身体を強く揺さぶられるのを感じていたが、すぐには意識を覚醒することができなかった。

「警部、早く起きてください、名古屋ですよ！」

「え？」

名古屋、という言葉を聞いて、志垣はハッとなって目を開けた。

窓の外を見ると、すでに新幹線は名古屋駅のホームに滑り込んで速度を落としているところだった。デッキから通路にかけて、名古屋で降りる乗客が列を成して並んでいた。

「い……いつのまに」

「いつのまに、じゃありませんよ。誰ですか、ゆっくり寝てろ、名古屋に着いたら起こしてやるから、なんて言ってた人は。感謝して拝んで損しちゃいましたよ」

「ようするに、おれって寝てたのね」

和久井につづいて、志垣はあわてて席を立った。

「そうです。ドアのほうへ向かう人の気配で目を覚ましたからよかったようなものの、そうじゃなかったら、東京駅で予想していたとおりの展開になってましたよ」

「いやあ、知らんかったなあ。桜木を事情聴取したときのことを思い出しながら、今後の捜査の展望に思いを馳せていたのだが」

「なにかおいしいものでも食べてる夢をみてたんじゃないんですか」

「え？　なんで？」

「口の周り」

「あ、よだれでびちゃびちゃ～」

「早くハンカチで拭いて。あ〜、あ〜、手のひらで拭いたりして……もう、子どもじゃないんだから、しっかりしてくださいよね」

和久井は、うんざりした口調で言った。


「うひょー、寒いな」

新幹線からホームへ出るなり、志垣はレインコートの襟をかき合わせて首をすくめた。名古屋は曇りだったが、冷たい北風が吹いていた。

「こりゃあ白川郷は雪だぞ、間違いなく」

「雪は昨夜から降ってます。山内の遺体が見つかった時点で、岐阜県警から連絡があったじゃないですか」

「あ、そ」

「頭、起きてますか、ちゃんと」

「起きてるよ。バカにすんない。人がよだれを垂らしてたぐらいで」

志垣はブスッとして和久井を睨んだ。

8

名古屋までひとりで車を運転して出迎えにきていたのは、岐阜県警高山警察署の庄野警部で、志垣とほぼ同年配のベテランだった。

白川郷の管轄は高山署である。だから志垣たちが名古屋から高山本線に乗り換えて高山駅で降りたほうが迎える側は圧倒的に楽だったが、一刻も早く白川郷入りをしたいので名古屋から車で直行したいと志垣が希望を出したところ、わざわざ庄野警部が未明に高山署を発って、名古屋駅まで迎えにきてくれたのだった。

ひょっとこのお面をそのまま顔にしたような、ひょうきんな印象の庄野は、自分の苗字を「庄川の庄に、野原の野と書いて庄野です」と説明した。だが、志垣も和久井も「しょうがわ」が川の名前であるという認識さえなかったから、即座に警部の名前の字面を思い浮かべることができなかった。

だが、さらに説明を聞いて、ようやく納得した。庄川とは、まさに白川郷や五箇山の脇を流れている川だったからである。

「よく、庄川は下流に行くと長良川に名前を変えるんですか、ときかれるんですがね」

車を停めてある場所に向かって、名古屋駅のコンコースを早足で歩きながら、話し好きそうな庄野は、大きな声で語りつづけた。

「庄川は正反対の富山湾に流れておるんですわ。しかし、長良川と間違えられるのも無理はない。川には『支流』とか『分流』という名称がありましょう。川の本流に上流側から合流してくるのが『支流』で、下流のほうへ分かれていくのが『分流』。で、庄川に合流する支流のひとつに御手洗川というのがありましてね、この御手洗川の水源となっている湿原が、ひるがの高原にあります。ええところですよ。そこがちょうど分水嶺になっておりまして、分水嶺公園というのもありますが、そこから富山湾に注ぐ川と、伊勢湾に注ぐ川が左右に泣き別れとなる。つまりひるがの高原の湿原を境に、日本海側へ傾斜する土地と、太平洋側へ傾斜する土地に分かれているわけです。だから分水嶺。

　そして日本海へ向かう傾斜に沿って富山湾に注ぐのが、庄川に合流する御手洗川であり、太平洋へ向かう傾斜に沿って伊勢湾に注ぐのが長良川です。つまり、日本海と太平洋に注ぐ川が、同じ水源から湧き出しておるのです。面白いですなあ。途中でそのそばを通りますから、そのときにまたご案内しますがね。……あ、そこにあるのが私らの車です。愛知県警さんにおねがいして、ちょこっと停めさせてもらいました」

　名古屋駅の正面口から出た真ん前に、一台の乗用車がハザードランプを点滅させたまま停まっていた。見た目は普通の乗用車だが、いざというときは屋根に赤色回転灯が出る覆面パトカーである。

そのそばに、名古屋駅前を受け持つ交番の警官がひとり立っていた。

「いや、どうもごくろうさまです」

庄野がその警官に敬礼し、志垣と和久井も頭を下げてから、車に乗り込んだ。

「あ……すみません、ぼくは事情がありまして、助手席におねがいします」

ふたりとも後部座席に案内しようとする庄野警部に、和久井はバツが悪そうな顔で断って、助手席のドアを開けた。すぐに志垣が大きな声で補足した。

「こいつは刑事のくせに虚弱体質でしてね。車の後部座席は酔うというんですよ。睡眠不足だと新幹線でも乗物酔いをおこすらしいです」

「おやおや、それは繊細な方で」

庄野に笑われて、和久井は赤くなった。

「では、助手席へどうぞ。向こうに着くまで、遠慮なくおやすみになったらいかがですか。二時間以上は寝られると思いますよ」

「は、お気遣い、いたみいります」

和久井は恐縮して、運転席に乗り込んできた庄野警部に頭を下げた。

「でも、新幹線の中で少し寝てまいりましたので、もう寝なくても平気だと思います」

　すると、後部座席に座った志垣がすかさず突っ込んだ。

「まあ、いいじゃないか。おまえに途中で気持ち悪くなられたんじゃ庄野警部も迷惑だろうから、お言葉に甘えて寝てりゃいい。庄野さん、まったくこいつはね、子どもなんですよ。新幹線でも、ぼくは寝ませんと言っておきながら、東京駅を出たとたん、バタンキューですから。私が起こさなかったら、こいつは博多までつれていかれたでしょう」

「あの……」

「まったく最近の若い刑事は、徹夜が利かないんですから困ったものです。おい、和久井、寝させてもらうのはいいけど、よだれを垂らすんじゃないぞ、岐阜県警さんの車に」

「………」

「あははは」

　庄野警部は痛快そうに笑って車をスタートさせた。和久井はムッとした顔で後ろをふり返ったが、志垣は知らん顔で、運転席の庄野の背中に言葉を投げかけた。

「ま、軟弱な青年にはおねんねしてもらって、道中、庄野さんから遺体発見のいきさつなどを、詳しくお聞かせいただきましょうか」

9

庄野警部が運転する車は、名古屋駅前からすぐに名古屋高速の6号清須線に乗り、名岐バイパスを通って、少しだけ名神高速を走り、一宮ジャンクションから東海北陸自動車道に入って北へ向かった。

県境を越えて愛知県から岐阜県に入り、木曾川を横切り、午前九時にならないうちに、郡上八幡のインターチェンジを通り過ぎていた。

進むにつれて、空は寒々しい鉛色になってきた。

「いつか天気のよいときに、プライベートで郡上八幡へこられたらよろしいですよ」

ハンドルを握る庄野が言った。

「ここは町中を流れる清流と郡上踊りで知られる城下町でしてね。その川が、さきほど話題に出した長良川です。二十一世紀のこの時代に、たいへんに美しく澄んだ流れを維持しておりまして、町並みもレトロでね。私は大好きなんですよ」

車内に響く「約一名」のイビキが大きくなったのを聞いて、庄野はニコニコ笑いながらヒーターのスイッチに手を伸ばした。

「もう少し温かくしましょうかね。ぐっすり寝ておられるようですから、寝起きに風邪をひいてもいけません」

「おそれいります。まったくお恥ずかしいかぎりで」

「いいえ、ここから先は、ぐんぐん冷えていきますからね。それに、あの表示を見てください」

フロントガラス越しに庄野警部が指差した道路標示には《白鳥（しらとり）—五箇山ユキ　チェーン規制》と出ていた。

「白鳥というのは、あと二十キロぐらい先にあるインターの名前ですが、そこから先は高度も上がって、山あいを縫うように走ります。白鳥からさらに二十何キロか行ったあたりの左側が分水嶺なんですよ。そこからは長良川ではなく、庄川の系統に沿って行くことになります。ここから先は、高速道路の両側にスキー場がたくさんあります。このぶんだと、今シーズンのスキー場開きは例年になく早くなりそうですなあ」

「向こうはかなり寒そうですね、白川郷は」

「もちろんです。東京は秋でも、白川郷はゆうべから冬になりました。見てください、この先の景色を」

庄野はまた前方を指差した。

走行中の一帯にはまだ積雪はなかったが、行く手の風景はすでに白く染まっていた。山々の頂の部分は、雪雲に隠れて見えない。

「暖冬がつづく昨今としてはめずらしいほどの冬将軍がやってきました。あなたがたの服装では、たちまち凍死です」

おおげさなことを言って大笑いしてから、庄野はつけ加えた。

「ご安心ください。おそらく冬支度はしてこられんだろうと思いまして、岐阜県警のロゴが入っておりますが、フード付きの防寒ジャンパーと、二名分の手袋、長靴も用意してあります」

「それはそれは恐縮です。なにしろ、バタバタしたまま出てきたものですから」

「まあ、こう言っちゃ失礼になるかもしれませんが、東京の方は、日本でいちばん天候の変化に鈍感ですから。日本中どこへ行っても、たとえそれが室外であっても、つねに空調が効いているような錯覚をお持ちです」

「おっしゃるとおりです。多少暑くても寒くても、建物の中に入れば、いつも快適な温度に保たれた空間に避難できます」

「そんな都会からいらしたおふたりに、凍えそうな思いをさせては気の毒ですから、身支度だけはきっちり準備させていただきました。必要ならオーバーズボンもありますし」

断続的に響くいびきに耳を傾け、少し微笑んでから、庄野は一転して表情を引き締めた。

「しかし、ギリギリでしたよ」

「なにが、ですか」

「死体の発見が、です。真夜中に暮神家と伊豆神家の張り込みをしていた飛騨日報の連中が、偶然、二神神社の裏山で見つけたわけですが、半日……いや三、四時間遅ければ、いくら撮影のためとはいえ、彼らは雪が積もった山道を登ろうとは思わなかったでしょうし、寒さに耐えかねて張り込みも中止していたでしょう。そして、いまの降り方ですと本格的な大雪になりそうだから、死体は雪に隠れてしまう。寒さがゆるむ時期がこなければ、ヘタをすると、そのまま春先まで雪の中に埋もれていたかもしれません」

「なるほど、考えてみれば飛騨日報の記者に感謝しないといけませんね」

「そうです」

「で、問題の死体なんですが、あれが山内修三の身体であるということは確定したんでしょうか」

「東京から送られてきた身体的特徴と完全に一致しています。盲腸の跡や交通事故で負った右脚の傷などがね。それに血液型も一致しています。ＤＮＡ鑑定も簡易レベルでは一致を見ていますが、昼前には詳細な鑑定結果も出てくるでしょう。でも、結論が覆ることはないですよ。首のない死体が山内修三のものと見せかけて、じつは別人

――なんていう、推理小説みたいな話ではなさそうです。……いや」

庄野は首を小刻みに横に振った。

「発見の状況は、じゅうぶんに推理小説的ではありますが」

「遺体そのものは、いまどこに」

「すでに現場から搬出して、司法解剖のために県庁そばの医大病院に搬入していま
す」

「高山署ではなく、県庁の近くに？」

「そうです」

「県庁といったら、その場所はもうとっくに……」

「ええ、岐阜県は広いですが、県庁は南寄りに、つまり名古屋に近い場所にありますから、最寄りのインターはもう通り過ぎました。高山署では司法解剖医の都合もつきにくいし、この天気ではロケーション的に空輸してくるのが難しいですから」

「空輸してくる？」

「ああ、お伝えするのを忘れておりました。ちょうどおふたりが名古屋に着く少し前ですが、そちらの捜査本部と連絡をとりあいましてね、被害者の頭部の部分もこっちに送られることになりました。医大病院のほうへね。それで解剖台の上で合体、というこ
とになるんですかな。フランケンシュタインみたいに」

「合体……」

「司法解剖を終えて、名古屋に住むご両親にご遺体を引き渡すときには、縫い合わせることになるでしょう。まさか首と胴体を別々に棺に入れるわけにはいきますまい。……あ、降ってきましたね」

ゾッとするような話をしてから、庄野はアゴをしゃくって前方を示した。

フロントガラスの前に白いものが舞いはじめていた。そして、その密度が急速に濃くなってゆき、周囲は白い雪景色に変わった。

「医大病院へ先に立ち寄るよりは、なにはともあれ、おふたりには先に現場を見ていただかないと、雪でなにもかも埋まってしまいますから」

「たしかに」

「それに、暮神家と伊豆神家の連中にもお会いいただきたいですしね」

「彼らはほんとうに関係があるんでしょうか。小説のモデルにはなっていたかもしれないけれど、今回の事件とは直接の関係はないのでは？」

「いいえ」

確信に満ちたしぐさで、庄野警部は首を左右に振った。

「暮神家は三人家族、伊豆神家も三人家族。おたがいに先祖からの確執を抱えておるのは小説と同じです。ところがゆうべ、その六人が真夜中に暮神家に集まってなにやら話し合いをしておったらしい。そもそも飛驒日報の連中が遺体を発見したのも、その動きを察知して張り込みをしておったからです。そして、これもおふたりをお迎えにあがる車中で本署から受けた情報ですが、けさになって、その六人の中で重大な情報を提供してきた者がおります」

「重大な情報とは？」

「山内修三を殺した犯人を知っている、という情報です」

「なんですって！　それは誰です」

「犯人は誰か、というご質問であれば、それはまだ明らかになっておりません。口をつぐんでしゃべらないのです。しかし、その情報を持ち込んだ人物はわかっております。いま、現地で捜査陣の保護下にありますが、暮神家のひとり息子で、ふだんは名古屋の大学に通っている暮神高史です」

庄野が言葉を切ると、車内に沈黙が広がった。

いや、ふたりの会話と無関係に、天真爛漫というしかない大イビキが響き渡った。

「ああ、さっきからうるさいな、この大イビキは。ひとりで勝手に寝てる場合じゃないのに。もう起こしましょう。警部、志垣警部！」

助手席から身体をひねって、和久井は大きな声を出した。

「人にゆっくり寝ろと言っておいて、また自分が寝ちゃうんだから。志垣警部、起きなさい。起きないと逮捕しますよ！」

「は？　……ん？」

後部座席で横倒しになってイビキをかいていた志垣は、和久井から再三呼びかけられて、ようやく目を開いた。そして横になったまま、虚ろな視線を車の天井あたりにさまよわせた。

「もう、着いた？」

「まだ着いてませんけどね、庄野警部が大事な話をされているんです」

「大事な話？　……おお、すごい雪！」

のろのろと身を起こした志垣は、前方の風景を見て驚きの声を上げた。そして、後部座席の窓ガラスの曇りを袖で拭きとり、いちだんと大きな声を出した。

「すんげえ〜、いつのまにこんな雪景色に」

「大イビキをかいているあいだに、ですよ」

助手席の和久井は、前に向き直って冷たく言い放った。

「とりあえずは、口もとのよだれを拭いてくださいね。ちゃんとハンカチで」

庄野警部がプッと噴き出した。

10

携帯電話が鳴ったのは、午前十時ちょうどだった。その着信メロディを聞いて、運転席でうとうとしていた加々美梨夏は飛び起きた。夏川洋介限定の着信音だったからだ。

「先生！」

急いで携帯の通話ボタンを押し、梨夏はそれを耳に押し当てた。

「先生、どこにいらっしゃるんですか！」

「きみこそ、どこにいる」

「白川郷です」

温風の吹き出し方向をデフロスターから足もとに切り替えていたために、すっかり曇ってしまった窓ガラスを手でぬぐいながら、梨夏は答えた。

「白川郷の観光用駐車場に車を停めています。先生はごぞんじかどうか知りませんが、山内さんの首から下の死体が、この先で見つかったんです。現場を見に行こうと思ったんですけど、規制されてぜんぜん近づけなくて……。それで、とりあえず仮眠をとっていたんです。なんだか頭がふらふらで」

「山内君の遺体が見つかったのは、ニュースで見たよ。携帯のニュースサイトで」

「先生はどこにいるんですか」

「すぐそばにいる」

「すぐそばって？」

「茅葺き民宿『こきりこ』というところに、ゆうべから宿をとっている。ただし、偽名でね」

「『こきりこ』？　それは白川郷のどのへんですか。さっき『まんさく』という茅葺きの民宿は見かけましたけど」

「白川郷じゃない。もうひとつの世界遺産だ」

「というと……五箇山？」

「そうだ。富山県の五箇山だ。県は違うけど、そこから二十キロぐらいしか離れていない。すごい雪だけど、運転してこられるか」

「だいじょうぶです、行きます」

　少し倒していたシートを元の角度に戻すと、梨夏は足もとへの温風をデフロスターに切り替え、最強にした。曇っていたフロントガラスが、みるみるうちに透き通った。

　しかし、ガラスの向こうは真っ白だった。雪の降り方が激しいだけでなく、風が強くなっていた。断続的に突風が吹き荒れ、雪がフロントガラスにへばりついて視界を遮っていた。

ワイパーのスイッチを入れたが、最初は雪の重みで、のそっとした動きしかしなかった。だが、雪のかたまりをいったん払うと、正常の速度を取り戻した。

白川郷は完全な吹雪になっていた。いまが十一月の中旬とは思えなかった。だが、吹き荒れる吹雪の音が車の中にまで聞こえてくるにもかかわらず、梨夏にとって、目の前の世界は白い静寂に満ちていた。

真実を決して打ち明けまいとする、頑(かたく)なな沈黙が、村全体を覆い尽くしていると感じられた。

「先生は車ですか」

片手でシートベルトをはめながら、もう一方の手で耳に当てた携帯に向かって梨夏はたずねた。

「いや、車ではない。ここまではバスできた」

「じゃ、五箇山に入ったら、こちらから連絡を入れますから、その民宿の場所を教えてください」

「いや、一時間後にこっちから連絡を入れるよ。携帯の電源を入れっぱなしにしておきたくないんだ」

「………」

梨夏は押し黙った。

夏川の行動は、まるで逃亡者だった。

「わかりました」

小さな声で答えてから、梨夏は急いでつけ加えた。

「先生を信じていいんですよね。先生が……犯人じゃないって、信じていいんですよね」

「うん」

夏川の返事も小さかった。

そして、さらに小さな声で、夏川はつぶやいた。

「山内君を殺したのは、そして、その首を切り落としたのは、たぶん……」

「たぶん？」

「女だ」

第六章　衝撃の告白

1

加々美梨夏の運転する4WDのRV車が、富山県の五箇山地区に入ったのは、午前十一時を過ぎていた。高速道路を使えば、白川郷インターから乗って、つぎの出口が五箇山だった。だが、トンネル区間が多いにもかかわらず、吹雪が猛威を増してきたために、白川郷―五箇山間は通行止めになった。

真冬なら、この程度の吹雪は決して珍しくはなかったが、タイヤを冬用に履き替えていない車も多いことから、早めの通行止め判断となった。それで梨夏は一般国道の156号線を使うよりなかった。

現在の行政区分で富山県南砺市に属する五箇山は、旧・上平村、平村、利賀村にある五つの谷――赤尾谷・上梨谷・下梨谷・小谷・利賀谷――の谷間に点在する山里という意味で「五箇谷間」と呼ばれていたものが、字を変えて「五箇山」になった。

平家の落人伝説も伝わる山深い里は、白川郷と同様に冬の積雪が厳しく、ここでも合掌造り集落が発達し、加賀藩のための塩硝づくりは、白川郷よりもむしろ五箇山のほうが広く知られていた。

白川郷の合掌造り集落が、一直線を描く街道の左右に広がり、道路に面した土産物屋などがにぎやかな雰囲気をつくっているのに対し、五箇山では代表的な合掌造り集落が二ヵ所に分散しており、白川郷よりはひっそりとした印象である。

そのひとつが、庄川と国道156号線にはさまれた一段低いエリアに、合掌造りの家々が九棟並ぶこぢんまりとした菅沼集落で、もうひとつが、菅沼から庄川沿いに156号線を七キロほど北東に進んだところにある相倉(あいのくら)集落。こちらのほうが山里の雰囲気をより色濃く漂わせており、現在二十四棟の合掌造りが保存されていた。

だが、さきほどの電話だけでは、夏川洋介は五箇山にいると言うだけで、菅沼にいるのか相倉にいるのかまではわからなかった。

夏川の携帯の電源はまた切られてしまったので、梨夏のほうから連絡をとることはできない。そこで彼が泊まっているという民宿『こきりこ』の電話番号を調べてかけたところ、それは相倉集落にあるとわかった。

そこで梨夏は、ますます吹雪が激しくなる中、慎重に運転しながら菅沼集落を通り過ぎ、その先にある相倉集落に向かった。

携帯が鳴ったのは、そのときだった。

「梨夏、ダークグリーンのＲＶ車を運転していないか」

通話がつながるとすぐに、夏川の声がそう問いかけてきた。

「え？　なんでわかるんですか」

路肩に車を停め、携帯を耳に当てた梨夏は、驚きの声を発した。そして、極端に視界の悪くなった周囲を見回した。どこか、すぐそばに夏川がいるのかと、必死にその姿を探した。

「いま、梨夏に連絡を入れようと思ったとき、もしかしたらと思う車が通りかかるのが見えたんだ。吹雪のせいで車の中までは見えなかったけど」

足踏みでもしているのか、夏川の声は寒そうに揺らいでいた。

「私が借りた車です。間違いありません」

「いまきみが通り過ぎた左側に『くろば温泉』という建物がある」

「くろば……温泉？」

「そうだ。レストランも併設された建物だ。その軒下にいる」

「外なんですか？　この吹雪で」

「梨夏と話をするなら、ここのレストランがいいと思って、ぼくが泊まっている民宿にきていた業者のライトバンが菅沼方面へ戻るというので、ここまで乗せてきてもらったんだ。ところが車から降りて建物に入ろうとしたら、入口が閉まってる。なんと火曜日が定休日だと。ついてないよ。車はもう行っちゃうしな。地元の業者なんだから、きょうが休みだと気がついてくれてもよさそうなものだが」

「わかりました。どこかこの先でUターンして、すぐ迎えにいきます」

通話を切ってから、梨夏は大きなため息をついた。そして独り言を洩らした。

「やっと……会える……」

2

同じころ――

名古屋駅から百六十キロあまりの距離を走って白川郷に入った庄野警部の車は、ただちに志垣と和久井を二神神社の裏山へ案内した。

「ここです。この崖にですね、こうやって横穴を掘って、首のない遺体を頭から突っ込んで……いや、頭がないんだからどう言ったらいいのか……胸元あたりまでを突っ込んで、つま先は宙に浮かせる状態で、また土を埋め戻すという、猟奇的というか残虐というか異常というか、そういうやり方で、犯人は山内修三をさらし者にしていたんです。そうです。まさに『さらし首』の逆バージョンです」

説明する庄野警部の声が、ブルーシートのはためく音にかき消されそうだった。

岐阜県警高山署の捜査陣は、大雪の中で現場を一定期間保存するために、鉄パイプで枠組みを作って、遺体が埋め込まれていた崖面とその周辺の山道をブルーシートで覆う手立てを施していた。上部だけでなく四方を囲んである。だが、それでも吹雪がシートをめくって、その隙間から大量の雪が舞い込んでいた。

ブルーシートのせいで青みがかった囲いの中で、庄野警部が用意してくれた防寒ジャンパーに手袋、長靴という出で立ちになった志垣と和久井は、鼻から白い息を吐きながら、崖の一点をじっと見つめていた。

吹きつける雪で白く染まった崖の側面に、ぽっかりと暗い穴が口を開けていた。

「どういうことなんだろうな、まったく」

志垣が言った。

「犯人は、なぜこんな奇妙な方法をとらなければならなかったんだ」

すでに遺体は搬出されていたが、異様な現場を見つめる志垣の眼光は、ここまでくる車中で、よだれを垂らして爆睡していた情けない姿とは別人のように鋭かった。

「不思議です」

和久井もつぶやいた。

「首だけを切り離して東京へ持っていった理由もわからないし、胴体部分を、まるで頭から崖に突っ込んだようなスタイルで埋め込んだ理由もわかりません」

「庄野さん」

　志垣が岐阜県警の警部をふり返ってたずねた。

「司法解剖は何時から」

「ちょうどいまぐらいからはじまっているようです。十一時半からだと言ってましたから」

「殺害現場がここだという証拠は見つかっていますか」

「ええ。新聞記者たちが遺体をズボッと引き抜いたので周囲に散らばりましたが、土壌から大量の血液が検出されています。そして、崖に掘られたこの横穴の中からも」

　手袋をはめた庄野の手が、黒い穴を指差した。

「血液を含んだ土壌が検出されています。それから、殺す前にもみ合ったのかどうかわかりませんが、被害者の頭髪などもいくつか見つかっています」

「死斑（しはん）の状態は」

「死斑は下半身に多く見られます。そして切断面の組織への土壌の食い込み方からして、首を切断後まもなくこの横穴に突っ込まれたんでしょうね。死斑の出現状況も、それを示しています」

「なるほど。では、頭部の移動が何時ごろに行なわれたのかを考えてみたいと思いますが」

志垣は手袋をはずし、いつもの手帳を取り出してページを繰りながら言った。

「胴体部分の詳細な解剖結果をみないと範囲を絞り込めないので、おおざっぱな言い方になりますが、いまのところ被害者が殺されたのは昨夜だとみなされています」

「警部、もう昨日じゃなくて、おとといですよ」

横から和久井に指摘されて、志垣は「ああ、そうか」とうなずいた。

「なんだか一睡もしないで東京からこっちにきたもんで、日にちの感覚がわからなくなっていた。きょうはもう火曜日になっていたんだな。そう、被害者が殺されたのは日曜日の夜だ。……ん？　なんか、おれの言ってること、おかしい？」

和久井と庄野の意味ありげな視線に見つめられて、志垣はきょとんとした顔をした。

「いえ、少しもおかしくありません」

和久井は頭上を覆うビニールシートに向かって、白い息をふっと吐き出した。

「たしかに警部は一睡もしてらっしゃいませんから、曜日も混乱すると思います」

「くどいねえ、きみも」

開いた手帳をパタンと閉じて、志垣は言った。

「たしかに私は、ここへくる車の中で爆睡しましたよ。悪うございました」

「新幹線の中でもね」

「それはおまえだって寝てたじゃねえかよ。人のことをえらそうに批判はできんぞ」

「まあまあ」

　庄野が笑いながら割り込んだ。

「ここは惨劇の現場ですから、冗談はほどほどに」

「そらそうです。申し訳ない」

　庄野に向かって頭を下げてから、志垣は真顔に戻ると、ふたたび手帳を開いてつづけた。

「とにかく、犯行推定時刻は日曜日の夜とみられている。場所はこの裏山です。ふだん、ここに人が上がってくることはほとんどないそうですな」

「そのとおりです」

「一方、多摩川下流の河川敷で頭部が見つかったのは、月曜日の午後三時ごろ。しかしそれ以前に、月曜日の午前二時ごろに、ちょうど頭部が発見されたあたりの草むらで、お経らしきものを上げている声がして、女がそこから立ち上がって去っていく姿が目撃されています。

　この証言を行なった学生の身辺も、いま池上署のほうで探っておりまして、信用に足る人物であるかどうかを内偵中です。まあ、とりあえず彼の証言を信じるとして話を進めますが、目撃者は、謎の女がしゃがみ込んでいた場所まで見に行ったわけではありません。ですから、すでにその時点でそこに被害者の首が置かれていたかどうかはわからない。しかし、月曜の午前二時の時点で、もう首が置かれていたとしましょう」

志垣は、首から下の胴体が突っ込まれていた崖の穴に近寄った。

「日曜日の夜、ここで山内が殺され、この場所で首が切断された、その首が月曜日の午前二時に東京都大田区の多摩川河川敷に置かれていた。とすれば、山内修三殺害の犯人、もしくは共犯者とみられる女は、どのような手段で、遠く東京まで死者の首を運んだのか」

3

「まず、生首をバッグに入れて新幹線で運んだという大胆な手口を想定してみましょう」

志垣は、手帳に記入した時刻表に目をやった。

「名古屋発東京行きの最終の新幹線は、夜の十時十分に名古屋を出て、東京には深夜十一時四十五分に着きます。京浜東北線の最終はかなり遅くまであるので、最寄り駅である蒲田(かまた)まではJRを使っていける。そこからタクシーを利用したとして、夜中の二時に多摩川の河川敷へ着くことはじゅうぶん可能ですが、生首を持って新幹線や終電近くの混雑した電車に乗るというのは、心理的にやりにくい」

「そう思いますな」

　庄野はうなずいた。

「おそらくここから車で運んだのでしょう」

「となると、ここから白川郷インターまではすぐですが、東海北陸自動車道に乗って、名神高速と合流する一宮ジャンクションまでは庄野さん、距離にして何キロで、時間はどれぐらいかかりますか」

「名神までの距離は百五十キロ弱ですね」

　庄野は即答した。

「所要時間ですが、先を急ぐ犯罪者がまさか法定速度を遵守はせんでしょうが、さきほどごらんになったように、白川郷から白鳥インター間は片側一車線でトンネルも連続する区間ですので、時速は七十キロ制限になっております。そして残りの区間も制限速度は八十キロです」

「まあ、私はずっとトンネルの中にいたようなもんですが……」

　和久井に肘でつつかれ、それをまた肘でつつき返しながら、志垣は言った。

「そうなると東海北陸自動車道では、名神や東名高速をぶっ飛ばすようなわけにはいきませんな」

「ですね。先を焦るあまり、オービス（自動速度取締機）につかまるわけにもいかないでしょうし。ただ、日曜の夜は、きょうみたいに雪が降ったりはしていませんでしたから、名神まで一時間四十五分前後とみればよろしいのではないでしょうか」

「なるほど。一方、一宮ジャンクションから先は、東名高速の世田谷出口まで三百六十キロ。深夜なら平均時速百キロ、いや百十キロは楽勝でしょう。高速を降りてからは環状八号線でずっと一本。最後のところで土手のほうへ折れますが、距離は十キロ。信号に引っかかっても三十分はかかりません。そうしますと、余裕をみても楽に六時間以内でいけます」

カード式電卓を叩いて、志垣は所要時間をはじき出した。

「つまり、山内を殺してその首を切断し、首から下の胴体を崖に埋めたのちに、日曜日の午後八時までにここを車で出発すれば、翌月曜日午前二時に多摩川に頭部を置けることになります。そして、すぐに同じルートを車で折り返せば、月曜の朝八時か九時までには、こっち方面へ戻ろうと思えば戻れます」

「犯人が白川郷周辺の人間だとしたら、そうですな。でも、首を多摩川の河川敷に置いたあと、東京に居残っていたのかもしれません」

「それはそうです」

「しかし、そうやって時間的な経過を考えれば考えるほど、ますます不思議になりますなあ」

　庄野警部は首をひねった。

「なんで犯人は、五百キロ以上も離れた場所に首を運ばなきゃならなかったんでしょう。そもそも、首を切断する必然性さえわからない」

「おっしゃるとおりです。その疑問は東京のほうでも捜査会議で検討されました」

「で、なにか合理的な説明が出ましたか」

「いや、まったく」

　志垣は首を左右に振った。

「まして首から下は、そのまま残っていたわけですからね。これが完全にバラバラにされていたら、遺体を隠すためだとわかりますが、首だけを東京に運んだ。しかも、その首に本人の名刺をくわえさせて、すぐに身元がわかるようにした。……わからん、まったくわかりません」

「胴体部分の処理も奇妙です」

　和久井も、崖に空いた穴に近づいて言った。

「首を切断した。その首を東京へ運んだ。それも謎ですが、胴体部分をこんな形で崖に埋め込むなんて、少なくともぼくが知るかぎりにおいて、過去に前例はないと思います」

「まったくだよ。普通はそのまま放置しておくか、草むらなどの見えないところへとりあえず隠すか、さもなければ地面を掘って完全に埋めるはずだ。ところが犯人は、崖に横穴を掘った。庄野警部、ここの地面がとくに硬くて掘れなかったという事情でもあるんですか」

「まったくありません」

庄野は言下に否定した。

「日曜夜の時点では積雪もなく、この裏山へ登る道は砂利も敷いておらず、掘りやすい地質でした。むしろ崖面を横に掘るほうが、大木の根などに突き当たって前へ進めない。現にこの横穴だって、首の取れた胴体を胸元まで入れるスペースを掘り進むのが精いっぱいでした。案の定、奥は木の根が張っていて、スコップ程度の道具では先に進めません。だから中途半端なまま、死体を突っ込まざるを得なかったんでしょう」

「そうでしょうか」

和久井が疑問を呈したので、庄野と志垣が彼のほうをふり返った。

「第一発見者の新聞記者たちが撮影した写真を、さっき見せてもらいましたが、山内の遺体は、背中を少し丸めた状態で、まるで崖の中に首をめり込ませるような恰好で埋められており、しかも足は宙に浮いていました。つまり穴の中に遺体を胸元まで入れたあと、空間に土を埋め戻すことで、なんとか遺体がずり落ちずに済んでいます。

しかしですよ、もしも途中で木の根っこに突き当たらなかったら、犯人はどんどん奥へ掘り進んでいったのでしょうか。そして、まるで病理解剖を待つ遺体を収納するケースのように、首のない山内の胴体を、そのまま水平に崖の中へ格納するつもりだったんでしょうか。もしもそうだとしたら、犯人はあらゆる方法の中で、もっとも時間がかかる始末の仕方を選んだことになります。しかも、けっきょくそれを中途半端で終わらせている」

「………」

志垣と庄野は押し黙った。和久井のあまりにも素朴な問いかけに、答えが見つからなかった。

すると和久井は、身震いをひとつしてからつづけた。

「ぼくはこれは犯人が死体を隠そうとして、途中でやめた行為だとは思えないのです」

「では、和久井さんはなにかほかに……」

「もしかすると」

和久井は庄野を見つめて答えた。

「なにか特別な意味を持つ儀式ではないかという気がしているんです」

4

くろば温泉の敷地に入ってきた加々美梨夏の運転するRV車にピックアップされたあとも、夏川洋介は、助手席で震えつづけていた。

荷物といえば小さな旅行バッグひとつで、フードのついていないコートを羽織っているだけだったので、髪の毛にはびっしりと雪がこびりついていた。その雪が解けて、しずくが頰を下に向かって流れている。

唇は紫色で、目に見えるほどはっきりと震えていた。ヒーターの利いた車内に入ってもなかなか震えが収まらないのは、それが寒さのせいだけではないことを示していた。

「先生」

梨夏はハンカチで夏川の髪や顔を拭いてやりながら、自分の倍も人生を生きてきた年上の恋人に対して、保護者のような気持ちになるのを抑えられなかった。

「どこか、にぎやかな街に行きましょう」

「街？」

力なく梨夏を見る夏川の瞳は、エネルギーを完全に失って虚ろだった。

「そうです。街です。たとえば金沢とか」

　梨夏は言った。

「高速を通れば金沢まで一時間かかりません」

「なぜ、金沢なんだ」

「先生のお話は、人が大勢いるにぎやかなところでうかがったほうがいいような気がするんです」

「金沢へ行くといっても、このひどい吹雪では高速は通行止めになってるんじゃないのか」

「あ……そうでした。でも、国道を通っても、そんなにたいした距離じゃ……」

「無理しなくていい。梨夏だって、雪道には慣れていないだろう。とくにこんな吹雪には」

「ええ……」

　たしかにそうだ、と梨夏は思った。いま風は運転席側から吹きつけていたが、窓枠に沿って雪がびっしりと貼り付いており、窓ガラスに雪の粒を叩きつける音が、強弱のうねりをもってつづいていた。

　それだけでなく、突風が地面に積もっている雪を舞い上げ、ときどき周囲の視界がまったく利かないホワイトアウトの状態になった。不案内な道で無理をすれば事故を起こす確率は高い。そうなっては、元も子もなかった。

「ここでいい、この場所で」

夏川は助手席の窓ガラスの曇りを手で拭って、吹雪に煙るくろば温泉の建物を見た。

「ちょうど定休日だから、ここに出入りする車も少ない。吹雪が収まるまではここで話をしよう。そして……」

ハンカチで顔を拭ってくれる梨夏の手を押し戻して言った。

「もしも天候が回復して、高速が通れるようになったら、梨夏の言うとおり金沢へ行こう。民宿は、もう支払いを済ませてチェックアウトしたから戻る必要はない。いまのぼくにとっては、雪の綿帽子をかぶった茅葺きの集落は、観光の対象でも小説の対象でもない。たしかに、この界隈にいると心が押しつぶされそうになる」

「だったら、この吹雪が止むまで、私は何も聞きません。この環境で先生の話を聞いたら、なんだか私も冷静さを失ってしまいそうですから」

「でも梨夏、ひとつだけ先に言っておかなければならない」

「わかっています。先生は山内さんを殺したりはしていません。無理して信じようとしているんじゃありません。私は心から思っています」

「ありがとう。そう言ってくれるのはうれしい。だが、ぼくが言いたいことは別にある。ゆうべ電話で言いかけたように、ぼくは作家としても社会人としてもおしまいなんだ」

　夏川の口もとがいちだんと激しく震え出した。

「もちろん、ぼくは山内君を殺していない。でも、ぼくのせいで山内君は死んだ。それは間違いない」

「先生、いまは何も話さないほうが」

「言わせてくれ！」

　梨夏の気遣いを遮って、夏川は叫んだ。

「ぼくがなぜ彼の死に責任を持たねばならないか、それを言わせてくれ！」

「……わかり……ました」

　梨夏は運転席から、夏川をじっと見つめた。もうこの推理作家に待ったをかける方法はないと思った。だが、それでも梨夏は、こんなひどい吹雪の中で夏川の告白を聞きたくないと思った。それが恐ろしい内容になるのは目に見えていたからだ。

「ぼくは、きみの軽蔑を買う人間であることは間違いない。でも、その事実を告白することなしに、自分は山内君を殺した犯人ではないと言い張るのは、あまりにも身勝手すぎると思う」

　見つめる梨夏の視線を避けるように、夏川は寒さで曇った窓ガラスのほうへ顔を向けた。そして、その冷たいガラスに額を押しつけて言った。

「ゆうべきみは、ぼくと電話で話したとき、こう言ったね。『先生の小説をコピーした犯罪なら、その動機も結末も小説といっしょかもしれないじゃないですか。犯人も』と」

「はい」

「だから『濡髪家の殺人』の結末はどうなるのか、犯人は登場人物のうちの誰なのか、教えてほしいと問い詰めてきた」

「そうです。そしたら先生は、濡髪家と水髪家のどちらかにいるとおっしゃいました。そのことについて、ネットで噂が飛び交っているのはごぞんじですよね」

「知っている。そして、いまや白川郷に実在するふたつの旧家の名前が取り沙汰されているのも承知している。暮神家と伊豆神家だ。だが、ぼくは犯人を知らない。問題はそこにある」

「でも……」

夏川が何を言いたいのかわからず、梨夏は戸惑いながら言った。

「警察だって、誰が山内さんを殺したのか、まだ捜査中でわからないと思うのに、先生が犯人を知らなくても、それが問題だとは思いません。いくら小説との類似点があるからといって、必ずしも犯人が先生の知った人だとはかぎらないでしょう?」

「ぼくが言ってるのは、現実の事件のことではない。『濡髪家の殺人』という小説の犯人を、ぼくは知らないんだ」

「え？」

あまりにも意外な言葉だったので、梨夏の思考回路が止まった。言葉も止まった。

「それって……」

長い間を置いて、やっと梨夏が声を出した。

「犯人を決めないで小説を書きはじめたということですか」

「そうじゃない。じつは……」

外のほうを向いていた夏川が、梨夏のほうを勢いよくふり向いた。

「ぼくには『濡髪家の殺人』がどのような展開になるのか、ぜんぜんわかっていないんだ。というのも……」

そのとき、梨夏の携帯が鳴った。着信音だけで、それが編集長の桜木とわかった。

梨夏は、一気に何かを告白しようと言葉を吐き出しかけたのに、それを急に呑み込んでしまった夏川と目を合わせた。

(間が悪すぎる)

梨夏は東京にいる編集長の顔を頭に思い浮かべ、イメージの中の桜木に向かって怒鳴りたくなった。せっかく夏川先生が重大なことをしゃべりそうになったのに、なんでこんなタイミングで電話をかけてくるんですか、と。だが、取らないわけにはいかなかった。

「もしもし」

携帯を耳に当ててしゃべり出すと同時に、桜木の破れ鐘(われがね)のような声が聞こえてきた。

「おい、梨夏。なんで連絡してこないんだよ。その後、そっちはどうなってるんだ！」

桜木の大声は夏川の耳にも届いた。

5

推理作家は、梨夏がどういう返事をするのか、じっと見つめていた。

「おまえはいま、どこにいるんだ。白川郷に着いたのか」

「着いています」

自分を見つめる夏川を見返しながら、梨夏は答えた。

「で、どうなんだ。山内の件でわかったことがあるのか」

「編集長、こっちはすごい吹雪なんです。高速道路も通行止めで、一般道も視界がぜんぜん利きません。一メートル先も見えないような状況がつづいているんです」

「だからどうした」

「とても聞き込みなんかできる状態じゃないんです。もう少し天気の回復を待たないと」

「待てねえよ！」

　桜木のがなり声がいちだんと大きくなった。

「おまえ、原稿の締め切りがいつかわかってるんだろうな。明日の二十四時だぞ。どんなにひっぱっても明後日（あさって）の明け方だ。時間がねえんだよ、時間が」

「わかってます」

「警察署に行ってみたのか」

「編集長、ここは東京じゃないんです。編集部からタクシーを飛ばして池上署に行くようなわけにはいかないんです。白川郷の所轄は高山署で五十キロ離れているんです」

「交番があるだろ、交番が」

「さっき通りかかりましたけど、出払っていて誰もいません。警察がどこに拠点を置いているのか、ぜんぜんわからないんです」

「おまえ、何年取材記者やってんだよ。おまえの才能を見込んで契約したのに、それは見込み違いだったたってか？　え？　おい」

「……」

「殺されたのはアカの他人じゃない。山内だぞ。ウチのチームの人間だぞ」

「わかってます」

「おまえがボケーッとしてるあいだにも、現代やポストや文春や新潮の人間も白川郷入りして、取材をはじめてるに決まってるんだ。とくに同じ日に発売の週刊誌に負けるわけにゃいかねえんだよ」

「わかってます」

「おまえ、さっきからわかってる、わかってる、ばっかしで、少しは得たものがあるのかよ。メールでも言っただろ。警察は夏川洋介が犯人かもしれないと疑ってるんだ。そして実際、夏川は逃亡中だ」

大声でまくし立てる桜木の発言は、すべて夏川本人に聞こえていた。彼が梨夏に頬ずりをするように顔を寄せ、携帯から洩れる声に耳をそばだてているからだった。

夏川の息を、梨夏は自分の鼻先に感じた。

そういえば、この先この人とまたキスをするようなことがあるのだろうか、という思いが、無関係に梨夏の脳裏をよぎった。

「夏川がそっちに立ち寄ったという証拠がないかどうか、住民に聞いてみろよ。一戸一戸、訪問して聞くんだ。観光に行ってんじゃねえぞ。吹雪だから何もできませんなんて、ふざけた言い訳がきくと思ってるのかよ」

「……」

「殺害現場には行ったんだろうな」

「行ってません」

「なんだとお？」

「近づけないんです。規制されていて」

「じゃあ、そこで警官に会ったんだろうが」

「いましたけど、話なんかに応じてくれる状況じゃないです」

「もういい！」

　ついに桜木はかんしゃくを起こした。

「おまえなんかに任せておけない。期待はずれもいいとこだ。いまから人選して、カメラマン込みの二、三人でチームを編成してそっちに送るから、後発部隊が到着するまで、なにがなんでもおまえは警察の動向を探れ。……そうだ、高山署へ行け。五十キロなんて、東京から鎌倉ぐらいの距離だろ。遠くねえよ。ぜんぜん近いよ。吹雪だろうが、なんだろうが、すぐに高山へ行け。白川郷でなにもつかめないんだったら、そうするしかないだろ」

　桜木がそこまで怒鳴り散らしたときだった。いままで梨夏に顔を寄せて相手の声を聞いていた夏川が、突然、携帯を梨夏の手から奪い取った。

驚く梨夏を片手で制して、夏川は桜木に向かって呼びかけた。

「編集長、大変ご心配をおかけしております。夏川です」

「な、な、な……」

桜木の絶句する様子が目に浮かぶような声が返ってきた。

「夏川？　夏川さん？」

「そうです」

「あんた……いや、先生、いま梨夏といっしょにいるんですか」

「そうです。でも、彼女を責めないでください。ぼくはちょうどいま、梨夏さんに大事な話を打ち明けようとしていたのです。その気が変わらないように、ぼくの気持ちを察して、あえて黙っていてくれたのです」

二度ほど桜木と顔を合わせたことのある夏川は、そのときは「私」という一人称を使って会話をしていたが、いまは梨夏と話すときのまま「ぼく」を使った。

「梨夏さんはちゃんと仕事をしています」

大きな目を見開いて驚愕の表情をみせる梨夏に無言でうなずきながら、夏川はつづけた。

「仕事をしているからこそ、ぼくをつかまえたのです。だから梨夏さんを叱らないでください」

「梨夏のことはどうでもいいんだ。問題はあんた、いや、先生のことです」

「あんたで結構です」

唇の端を歪めて、夏川は言った。そして、こんどは梨夏が会話の内容を聞き取れるよう、携帯の裏側に耳をつけるようにゼスチャーで指示した。

「ぼくが警察から容疑者扱いされ、編集長も疑っていらっしゃるのはわかっています」

「実際、どうなんだ」

桜木も、敬語を使うのをやめていた。

「あんたが山内を殺したのか」

「違います。おそらく、犯人は女です」

夏川は、すでに梨夏には洩らしていた見解を桜木にも伝えた。

「女？　誰よ、それ」

「八月の終わりに、新橋のホテルでお会いしたときのことを覚えていらっしゃいますね」

「忘れるわけがないでしょうが。あのときのやりとりがあるからこそ、私は夏川先生を疑っているんです」

さすがに乱暴な口の利き方はまずいと思ったのか、桜木は呼び方を元に戻した。

「そして、それはウチのとっておきのネタなんですよ。私はそのことをまだ部員の誰にも話していない。そこにいる梨夏にもです」

「犯人が女だと思う根拠は、あの日、桜木さんに見せた脅迫状にあります」

「連載をやめろという、あの脅迫状？」

「そうです。《おまえが「週刊真実」誌に連載している『濡髪家の殺人』について、連載の即刻中止を求める。来週発売号からただちにやめよ。命令に従わない場合は死人が出る》という、名古屋から投函されたあの手紙です」

事情を知らない梨夏が把握できるように、夏川はすっかり暗記してしまった脅迫の文言を口にした。携帯に顔を寄せていた梨夏は、一瞬、身を引いて夏川を見つめた。

「あの手紙は匿名だったけれど、文末に血判が押してあったでしょう。桜木さんには言わなかったけれど、ぼくはあの血判の指のサイズを見て、これは女だと思ったんです。形からして親指であるのは間違いない。でも、男の親指にしては小さすぎる」

「先生、その脅迫状はいまどこに」

「持ち歩いています」

助手席の足もとに置いた小さな旅行バッグに視線を落として、夏川は言った。

「これは警察にではなく、梨夏さんに渡すつもりでおりました」

「そうしてください、ぜひそうしてください！　じゃあね、先生、こうしましょう」

　桜木の言葉からは、夏川に対する敵意が完全に消えていた。

「こうなったら私もそっちに行きます。明日の締め切りを控えて編集長が動くというのは、本来ありえないが、もう私が自分で動くよりない。率直に言いますが、先生は第一の容疑者です。指名手配こそされていないが、先生が犯人だという前提で捜査陣がシフトを敷いている。だから……そうだ、せっかく梨夏がいっしょにいるんだから、これからしばらくは、梨夏と親子だという設定で動いてください」

　桜木の指示に、夏川は無言の苦笑を浮かべた。

「梨夏にどこか宿をとらせますから、先生とそこで落ち合いましょう。どこがいいかな。そうだ、金沢にしましょう。金沢だったら、こっちから飛行機で飛んでいけます」

　奇しくも桜木も、梨夏と同じ提案をしてきた。

「ね、そうしましょう、先生」

「わかりました」

　夏川は、意外にすんなりと桜木の提案を呑んだ。

「吹雪が収まったら、梨夏さんと金沢へ向かいます。ただし、その前に編集長にもお伝えしておかなければならないことがあります」

「なんです？」

「じつは、そのことをちょうど梨夏さんに打ち明けようとしていたところなのです」

夏川は声を低くした。

「脅迫状の主は、『濡髪家の殺人』がそのままつづいては困る立場にあった。だからぼくを脅してきた。《死人が出る》というふうに……。しかしその死人とは、もしかするとぼくのことではなかったのかもしれません。ともかく、ぼくが警告を無視してそのまま連載をつづけると、脅迫者は、しばらくはなにも行動を起こしませんでした。けれども一昨日になって、突然、山内君を殺すという行動に出た。

じつはその夜は、ぼくは山内君と名古屋のホテルで合流する予定でした。翌日、ふたりで白川郷へ向かうために」

「先生は、山内と約束をされていたんですか」

「そうです。しかし彼は、ぼくになんの連絡もしないまま約束をキャンセルし、何者かに殺された」

「名古屋にいる先生を追い抜かして、先に白川郷へひとりで行って、そこで殺されてしまったんですね。それで首だけが東京に持ち運ばれた」

「そうです。そしてぼくには、犯人の殺意の動機がわかる気がします」

「なんですか、それは」

東京にいる桜木が、息を呑んで答えを待つ気配が伝わってきた。

「山内君は知っていたからです」

「なにを」

「『濡髪家の殺人』の結末を知っていたからです」

「はあ？」

梨夏が戸惑ったのと同じ反応を、桜木もみせた。

「そりゃ担当編集者ですもん、知ってるでしょう」

「しかし問題は、山内君しか結末を知らなかった、ということなんです」

「なんですか、それ」

「ぼくは『濡髪家の殺人』がどうなるか、まったく知りませんでした。そして、ぼくの知らなかった結末こそ、山内君を殺した犯人が最も恐れていた秘密に違いないのです」

「ちょっと待ってください、先生。山内だけが結末を知っていて、作者の先生がご存じないとは……どういう意味なのか私にはさっぱりわからないんですが」

「申し訳ありません、編集長」

見えない相手に向かって、夏川は頭を下げた。

「『濡髪家の殺人』は、ぼくが書いていたのではありません。実際の作者は山内君だったのです」

携帯の向こうにいる桜木と、息がかかる近さにいる梨夏が、同時に叫び声を上げた。

第七章　結(ゆい)の絆

1

「あそこです。あの温泉宿に情報提供者を確保しています」

　正午すぎ――

猛吹雪の中、ヘッドライトを点けて運転してきた庄野警部は、除雪車がかき寄せた雪山のそばに車を停め、白く霞む景色の一角を指差した。

「じつは白川郷にある鳩ヶ谷(はとや)駐在所に勤務する警官の実家がここなんです。ですから、我々はここを捜査本部の出張所のように使わせてもらっているんです。きょう、明日、明後日と何組かお客さんはあったんですがね。近所の宿に代わっていただいて、我々の貸し切り状態です。志垣さんたちのお部屋も、ここにとってあります」

　庄野警部が志垣と和久井をつれてきたのは、白川郷から国道156号線をまっすぐ十三キロ南へ下った庄川沿いにある平瀬(ひらせ)温泉だった。

ここは白川郷まで二十分もかからずに行ける場所とあって、世界遺産の観光に訪れた客が利用する秘湯の宿だった。一軒宿ではないが、温泉街のようなにぎやかなイメージは一切なく、意識しなければそのまま通り抜けてしまいそうな静かなロケーションにあった。

近くに中古車の解体修理工場があって、数十台の車が雪をかぶっている姿が目に入った。その少し先が、庄野の目的地だった。

捜査陣が捜査本部の出張所代わりにした宿は、白川郷のイメージそのままの茅葺きの造りだったが、屋根が急勾配になっている合掌造りではなかった。ぜんぶで六室というこぢんまりした規模で、すべてが和室だったが、そのうちの一室は「特別室」と称して、十二畳の和室と囲炉裏を切った八畳間がつづきになっており、そこが捜査陣の連絡本部になっていた。

宿のすぐ東側には庄川が、南から北の方角に向かって流れていた。

「ほう、ここは温泉ですか。こりゃいい」

横殴りの吹雪の中、フードをかぶったまま玄関へ駆け込んだ志垣は、ホッと一息つくなり、ロビーを見回してうれしそうにつぶやいた。

「警部、遊びにきてるんじゃないんですからね」

玄関の土間で雪を払い落としながら、和久井がすかさず耳元で注意した。

「温泉に泊まりにきたんじゃないんですよ」

「わかっとりますがな、そんなこと」

外の寒気に当たって鼻を赤くした志垣は、眉をひそめて和久井を見返した。

「子ども扱いすんなよな」

ぶすっとした顔で和久井に文句を言った志垣だったが、ジャンパーを脱いで連絡本部が設けられた特別室に通されると、表情が変わった。

炭火が真っ赤におきた囲炉裏の前に、岐阜県警の捜査員に付き添われた若い男が、硬い表情で正座していた。

「紹介します」

庄野警部が、囲炉裏端から立ち上がった細面の捜査員を指して言った。

「高山署の児島（こじま）警部補です。じゃ、私もまだ状況をしっかり把握していないから、きみのほうからざっと説明を」

「わかりました。では、みなさん、どうぞお座りになってください」

児島に促されて、志垣たちは出されている座布団に腰を下ろした。

庄野は児島と並んで若い男の左横に、和久井は若い男の右横に、そして正面には志垣が座った。

「彼は暮神高史君。ふだんは名古屋の大学に通っている大学一年生で……」

児島が志垣たちに説明をはじめた。

「被害者の遺体が発見された裏山のすぐ麓にある、暮神家の跡取り息子さんです」

「跡を取るかどうかは決めていません」

にきびの跡が目立つ高史は、ぶっきらぼうに言った。

「べつにぼくは、あの家を守るつもりはありませんから」

「わかった、わかった」

児島がなだめるように高史に向かってうなずき、先をつづけた。

「もうおおっぴらになっていることではありますが、いまネットの掲示板などで、今回起きた首切り殺人事件は、推理作家の夏川洋介が『週刊真実』に連載している『濡髪家の殺人』と関係があると評判になっております。そして『濡髪家の殺人』は、実際に白川郷にあるふたつの旧家をモデルにしたものではないかとも。

一方がこの高史君の生家である暮神家、そしてもう一方が伊豆神家。この両家から等距離にある二神神社の裏山が、事件の現場となっている。ま、こうした状況を踏まえて、彼の言い分を聞いてやってください。じゃ、高史君」

児島警部補に促されて、高史は重々しい口調で言った。

「裏山で山内さんを殺して、首を切り落として、それを東京まで運んで捨てた人間を、ぼくは知っています」

「ちょっと待って」

志垣が、すかさず言葉尻を捉えて割り込んだ。

「いま、きみは『山内さん』と言ったが、なんとなく被害者と顔見知りのように聞こえたんだがね」

「そうです」

腫れぼったい目を志垣に向けて、高史が答えた。

「ぼくは山内さんを個人的に知っています」

「どういう関係？　あ、いや、それは後回しでいい。結論を先に言ってくれないか。山内氏を殺した犯人は誰なんだ」

「ぼくの好きな人の……お父さんです」

みるみるうちに、高史の両目に涙が溢れてきた。

「きみの好きな人、というのは？」

「ぼくは……ぼくたちは……」

高史の動揺が激しくなり、声が震えだした。

「まるで『ロミオとジュリエット』です。おたがいに愛しあっているのに、家と家が憎しみの歴史を持っているために結ばれることを許されない……」

「すると、きみの好きな人というのは」

こんどは庄野が問いかけた。

「伊豆神家のひとり娘なのか」

「そうです。き……え……季絵さんです」

高史は、年上の季絵を「さん付け」で呼んだ。

「それは片思いなのか、それとも、もう恋人としてつきあっているのか」

「つきあっています」

「では、その父親といえば、伊豆神光吉さんになるが」

「はい」

「光吉さんが山内氏を殺して、首を切断したというのかね。そして生首を東京へ運んだ、と」

「そうです」

高史はうつむき、自分の膝に涙をこぼした。

「なあ、高史君」

庄野に代わって、志垣が呼びかけた。

「きみは伊豆神光吉さんが山内氏を殺す現場を目撃したのかね」

「いいえ、見てません。でも……犯人は伊豆神家の人間でしかありえない。だけど季絵さんは、そんなことをする人じゃない。母親の雪乃さんは、そんなに身体が丈夫じゃないから体力的にも無理です。そりゃ疑いだしたら、ウチの家族だってじゅうぶん怪しいです」

　少しだけ顔を上げて、高史はつづけた。

「とくにオヤジなんかは気性も激しいし、力もあるし、そのことだけでいえば、オヤジが犯人であってもおかしくない。オフクロはものすごく内向的な人間だけど、それだからこそ、人を激しく怨むかもしれない。だけど……だけど……今回の事件は光吉さんがやったんだ」

「自分のことは？」

　志垣がやんわりと突っ込んだ。

「きみ自身は容疑者にはならないのかね」

「…………」

　高史は怒りの炎を浮かべた目で、志垣を睨みつけた。

「気分を害したらおわびするよ。とにかく、きみが伊豆神光吉さんを犯人だと決めつける根拠を教えてほしい。それから山内修三氏ときみとの関係もきちんと教えてもらいたい。そうでないと、きみは自分じゃ気がついていないかもしれないけれど、被害者との接点を認めた以上は、きみがいちばん自分の無罪を立証しなければならない立場にあるんだぞ」

「そんなこと、わかってます」

高史は挑戦的な態度で言い返した。

「ぼくを犯人にしたければ、勝手にそうしてください」

「きみと山内修三氏との関係は？」

感情的になる高史の勢いをそぐように、志垣がきいた。

「すべては合掌造りです」

高史は高史で、志垣の質問からポイントのずれた答えを口にした。

「白川郷がいけないんです」

「なんだって？」

「白川郷が合掌造り集落だから、こんどの事件が起きた」

高史が叫んだ。

「世界遺産が……世界遺産が引き起こした事件なんだよ、これは！」

志垣と和久井と庄野、そして児島の四人が、たがいに顔を見合わせた。

2

「編集長、お電話です」

女性アルバイトが呼ぶ声は耳に届いていたが、桜木はそれを無視した。というよりも、頭がいっぱいで、ほかの動作ができなかった。

（『濡髪家の殺人』は夏川が書いていなかったんだって？　山内がほんとうの作者だった？　恋愛小説家として落ち目になっていた夏川が推理作家として見事な変身を遂げたのは、文芸編集部にいた山内の手腕だと誰もが……他社の小説担当者たちでさえそう認めていたというのに、じつは山内が書いていた、だと？　そんな馬鹿な）

桜木は頭を抱えた。

連載中の推理小説にゴーストライターがいた。しかもよりによって、それは担当編集者であり、五年前に夏川洋介が推理作家として奇跡の復活を遂げた当初から、彼のミステリー作品はすべて山内が書いていたという。夏川洋介本人が復活したのではなく、夏川の名前を借りて、山内が推理作家としてデビューしたというのが真相だった。

どのようないきさつでそんな関係を結んだのか、夏川はまだ明かさなかった。しかし先ほどの電話で彼は、これまでの推理小説で得た印税の半額を、本名である斉藤正名義で開いた別の通帳に入金し、それをそっくり山内に渡して自由に使わせていたと告白した。

とてつもない不祥事だった。山内が以前所属していた文芸編集部の責任だけでなく、「週刊真実」の編集長責任も逃れることはできない。

これで小説の連載が中止となるのは確定的だった。名義上の作者でしかない夏川は『濡髪家の殺人』がどのように終結するのか、まったく知らないという。山内からそのプランを明かされていないのだ。

だから五回分のストックを消化してしまえば、ほんとうの作者が死んでしまった現在、『濡髪家の殺人』は先をつづけることができない。いや、ストック分を掲載するようなことさえ許される状況ではなかった。

いつもの桜木なら「かえって話題性があっていいじゃないか。ふだん『週刊真実』を買わない人間も、猟奇殺人の原因となった作品が載っているとなれば、必ず買う。残り五回で尻切れトンボになるとわかっていても、なあにかまうもんか。売れりゃいいんだ、売れりゃ」と開き直り、平然と問題作を載せていたかもしれなかった。

だが、さすがにそれはできなかった。作者本人の作品でないことが判明した以上、それを承知で読者を偽っては桜木の首が飛ぶ。編集長退任だけでは済まないだろう。だから、連載二十一回目以降の五回分のストックは完全にお蔵入りだ。

それによって来週発売号は、夏川の小説にあてられていた五ページの穴が空くことになる。しかし、その手当をいま考えていられる精神状態ではなかった。

ここまでくれば事件の構造は明らかだった。「週刊真実」に連載されている『濡髪家の殺人』のストーリーが先へ進むことを歓迎しない人物がいるのだ。それは架空の推理小説の中に、現実に起きた不祥事の秘密を暴く要素があるからだった。

　その人物は、当初はゴーストライターの構造を知らなかった。だから作者の夏川洋介にあてて、連載中止を求める脅迫状を出した。

　ところが今回は担当編集者の山内を殺した。それは、山内こそが真の作者であることを知ったからではないのか。

（なんてこった……なんてこった……）

　桜木は編集長席に座ったまま頭をかきむしった。

（おれの出世もこれまでなのか）

　そのとき、また自分の名前を呼ぶ声が聞こえた。

「すみませ〜ん、桜木編集長、お電話ですけど」

　顔を上げると、いつもの電話アルバイトの女の子が送話口を手でふさいで呼びかけていた。

「バカタレ！　おれを呼ぶときは保留ボタンを押してからにしろと何百回も教えただろうが！」

　桜木はイライラを爆発させ、手元にあった昨日発売の「週刊真実」で机を思いきり叩いた。

「相手の名前もきかずに、同じミスばかり繰り返しやがって。アホか、おまえは！　留守だと言え、留守だと」

「私、ちゃんとお名前はうかがっています」

送話口をふさいだまま、アルバイトの女の子が不服そうに口をとがらせた。

「ことしの初めまで『週刊真実』編集部にいた清水さんだとおっしゃっています」

「清水さん？　ああ、辞めたオッサンか。いまはそれどころじゃないと言ってくれ」

「いいえ、山内さんの事件で大事な情報があるとおっしゃって」

「なに？　じゃ、こっちへつなげ」

3

「私も一月までそこの編集部にいた人間だ。きみがいま、物理的にも精神的にもどれほど大変であるかはわかっている。だが、今回の山内の件で、どうしてもきみに話しておいたほうがいいと思うことがあってね」

桜木が出ると、電話の相手は淡々とした口調で切り出した。

清水康信――ことしの一月に六十歳の定年を迎えて退職した彼は、山内修三がそうであったように、文芸畑一筋にきており、二十年前に「週刊真実」が創刊されたときに異動してきた、いわば創刊メンバーだった。

　以来、一貫して小説やエッセイといった文芸関係の連載を担当、週刊誌編集部内に設けられた文芸編集部出張所員のような立場で、退職までの二十年を過ごしてきた。山内修三が文芸編集部から異動してきたのも、清水の退職に伴う後継者という意味合いだった。

　ちょうどいま、山内のゴーストライター問題が浮上してきただけに、文芸畑の専門家であり、山内の前任者であった清水が、何か重要な情報を提供してくれるのではないかという期待を桜木は抱いた。

「じつはね、これは私の勝手な想像でしかないんだが、夏川洋介の『濡髪家の殺人』は、ひょっとすると私が山内にヒントを与えたのがきっかけで誕生した小説ではないかと思うんだよ」

「清水さんが、山内に？」

「そう。そして山内はそれを夏川洋介に話して、今回の小説のアイデアが固まったのではないかと思うんだな」

「それは……どんな話なんですか」

『濡髪家の殺人』が、じつは夏川洋介ではなく山内によって書かれたという内幕は、まだ清水が知るはずはあるまいと思いながら、桜木はたずねた。

「いやいや、私が書かせたというよりは、きみが書かせたというべきかもしれん」

「私が？」

「そうだよ。桜木君、きみがね」

「私が夏川洋介に『濡髪家の殺人』を書かせるきっかけを作ったとおっしゃるんですか」

「回り回っていえば、そういうことになるかな」

「私は小説の打ち合わせなどに参加したことはありません」

「わかってるよ。きみは小説は読まんもんなあ」

「そんなことはいいですから、もったいぶらないで早く先をおっしゃってください」

白川郷への緊急出張を命じた編集者が近づいてきたのを手で制して、桜木は少し小声になってつづけた。

「私はいま、山内に関するどんな情報でもほしいところなんです」

「そうだろうな。しかし、もったいぶるのは私の昔からの癖でね」

電話の送話口に向かって「ば・か・や・ろ」と声のない罵声（ばせい）を発してから、桜木は自制した声で言った。

「清水さん、おねがいしますよ。こんなときに、こっちの気持ちをもてあそばないでください」

「すまん、すまん。じつはな、退職にあたって山内に引き継がねばならない仕事がたくさんあったし、連載エッセイの執筆者の中にはやたら気むずかしい先生もいてね、細かな注意をしておく必要があったから、いちどゆっくりメシを食おうということにしたんだ。メシを食いながら、じっくりと引き継ぎをしようとね。

　で、つれていったのが新橋の『魚よし』だよ。あそこの魚は美味(うま)いからねえ。美味いうえに安い。編集長のきみと違って、還暦にしてなお平社員だった私は、ほれ、自由に使える交際費もなかろう？　まあ、よく考えたら、退社と同時にそれなりの退職金は入るわけだが、老後の蓄えとして大事にとっておかねばならん。根本的にケチなんだな、私は。だから安くて美味い店が大好きなんだ。しかも季節が一月だったからね。やっぱり魚は冬だわな」

　のんびりした口調で語る清水に、桜木は机を指で交互に叩くことで必死にイライラを抑えていた。

　編集長として、年上の部下という立場で清水と接していたころから、そののんびりしたサイクルにはたびたび苛立ちを覚え、ときに声を荒らげることもあった。しかし、いくら桜木が怒鳴ってもひょうひょうとした態度をまったく変えないので、いつも怒るだけ損になる。そういう清水のキャラクターはじゅうぶんわかっているつもりだった。

だが、桜木は急いでいた。夏川洋介とできるだけ早い時刻に金沢で合流したかったので、午後二時半に羽田を出て小松空港へ向かう飛行機に乗るつもりだった。会社を出る前には、明日帰ってこられない場合に備えて、矢吹に伝えておくべきことが山のようにあった。

時間がいくらあっても足りない状況だった。

（まったく、会社を辞めたらますますスローモーな人間になったな、清水さんは）

聞こえよがしのため息をついたとたん、清水が本題に入った。

「そのメシの席でね、山内はきみのことをきいてきたんだ」

「私のことを？」

「そうだ。文芸編集部の人間は概しておとなしいだろう。連中からみれば、『週刊真実』編集部は野蛮このうえない人種の集まりにみえるんだな。とくに編集長のきみは、『鬼』という字が肩書きの頭につく鬼編集長だ。きみの怒鳴り声は、毎日毎日文芸のほうにも響き渡っていたから、山内も相当ビビっていた」

「それで、私のことをなんとおっしゃったんです、清水さんは」

「噂どおりの猛烈な鬼だぞ、と言ったよ。しかも仕事にかけては冷酷無比というべき厳しさがある、とね。きみも私と同様、『週刊真実』が創刊したときに、ほかのセクションからやってきた創刊メンバーだった。だから私は二十年間にわたって、きみを見てきた。きみがまだ三十になるかならんかの若造のころからな。

　いまも気性の激しさでは社内で一、二を争うかもしれんが、若いころのきみは、そらもう乱暴者で、会社の中にヤクザがいるかと思ったほどだよ。しかし、それだからこそ、きみは『週刊真実』という部署が向いていたし、四十代の後半で編集長まで昇りつめたわけだがな」

「清水さん、すみません」

　ついにたまりかねて、桜木は言った。

「私もこれから出かける予定がありますので、要点だけかいつまんでおっしゃってください。夏川洋介に『濡髪家の殺人』を書かせることになったきっかけは、いったいなんなんです」

「だからきみだよ、桜木君。きっかけを作ったのはきみなんだよ」

　まったく話のペースを変えずに、清水は言った。

「仕事に関して、『週刊真実』編集長桜木大吾の容赦ない厳しい姿勢を山内に教えるために、二十年前のエピソードを話して聞かせたんだ」

「二十年前？」

「そうだ。きみとさほど年の変わらない二十代後半の男が、創刊まもない編集部にアルバイトとしてやってきたのを覚えていないか」

「そんな、二十年前のアルバイトなんて、いちいち覚えていませんよ」

「そうかもしれんねえ。覚えているかい、桜木君、当時はまだ写真週刊誌が、全盛期ほどではないがそれなりの勢いをもっていたころで、『週刊真実』のグラビアも女性のカラーヌードではなく、スクープ写真の連発を売り物にしていた。巻頭のグラビア部分は、写真週刊誌の物まねだった」

「ああ、そういえばそうでしたか」

「きみも張り込みをよくやっただろう」

「やりました。自分でもカメラを持って」

「創刊当初は人手不足から、そういう張り込み要員として、かなりの人数のアルバイトを雇った。その中にいたひとりの男が、きみにさんざんいじめられてねえ。まあ、きみとしては鍛えているつもりだったんだろうが、いまでいうならパワハラというのかな、職場の虐待に近いものがあった」

「そうでしたっけね」

桜木は、とくに明瞭な記憶を取り戻すでもなく、気のない返事をした。そして清水の回りくどい話にイラついて、机の下で貧乏揺すりをはじめた。

「当時は創刊のドタバタで、編集長以下みんなが死にものぐるいでしたからね。そりゃ、いまみたいに人権やらなんやらに気を遣ってはいられませんでしたから」

「そうだったね。みんな殺気立っていた。しかし、私だけは文芸担当のおかげで、その殺伐としたムードからは無縁のところにいられた。だから彼は私を相談相手にして泣きついてきたんだよ」

「彼って、山内ですか」

「なにを言ってるんだね。山内は二十年前は小学生だろう。そうじゃなくて、きみにいじめられたアルバイトのことだよ。彼は二年ほど前に田舎から東京に出てきたが、都会の水が合わなくて、それまで何度も会社をクビになったらしい。それも、冷酷無比なクビの切られ方だったそうだよ。そして、時代舎の『週刊真実』が契約社員を募集していると聞いて、それを最後の望みにやってきたそうだ」

「忘れましたよ。そんな下っ端のことは」

「彼は念願叶って『週刊真実』の臨時要員に採用された。だが、蓋を開けてみたら契約社員ではなく、身分がなにも保障されないアルバイトだった。それも張り込み専門要員で、社員や契約記者がその場を離れざるを得ないときに、代わりに張り込みをつづける役で、きみたちは彼らのことを便利屋扱いして、まともなスタッフとみなしていなかった」

「まあね。実際、張り込みのときに弁当を買いに行かせたり、撮影したフィルムを会社に運ばせたりという程度の仕事しか任せられない連中でした。才能もセンスもなかった。だから契約社員にはなれなかったんですよ。ああ、そうそう、そういえば思い出しましたよ」

桜木は机をトンと叩いた。

「都内の地理をろくすっぽ知らないで、張り込み先でフィルムを預けたら、会社に戻るまでに迷子になったバカがいましたっけ」

「そのバカだよ、きみにめちゃくちゃ罵声を浴びせられたあげくに、ぶん殴られたといって、私のところに泣きついてきたのは」

「なんていうヤツですか」

「上原(うえはら)だ」

4

「上原……上原ね。いた、いた、いました」

受話器を片手に、桜木は大きく首をタテに何度も振った。

「ガタイはけっこうデカかったから、さぞかし根性のある男だと思ったら、これが泣き虫のへなちょこで、たしかに大勢の前で罵倒(ばとう)したし、ぶん殴りもしましたね。私も血の気が多かったですから」

「そしてきみが、こいつは使い物になりませんと当時の編集長にご注進してクビにした」

「うーん、そうでしたかね。でもアルバイトなんて、しょせん使い捨てですから」

電話番のアルバイトの女の子が自分のほうを見たので、違う違う、おまえのことを言ってるんじゃないと手ぶりで示しながら、桜木はつづけた。

「で、それがなんの関係があるんです」

「きみはどんなタイプの編集長かとたずねてきた山内に、二十年前のそのエピソードを話してやったわけさ。上原に対するきみの仕打ちをね」

「ひどいなあ、清水さんは。ぼくを極悪人扱いですか」

桜木は苦笑した。

「当時の風潮ではあたりまえですよ。怒鳴ったり、殴ったり、気に入らないヤツをクビにするのはね。いまの世相がおかしいんです。二言目には人権、人権って甘やかすから、ロクな社員が育たない」

「まあ、それはいいよ。とにかく私が二十年前のそういうエピソードを話したことで、山内は急に白川郷という場所に興味を持ったんだ」

「なんで急に話がそこへ飛ぶんです」

「そのアルバイトの青年が、白川郷の出身だったからだよ」

「え……」

机の下の貧乏揺すりが止まった。

「上原というその青年は、私に雪深い白川村の合掌造り集落のことをいろいろ話してくれた」

身をこわばらせた桜木の耳に、清水の淡々と語る声が響いた。

「二十年前の当時は、まだ白川郷も五箇山も世界遺産に登録されていないからね。それなりに知られた場所ではあったが、白川郷や五箇山までは高速道路が延びておらず、交通不便な秘境の地という印象があった。上原は、そんな集落の生活を非常に事細かに私に話してくれたんだ。

そうやって、二十年前のきみの話を思い出しついでに、その男の話の記憶も甦ったわけだよ。それで山内に、世界遺産になる前の白川郷・五箇山の様子を語って聞かせたんだ。あくまで上原からの又聞きのレベルだったが、山内は目を輝かせていたよ。そしてこう言った。こんど『週刊真実』の連載小説は、文芸編集部長の意向で夏川洋介さんがやることに決まっているんですが、この場所を舞台にするのがいいですね、世界遺産の白川郷が、と」

「そのときに、山内がそう言ったんですか」

おもわず桜木は受話器を強く握りしめた。

「ああ、そう言ったよ。ぼくは決めました、と。しかし、いくら担当編集者が決めたところで、作家本人が気乗りしなきゃ意味がないから、いちど夏川さんを連れて現地に行ってみたらどうだと話したんだ。よもやほんとうに白川郷をモデルにした小説を、夏川洋介が書きはじめるとは思わなかったがね。よっぽど山内の説得がうまかったんだな」

「その上原というアルバイトの男ですが、そいつが故郷のことを清水さんに話すとき、地元で旧家の対立があったというような話はしませんでしたか」

「いわゆる『濡髪家の殺人』のような設定かね。いや、そんな話は聞かなかったね。おそらく夏川洋介と山内が取材旅行で仕入れたんじゃないのかな」

「そうですか……」

桜木は黙った。

そして頭の中で、自分が罵倒し、殴り、クビにした男の顔を思い出そうと必死になった。だが、二十年前の短い期間にアルバイトとして使ったその男のイメージはどうしても浮かんでこなかった。

その代わり、不吉な想像が鎌首を持ち上げてきた。それは現在発売されている号に載っている連載二十回目の『濡髪家の殺人』の展開である。

小説ではすでに七人が殺され、さらに謎の人物から探偵役の秋山陽介のもとに「もうひとり、八人目が殺される」というメッセージが届けられたところで二十回目の話は終わっていた。

その八人目が、まるで自分を指しているように桜木は感じられてきた。

「清水さん」

桜木が不安を声に出して言った。

「もしかして清水さんは、上原という男を捜せとおっしゃりたいんですか」

「それはきみの判断しだいだ」

清水は慎重に答えた。だが、肯定しているのは疑いがなかった。

「じつは、私が思い出すかぎりにおいて、当時のアルバイト採用は履歴書と簡単な面接があっただけで、その履歴書には住民票などを添える必要はなかったように思う。つまりだね、その気になれば、名前も年齢も偽れる、いい加減なものだった気がするんだよ」

「じゃあ、上原は本名ではなかった可能性もあるわけですね」

「うん。そこでだ、桜木君、私としては二十年ほど前に『週刊真実』のアルバイトをやった経験のある男が白川郷にいるかどうか、それを調査したほうがいいような気がするんだ」

「その人間に、山内が接触した可能性があると」

「かもしれない、という程度のことだが、私も自分が間接的にせよ関与していたら寝覚めが悪いのでね。じゃあ、忙しいだろうからこれぐらいにしておくよ。時間を取らせて悪かったね」

それだけ言うと、清水は電話を切った。

小松空港行きの飛行機をつかまえるために、もう会社を出なければならないのに、桜木は受話器を握りしめたまま、席を立つことができなかった。

（嘘だろう……まさか山内殺しに、昔おれがクビにしたアルバイトが絡んでいるなんて……まさか）

そうだとしたら、動機がまったくわからなくなってきた。

5

正午をだいぶ回っても、白川郷と五箇山一帯を襲っている季節はずれの吹雪の猛威は、いっこうに衰えそうになかった。

雪がすべてを覆い隠し、世間を騒がす大事件であるにもかかわらず、県内県外からきたマスコミや野次馬たちは自由な行動を完全に封じられ、おかげで白川郷の住人たちは、喧噪の渦にはまだ巻き込まれずに済んでいた。

だが、吹雪のカーテンの奥では、関係者にとってあわただしい時間が過ぎていた。暮神家の当主・暮神真蔵は、自分の息子が警察に証言をするために平瀬温泉方面へつれていかれたことなどまったく知らず、伊豆神光吉とともに、白川郷の公民館で開かれた部外者立ち入り禁止の寄り合いに参加していた。自発的に参加したというよりも、呼びつけられたというのが正しかった。

緊急の寄り合いの議題は、当然、二神神社の裏山で見つかった死体のことである。かつては冬場になると「陸の孤島」と言われていた白川郷も、インターネットやケーブルテレビの普及によって、情報の伝達速度は都会と変わらない。

そして「週刊真実」の編集者が殺された事件は、同誌に連載中の『濡髪家の殺人』と深い関係があるのではないかという噂も、生首発見から丸一日が経過するのを待たずに白川郷一帯に広まった。さらに生首の胴体がこの地で発見されたことにより、噂は噂にとどまらず、事実を鋭く指摘していたことが裏付けられる形になった。

その結果、人々の疑惑の目は暮神家と伊豆神家に集中した。猛吹雪にもかかわらず緊急の寄り合いが開かれ、そこに暮神真蔵と伊豆神光吉が呼び出されたのは、なかば吊るし上げの意図があったといってもよかった。

間仕切りのふすまをぶち抜いて三十畳ほどの大広間を作り、二ヵ所に石油ファンヒーターを置いた会合の場には五十人を超す住民が集まり、青年会のメンバーのひとりが立ち上がって発言をした。

「はっきり言って、今回の事件は白川郷にとって大きなイメージダウンになった」

青年の目は、並んで座る真蔵と光吉に向けられていた。

「そもそも『週刊真実』で夏川洋介の『濡髪家の殺人』という推理小説の連載がはじまったときから、これは問題にすべきではないかという声は、あちこちから上がっていたんだ。誰が見たって暮神さんと伊豆神さんのところの昔からの対立を題材にとっているのは明らかだったから。

それに関して、当事者が家の名誉に関わるような材料を作家に提供するはずがない、という見方がある一方で、暮神さんのところの高史君や、伊豆神さんのところの季絵ちゃんのように、都会に出ている大学生は、実家の迷惑など考えずに、推理作家に喜んでネタを提供するかもしれない、という見方もあった。

けど、どっちにしても、当事者から文句が出ないかぎりは、そっとしておこうかというのが、みんなの共通した意見だったと思う。しかしね、その小説の担当編集者の生首が東京で見つかって、それだけでも大騒ぎなのに、首から下の胴体が二神神社の裏山で見つかったとなったら、これはほうっておけんでしょう。

二神神社は暮神家と伊豆神家の融和を祈願して建てられたもので、それ以外の白川郷の住人にはまったく関係がない。その裏山で胴体が発見されたんだ。これはもう暮神さんと伊豆神さんの問題だよ」

青年は、はるか年上の真蔵と光吉に対し、臆せずズケズケとものを言った。だが、もしも事がほかの白川郷の年長者に関してならば、青年はそんな乱暴な口の利き方はしないはずだった。それははからずも、両家が白川郷の中で浮いた存在になっていることを表わしていた。

「たまたまゆうべから季節はずれの吹雪になったけど、これは天の神様がおれたちに時間的猶予を与えてくれたんだと思う」

青年はつづけた。

「野次馬やマスコミでごった返す前に、おまえたち内部の人間が集まって対応を決めろ、と神様は言ってるんだ。その時間稼ぎのために、よそもんが入ってきにくいように、十一月の半ばではめったにないような猛吹雪を、神様が吹かせてくださった」

青年の言葉に、あちこちで同意のうなずきが起きた。

「だからおれたちは悪天候にもかかわらず、緊急の集まりをもったし、観光客の相手をする必要がないから、これだけの人数が集まった。そのみんなの前で、真蔵さんと光吉さんに、いまの状況をどう思っているのか、表明してもらいたいんだよな」

青年の言葉に拍手が湧いた。暮神・伊豆神両家の人間にとっては冷たく感じられる拍手だった。

それを受けて、まず暮神真蔵が立ち上がった。

「おれは、こういう集まりは不満だ」

いきなり真蔵が敵対的に切り出したので、座が緊張した。

「これじゃ、まるで光吉さんとおれに対する吊し上げ集会じゃねえか」

そんなことはねえぞ、という声が飛んだが、真蔵はすかさずそちらに向き直って
「うるせえ、黙れ」と怒鳴った。

「いいか、よく聞け。ゆうべ、おれんとこの家族と、光吉さんとこの家族は話し合いを持った。まだ裏山の死体が発見される前だ。東京の多摩川で『濡髪家の殺人』の担当編集者の首が見つかったという段階だ。その時点ではな――いいか、正直言うぞ――おれと光吉さんは罵り合ったよ。おたがいが怪しいんじゃねえかってな。……な？　光吉さん」

真蔵の問いかけに、伊豆神光吉は険しい表情を浮かべたまま、すだれ状の白髪頭を大きく振ってうなずいた。

「ところが、その最中に新聞記者が死体を見つけたと言って駆け込んできた。そして、連中が撮影した写真を見せてくれた。あんたら、見てねえだろ。だけど、おれと光吉さんと、それぞれの家族は新聞社のカメラマンが写したモロ画像を見せられたんだよ。そらショックだぞ。無茶苦茶ショックだったぞ」

会場に集まった五十人以上の住民は、そこで初めて真蔵と光吉だけが衝撃の画像を見ていることを知った。

みんな押し黙った。

6

「その写真を見て、おれも光吉さんも考えを変えたんだ」

真蔵がつづけた。

「東京の出来事をテレビで見ているときは、べつに生首そのものが映し出されるわけじゃねえ。死体を映さない交通事故の現場を見せられるようなもんで、生々しさが伝わってこなかった。だからかえって勝手に、あんたのせいだろと言い合うことができた。けれども、おぞましい写真を見せられてみ。しかも、自分たちの家のすぐ裏にある山でだぞ。ひどいショックを受けたよ。しかも死体は首根っこのところを崖の中に埋めるようにして、宙ぶらりんになって浮いていたっていうじゃねえか。

おれはな、ハッキリ言って光吉さんは好きでない。けど、写真に写っていたような、あんなひでえことをする人じゃないこともわかってる。光吉さんも、おれがそういう人間じゃないことはわかってるはずだ」

「それはどうかな」

光吉が、真蔵と目を合わせないまま、かすれ声で言ったので、周りがどよめいた。

「あんたが私の人柄を評価してくれるのはありがたいが、私はあんたの人柄を評価していないのでね。ああいう残酷な仕打ちができるのは、真蔵さん、あんたしかいないと思っている」

「なに……」

共闘作戦をとれると思っていた暮神真蔵は、光吉がそれに乗ってこないので、怒りを前面に出した。

「ああ、そうかい。じゃ、勝手にそう決めつけていろ。だがな、おれにはアリバイというものがハッキリしている。あんたはどうだ」

「アリバイ？」

伊豆神光吉は、ゆっくりと真蔵に目を向けた。

「なんだね、それは」

「知らんのか。『濡髪家の殺人』の中にも、何度も出てきただろうが。容疑者のアリバイがどうたらこうたらと」

「アリバイの意味ぐらいは知っとるさ。だから真蔵さんのアリバイはどういうものかとたずねているんだ」

「おれや光吉さんにかぎらず、白川郷の人間なら、二神神社の裏山で男を殺すことは誰でもできた。しかし、問題はそこから首を東京に運んだところだ。それをどんな目的で、どんな心境でやったのか、おれにはわからん。ただ、編集者が殺されたのは日曜の夜で、月曜の午前二時には首の部分が多摩川にあったらしい。警察はあんまり詳しい情報は教えてくれんのだが、飛騨日報の記者が教えてくれた。そういう目撃証言が多摩川であったらしい。

みんなも知っとるだろうが、ここから高速を使って東京まで行くのに、どれぐらい時間がかかるか考えてみろ。道がすいてる夜中だって、休憩なしに五時間以上はかかるんと違うか。多摩川までどうやっていくのかは知らんが、六時間はかかるだろう。逆に言えば、おとといの夜八時ごろまでに、裏山で男を殺して首を切り落とせば、昨日の午前二時には東京に首を置けるということだ。しかしな、行ったら帰ってこんといかんのだぞ」

真蔵はそこを強調した。

「とんぼ帰りをしたって、白川郷への戻りは朝の八時だ。しかし、おれは昨日の朝五時にはここにいた。三浦(みうら)先生、そこはあんたが証明してくれるだろう」

真蔵は、ロマンスグレーを七三分けにした男を指差して言った。三浦先生と呼ばれた人物は、白川郷に住む医者だった。

「急に腹が差し込むように痛くなって、どうにも我慢できなくなったから、脂汗流しながら、まだ夜明け前の真っ暗なときに、先生の家の戸を叩いて起こしたよな。たのむから薬をくれ、と」

「それは事実だ」

　みんなの視線を受けて、三浦医師が答えた。

「あまりひどい痛みだったら、救急車を呼んだほうがいいぞと言ったのだが、真蔵さんは、大げさにしたくないから、それはいいと断って、処方した頓服薬を受け取って帰っていった。たしかにそれは夜明け前の五時ごろだった」

「ほれ、みい」

　得意げに真蔵がみんなを見回したが、すかさず三浦が言った。

「だが、そういう行動はわざとらしいとも言える」

「なに？」

「私は推理小説が大好きでね。アリバイ工作をする犯人の定番は、自分から積極的に目立つ行動をして、その時刻には間違いなく自分はそこにいたと強調するところにある」

「バカバカしい」

　真蔵は笑いながら吐き捨てた。

「もしもおれが、そんなにアリバイを強調したかったら救急車を呼んどるさ。そのほうが三浦先生の証言だけに頼るより、よっぽど確かだろう。だけど、おれは救急車はカンベンしてくれと言った。みんなの噂になるのがイヤだったからだ」

「救急車で病院に運ばれて検査を受けたら、腹に異常はないことがわかって、仮病がバレるかもしれないと判断したのかもしれない」

「なんだと、この野郎！　そんなふうに疑いながら、人に薬を出したのか」

真蔵が三浦医師につかみかかろうとして、周りの者に止められた。だが、後ろから羽交い締めにされながら、なおも真蔵は暴れ、叫んだ。

「みんな、そんなにおれのことを人殺しにしたいのか。人間の首を切り落とす悪魔に仕立てたいのか。だったら、こっちのじいさんのアリバイはどうなんだよ」

「まだ私は六十だがね」

じいさんと言われた伊豆神光吉は、独特のかすれ声で応じた。

「私のアリバイは、ないよ。娘は、昨日の晩に東京から呼び寄せるまでこっちにはいなかったし、女房は……」

そこで少し言葉を切ってから、光吉はまた口を開いた。

「女房の証言があったところで、家族はアリバイの証人になれんのだよな、たしかそう聞いている」

「それみろ、それみろ、それみろ」

自分を押さえつける腕をふりほどいて、真蔵は光吉を見下ろした。

「光吉さん、あんたは昨日の夜明け前後に、この白川郷にいたという証明はできんのだな」

「ああ、できん。しかし真蔵さん、そしてほかの衆も聞いてくれ。この白川郷には『結(ゆい)』の精神があったのではなかったのかな。おたがいに無償で助け合う結の心が。それを忘れて、こんないがみ合いをするなんて、情けないと思わんのかね！」

光吉の凛(りん)とした声が響き渡り、会場が静まり返った。

石油ファンヒーターの燃える音と、荒れ狂う吹雪が雪囲いのオダレを叩く音だけが響いた。

7

「この白川郷には『結』という習慣があります」

平瀬温泉の宿に捜査本部の現地連絡本部として設けられた囲炉裏端の部屋で、暮神高史は志垣たちに向かって郷里の習慣について語りはじめていた。

「結は習慣というだけでなく、白川郷に住む人々の心の持ち方ともいえるんです。ひと言で言えば、それは無償の助け合いです。ここの土地は、昔はもちろん、昭和そして平成の世の中になっても、ずっと地理的に孤立した場所でした。とくに深い雪に閉ざされる冬は、完全に陸の孤島になっていました。きょうみたいな天気になると、外部からのアクセスはまったくできなくなる。十九歳のぼくが幼いころだってそうでした」

高史が目を向けた窓の向こうは、本来ならすぐそばを流れる庄川が眺められるはずだったが、雪に煙って何も見えない。

「そんな厳しい自然を乗り切るために生まれたのが、『結』の精神なんです。結とは、自分の家のことだけでなく、白川郷に住む人々みんながおたがいに助け合って生きていこうとする結束の心です。そして、それを象徴するのが茅葺き屋根の合掌造りです」

この宿は茅葺きではあるが、合掌造りのような急勾配をもった屋根ではなかった。宿としての効率と外観の魅力を両立させることを考え、随所に近代的なエアコンや太陽光発電による温水循環回路を備えて、厳しい自然に対応している。

だが、クラシックな合掌造りは、そうした近代設備を一切使わずに、厳冬期を乗り切る構造になっていた。

「合掌造りの構造は雪から家を守ってくれるだけでなく、養蚕という重要な収入の手段を生み、さらに養蚕が塩硝づくりという第二の収入手段を生み出しました」

その関係について志垣と和久井に簡潔に説明してから、高史はつづけた。

「いってみれば茅葺き屋根は、白川郷の生命です。これがなかったら、いまごろ白川郷や隣の五箇山は、人の住まない荒れ果てた土地になっていたでしょう。けれども、この茅葺き屋根は何十年に一回のペースで葺き替えなければならないんです。基本的には、一世代に一回です。

その葺き替えを一日で済ませようと思ったら、百人や二百人の人手ではとても足りません。そして、もしもそれを専門業者に頼んだら何千万という出費になります。それを避けるために、屋根の葺き替えは村人が総出で、しかも無償でやるのが結なんです。

そして、葺き替えのときに集まってくれた人たちの名前は『結帳(ゆいちょう)』に筆書きで記録されて、その結帳に記された人の家が葺き替えをするときには、『結返し』といって、必ず手伝いにいかなければならない。そういう互助精神が白川郷に住む人たちの基本なんです。うちや伊豆神さんのところは、場所的にもちょっと離れているし、なんとなく白川郷のほかのみなさんとは精神的に縁遠いところがあるのは認めます。それでも、うちの葺き替えのときも、伊豆神さんの葺き替えのときも、結の精神でみんなが集まってくれました」

「ちょっといいかね」

高史の話の途中で、志垣が割り込んだ。

「茅葺き屋根の話は興味深いが、それと山内さん殺しと関係があるのかね。ないんだったら、そのあたりは端折ってもらいたいんだけど」

「めちゃくちゃ関係があります」

腫れぼったい一重まぶたの高史だったが、その視線には強い意思が込められていた。

「そうかね。それじゃ、そのままどうぞ」

志垣は高史のほうへ手を差し出して、先を促した。

「葺き替えはだいたい四月下旬から五月の天気のいい時期を選んで行なわれるんですけど、まず最初に茅下ろしといって、いま屋根を覆っている古い茅をぜんぶはがす作業があります。これはそんなに大勢でやるわけではありませんけど」

「茅を下ろすと、屋根瓦をはずしたような状態になるわけだ」

「もっと素通しになります。葦簀も取り替えるためにはずせば、屋根裏からは、そのまま空が見えるような状態になります」

高史は、志垣の質問に答えた。

「ですからブルーシートを掛けて、雨風を防ぎます。そして、それから何日かのちに、結の総出で茅葺きが行なわれるんです。うちはいまから十年前、ぼくがまだ九歳のときにやりました」

「それが、きみのお父さんの代の葺き替えというわけだ」

「そうです。その前は祖父の代で、それはやはり父がぼくぐらいの年にやったそうです」

「たしかに、一世代に一回だね」

「当日、集まってくれた結の人たちは五百人を超えていたそうです。こんなに人が一ヵ所に集まるのは見たことがないと、子供心にびっくりしたのを覚えています」

高史はふたたび吹雪の風景に目をやり、過去の記憶をたどる表情になった。

8

「うちは合掌造りの中でも大きいほうで、屋根の高さが十五メートルもあるんです。いちばん上まで行くには、ハシゴを伝って上り、そこからは足場として組んである横木に足をかけて上っていくんです。誰もが上がれるわけじゃなくて、『葺き師(ふし)』とか『葺き替え師』と呼ばれる熟練の人が担当します。うちクラスの屋根を葺き替えるとなると、六十人ぐらいの葺き師さんを手配しなくちゃならないんです。その葺き師をやってほしいというおねがいを、冬のうちから一軒一軒回って頼みにいくんです。それを『結願い』と言います。

うちのオヤジは頭を下げるのが苦手なほうで、結願いへ行くとなると腰が重くなって……。だから、オフクロがほとんどひとりでやっていました。小さなぼくもついていったことがあります。なにしろうちは白川郷では浮いてますから、結願いも大変なんです。けっこう冷たく断られたりもしました。でも、あの地味な性格のオフクロが必死に頭を下げるもんですから、最後はみんなウンと言ってくれました」

「じゃあ、暮神家の屋根を新しく葺き替えられたのも、お母さんのおかげか」

志垣が言うと、高史はうれしそうに、そうなんです、とうなずいた。

母親を愛している雰囲気が伝わってくる笑顔が浮かんだ。

「当日、その葺き師さんたちが高い屋根に上がっているのを見て、ぼくは地面にいるのに足がすくみました。でも、上にいる人は高さなんかぜんぜん平気みたいで、ネソを取り替える作業も、すごい速さでやっていくんです」

「ネソ？」

「『マンサク』という木の若い枝のことです。それをあらかじめ捻って軟らかくしておく。その作業を『ネソを練る』っていうんですけど、ぼくもやろうとしたけど、子どもの力じゃとても無理でした。合掌造りはクギや金物を一切使わないで骨格を組み立ててあるんです。その骨格を固定するのに使われるのがネソ。軟らかくした若木の枝をロープのようにして木と木を縛るのに使います。それが自然乾燥していくと、どんどん固くなって、ものすごく頑丈になるんです」

「ほう、まさに戦国時代の葺き方そのまま、という感じだね」

「そのネソの取り替えが終わると、茅を葺いていくんですけど、茅は、まとまった束ごとに屋根の押さえ木に縄で縫いつけていきます。その作業は屋根の上にいる人間と、屋根裏にいる人間が呼吸を合わせて、『縫い針』と呼ばれる巨大な針に――針っていうより、銛(もり)って言ったほうがいいような太くて長い、先がとがったものですけど――それに縄を取りつけて、屋根裏から葦簀越しにブスッと刺して、屋根の表側で受け取って、また逆方向にブスッと刺す。そうやって茅の束を縄で屋根の骨格に固定していきます。『針刺し』と呼ばれる作業です。

ぼくはその作業を、家の中の三階にあたる屋根裏から見ていたけれど、なんだか怖かったです。間違ってあれが身体に突き刺さったら死ぬんじゃないか、って考えたり……。

そうやって茅の束が載せられていくたびに、太陽の光が遮られて、屋根裏はどんどん暗くなっていくんです。すると葦簀の隙間から、屋根の上に立っているオヤジの足もとが見えました。ずいぶん高い場所に立っているので心配になって、『父さん、落ちないでよ』と声をかけたのを覚えています。オヤジは『施主が先頭に立って旗を振らんでどうする。これぐらいの高さ、なんでもない』と大きな声で答えました。

押さえ木に縫いつけられた茅は、つぎに『掛矢』と呼ばれる大きな木槌で叩いて締め上げていきます。その響きを屋根裏で聞きながら、ああ、いつかぼくもオヤジのように、屋根の高いところに立って、葺き替えの指揮をとることになるんだなあ、と思っていました」

一方的にしゃべる高史は、そこで湯呑みのお茶を飲んで喉を潤した。それから、薪ではなく炭火が燃えさかる囲炉裏の炎に目を転じてつづけた。

「働いているのは男衆だけじゃなくて、女も周りの家から集まって、まかないを担当します。なにしろ五百人規模の作業ですから、弁当やおやつや飲み物も、その人数分を揃えなきゃならない。暮神家の主婦であるオフクロがまかないの総司令官になって、忙しそうに立ち働いていました。

あれを『コマネズミのように働く』っていうんでしょうね。ふだんは内気であまり人ともしゃべらないオフクロが、ものすごく張り切って、ニコニコ笑っているのが印象的でした。冬場の結願いで、いろいろイヤな思いをしながら頭を下げて回って、そのおかげで葺き替えの日を迎えたんですから、いちばんうれしかったのは、オヤジよりオフクロだったと思います。

それから葺き替えには、必ず中学生が全員参加するんです。みんな軍手をはめてジャージを着て、大人たちと同じように、細かい埃を吸い込まないためのマスクをして……。自分も中学生になったとき、二回葺き替えがあったので、ジャージの恰好で参加しました」

「じゃあ、白川郷の屋根は住民全員で葺き替えていくんだね」

「そうです。でも、いまは『現代結』といって、作業の半分ぐらいを業者にお金を払って頼んで、残りの半分だけを、昔からの結でやる方法も多くなってきました」

「だんだん、人と人のつながりがドライになってきたのかな」

「というよりも、みんな生活が多様化してきて、決められた一日に全員集合、というわけにはいきにくくなってきたんです。それからもうひとつ、ユネスコの世界遺産に登録されてからは観光客もケタ違いに増えて、それで業者にお金を払って頼むことに、それほど抵抗のない人が増えたんだと思います」

「なるほどなあ」

　両手を後方の畳についてだらけた恰好をしたまま、志垣は何度もうなずいた。

「世界遺産は昔の風習を変えてしまうんだねえ」

「それでも古くからの住人は、屋根だけは、人の家の屋根でありながら、自分の屋根でもある、という意識を持っているんです」

「そうか。他人の家の葺き替えに参加していれば、そういう気持ちになるな」

「そして伊豆神さんの家でも、結による葺き替えをすることになりました」

白川郷の風習を説明するだけのように思えていた暮神高史の話に、ようやく伊豆神の名前が出てきたので、志垣はシャンと背筋を伸ばして座り直した。

すると高史のほうも顔を上げ、志垣をまっすぐ見つめて言った。

「それはいまから四年前、ぼくが十五歳、中学三年のときでした。伊豆神さんの家の葺き替えのときに、大きな事故が起こったのです」

第八章　第二の切断

1

夫の光吉が寄り合いに呼び出されたあと、娘の季絵とふたりで留守番をしていた伊豆神雪乃が、長靴を履いて家の外に飛び出したのは、吹雪の音に混じって人の叫び声が聞こえたからだった。

マスコミがインタビューを求めて表から呼ぶ声も何度か聞こえていたが、それとは種類が違うものだった。もっと遠くから聞こえてくる、呼び声というよりも叫び声だった。

それもひとりの声ではない。三人、四人、あるいはもっと多くの人間が叫んでいるようだった。

玄関の頑丈な引き戸をガラリと開けて外に出てみると、三百メートルほど離れた暮神家の前に数人が集まっているのが、横殴りの雪で霞む風景の中に見えた。

彼らの口々に叫んでいる声が、風に乗って聞こえてきたらしい。よほど大声で、そして必死に繰り返し叫んでいるからこそ、家の中にいた雪乃も気づいたのだ。

（なにか大変なことでも起こったの？）

ショールを頭にかぶりながら、雪乃は吹雪の向こうを懸命に透かして見た。

「どうしたの、お母さん」

娘の季絵も、あわただしい雰囲気に気づいてスノージャケットのフードをかぶりながら出てきた。

「暮神さんのお宅で、なにかあったみたいなのよ」

「私、見てくる」

季絵が駆け出した。雪乃もその場にじっとしていられずに駆け出した。

と、一瞬だけ、吹雪がパタッとやんだ。同時に、霞んでいた暮神家の合掌造りが、くっきりと見通せた。

「………」

雪乃と季絵の母娘が、声にならない悲鳴を上げて立ち止まった。そして、どちらからともなく、おたがいの手をとって握りしめた。

2

「白川郷には『まんさく』という名前の民宿があります。さっきお話ししたネソをとる木の名前です。その木の名前をつけた民宿は、米倉雄治(ゆうじ)さんという人が経営していました。人なつこい性格の人で、年上からだけでなく、年下の人間からも『ゆうちゃん、ゆうちゃん』と呼ばれて親しまれていました。奥さんは春子さんといって、隣の五箇山から嫁いできた人です」

平瀬温泉の宿では、十三キロ離れた白川郷で大事件が発生しつつあるのも知らずに、暮神高史の話に志垣たち捜査員が耳を傾けていた。

「ちなみにうちのオフクロも、それから伊豆神さんちの奥さんも、白川郷の出身ではなくて、五箇山の人間なんです。だから『まんさく』のご主人や女将さんは、ほかの人が距離を置いているうちらにも、気安く接してくれる人でした。その『まんさく』のゆうちゃんと呼ばれていた雄治さんは、結で葺き替えをやるときは、いつも葺き替え師に指名されていました。伊豆神さんちのときもそうでした。

だけど、ベテランの葺き替え師だったのに、落ちたんです。屋根のいちばん高いところから転がるようにして、地面の上にほうり出されました。伊豆神さんの家も、うちと同じぐらいの大きさで、やっぱり高さが十五メートルくらいある。そのいちばん上から滑り落ちて、首の骨を折って……」

「死んだのかね」

志垣がきくと、高史は首を左右に振った。

「いいえ、生命は助かりました。でも、下半身が麻痺して、自宅で寝たきりになってしまって」

「そりゃ大変だ」

「民宿のほうは、女将さんの弟が五箇山から越してきて手伝うことになって、なんとかつづけられたんですけど、雄治さんはどんどん体調が悪くなって、けっきょく、ことしの一月に亡くなりました。

その一ヵ月ほど前、大学受験で必死だったぼくのところに女将の春子さんがきて、うちの主人がどうしても高史君に話をしたいことがあると言っているから、ぜひきてほしいというのです。どうも長くなさそうだから急いで、と。ただしこのことは、あなたのお父さんやお母さんにはナイショで、と主人が言ってるの、ともつけ加えました」

そこで高史はため息を洩らした。

「なぜ雄治さんがぼくに用があるのか、ぜんぜん見当がつきませんでした。しかも、親にも話してはいけない秘密の用件なんて、なおさらわかりませんでした。でも、長くなさそうだというひと言で、ぼくはその日のうちに『まんさく』に行きました。そして離れで寝たきりの雄治さんと、ふたりきりで会いました」

高史は無意識の動作で、囲炉裏にさしてある火箸を取り、それで灰をかきまぜながら話をつづけた。

「しばらく見ないうちに、雄治さんはすっかり痩せこけていました。ぼくはなんと言っていいかわからずに、ふとんのそばに座って黙っていると、雄治さんは、部屋の脇に置いてあるタンスの小引き出しに一通の手紙が入っているから、それを取り出しなさいと、かすれて途切れ途切れになった声で言うんです。言われたとおりに引き出しを開けると、蛇腹式に折り畳んだ和紙の手紙がありました。墨で書いた文字が裏まで透けて見えました。

それを取ってまた枕元に戻ると、雄治さんは、耳を近づけなければ聞こえないような小さな声で言いました。『その手紙は雨に濡れないようにビニールの袋に入れて、屋根の茅と葦簀の間にはさまっていた』と。つまり、茅葺き屋根の内部に隠されていたというんです。

といっても、それは必ずしも葺き替えのときに入れたとはかぎらなくて、屋根裏から葦簀の隙間を通して差し込むこともできます。だから、その手紙がいつ茅葺き屋根の中に隠されたのかはわかりません。雄治さんはビニール袋に入ったそれを、葺き替え作業のときに偶然見つけた、と言うのです。そして、目の前でぼくに広げて読むように言いました」

「かなり重大なことが書いてあったんだね」

「そうです」

高史は硬い表情になった。

「何度も何度も読み返したから、文章は完全に暗記しています。まるで芝居を演じる役者のように、ぼくはその文章を頭に刻み込んでいます。出だしはこうです。『私の息子は悪魔だ。八人の人間を怨み、そのうち三人を殺した。それも首を切り落として』……」

うつむいて火箸で灰をいじりながらしゃべる高史の語る内容に、志垣も和久井も、庄野も児島も、驚いて身をこわばらせた。

「『息子は泣きながら、私にそのことを告白した。それでも八人のうち四人は居所がわからなくなったり、怒りが収まったりして、殺すのはやめたそうだ。しかし、あとひとりは居場所もわかっているし、その人間に対する怒りも収まらない。どうしてもそいつだけは殺しておきたい。その気持ちが抑えられない、と……』」

そこで高史はゆっくりと顔を上げ、少し吹雪の勢いが収まってきた窓の外に目を転じた。そして、記憶している文章の先をつづけた。

3

「『殺した三人を埋めた場所は、埼玉県の西武ライオンズ球場が近くにある狭山湖畔。私は死体を埋めたという詳細の地図を息子に描かせた。なぜ、お父さんが詳しい場所まで知りたいんですか、ときくから、慰霊のためだと答えた。私自身は直接そこへ行く元気もないが、せめて祈りだけはそこへ届くように。

　すべてを告白し終えたあと、息子は言った。お父さんに打ち明けたからといって、自分の罪が軽くなるとは思わない。でも、心は少しだけ軽くなった。あとひとりを殺せば、もう思い残すことはない。自分はすべての責任をとる——と。

　私は息子の告白を聞いて心臓が止まりそうになった。私にできる精一杯の助言は、死ぬな、だった。それは息子の命だけを考えての命令ではない。死ぬ決心を固めているかぎり、息子はあとひとり殺すだろう。それをやめるには、息子が生きつづけるしかない。そういう理屈だった。そして私は、こうも言った。もしもおまえが新たな罪を重ねたら、悲しむのは雪乃さんなんだぞ』」

「ちょっと待った！」

　具体的な名前が出たところで、高山署の庄野警部が、ひょっとこのニックネームを授かった口もとを、さらにとがらせて叫んだ。

「雪乃って、伊豆神さんところの奥さんか」

「それ以外には考えられません。そして手紙はこう締めくくられていました。『そのひと言が効いたのか、息子はいまも生きつづけている。だが、こんどは真実が私の心を苦しめはじめた。私はもう先が長くないが、このますべてを隠してあの世へ行くことは、良心が許さなくなったのだ。すまん、息子よ。いずれおまえの代で行なわれる葺き替えのときに、この手紙が見つかるかどうか、見つかるとすれば、結の中の誰に見つかるのか。その人間がこの懺悔の文書をどういうふうに扱うのか。私はすべての運を天に委ねるが、いざというときは、おまえも天命を受け止めてくれ』……手紙はそこで終わっていました。雄治さんは、その手紙を読んだショックで屋根から落ちたのだといういうのです」

「つまりそれは……おい、高史君、顔を伏せていないで、私の目を見て答えなさい」

　庄野が迫った。

「伊豆神家の光吉さんが若いころに……いや、若いころかどうか知らんが、三人を殺したという事実の告白であり、それを彼の父親が書き残して、茅葺き屋根の裏に隠したというのかね」

「そうです」

「光吉さんの父親は、いつ亡くなったんだ」

「よく覚えていません。ぼくが小さいころは、まだ生きていて『伊豆神のおじいちゃん』と呼んでいた記憶があります。名前が宗吉さんだったのは覚えています。宗教の『宗』を書いて宗吉さんです」

「じゃ、その宗吉さんが書き残した手紙に、息子が殺した被害者の具体的な名前は書いてなかったのかね。どこの、どういう人間か」

「それは書いてなかったです。手紙には具体的な名前はひとつもありませんでした」

「では、その手紙はいまどこにあるんだ」

こんどは志垣が詰め寄った。

「手紙と、死体を埋めた場所を特定した地図はどこに。民宿の女将が持っているのか」

「春子おばさんは、手紙のことをなにも知らないはずです。雄治さんがそう言っていました。受け取ったのはぼくです」

高史が、少し怯えた顔で志垣に答えた。

「雄治さんは、手紙と地図をぼくに預けると言いました。そして『もう疲れたから寝る、きみも帰りなさい』と言って、目を閉じました。それで、ぼくは帰りました。雄治さんと話をしたのは、それが最後です」

「ちょっと話を整理させてくれ」

志垣が自分の頭をかきむしって言った。

「伊豆神家の屋根の葺き替えがあったのは四年前。そこに結として手伝いにきていた民宿『まんさく』の主人……えーと、米倉雄治氏か」

志垣は、手帳に書き留めた人物名を確認した。

「米倉氏が、茅葺き屋根に差し込まれていた手紙を発見。そこには伊豆神家の先代・宗吉氏とみられる人物による重大な告白――息子の殺人が書いてあった。それによれば、息子は過去に八人を怨み、そのうち三人を殺した。しかも首を切り落として……。つまり今回の山内修三殺人事件と同じパターンだ。そして、その死体を埼玉県の狭山湖畔に埋めた。えらい具体的な地名を書き残したもんだな」

そこで志垣は庄野警部に向き直った。

「怨まれて殺された三人の人物は、白川郷の住人ですかね」

「いや、白川郷での行方不明者は、少なくとも私が高山署勤務を拝命してからは聞いたことがありません。隣の五箇山でどうなのかは、富山県警に照会する必要がありますが」

「なるほど。ともかく宗吉の息子、つまり光吉は三人を殺した罪を父親に告白し、どうしてもあとひとりを殺したいと言った。それさえ済めば自殺をするとほのめかしたが、宗吉は、そんなことをしたら雪乃さんが苦しむぞと言って息子の死を……というより、もうひとりの殺人を押しとどめた。おかげで息子は生き延びたが、父としては息子の罪悪を隠しつづけることに良心の呵責（かしゃく）を覚え、意を決して真実の告白を書き残した。その手紙を、葺き替え作業の最中に偶然見つけた米倉雄治氏は、ショックで屋根から転落した——こういうことになるね」

「そうです」

「まさか、あとひとり、どうしても殺したい人物が山内修三だった、ということはないでしょうね」

と、和久井が疑問を呈し、暮神家のひとり息子に問い質した。

「とにかく、その手紙と地図は、いまもきみが持っているんだね」

「いいえ。人に渡しました」

「人って？」

「山内さんです。『週刊真実』編集部の」

四人の捜査官は、時間が止まったように動かなくなった。

4

「ああ、季絵か。お父さんはいま忙しい。寄り合いで発言中なんだ」

娘からの電話がかかってきたので、「結の精神」で結ばれたはずの者どうしが疑いを抱きあう愚について演説をぶっていた伊豆神光吉は、眉間に皺を寄せ、早口で言った。

「用事ならあとにしてくれ。これが終わったら戻るから。……え？　なに？　……なんだって！」

ふだんはかすれ声しか出さない光吉が、甲高い声を張り上げたので、全員が彼を見つめた。

「ほんとうか、それは！」

何度も念押しをしたあと、光吉は暮神真蔵に向かって叫んだ。

「真蔵さん、あんた、大変だぞ！」

5

「しかしね、なんだか納得できない点があるんだよなあ」

　長い沈黙を置いてから、最初に口を開いたのは志垣だった。

「きみはなぜそんな重大な手紙を、週刊誌の編集者に見せたんだ。そもそも、きみと山内氏との接点はどこにあるんだ」

「雄治さんが一月に亡くなったあと、ことしの二月、山内さんは白川郷に取材できていたんです。『まんさく』に泊まって、いろいろ土地のことを調べていました」

「山内が、二月に？」

　初めて白川郷における山内の足跡を確認することになって、志垣は勢い込んだ。

「じゃあ、作者の夏川洋介もいっしょか」

「いえ、山内さんひとりでした」

「なんできみがそんなに詳しく知っているんだ」

「受験勉強の気分転換に雪道をジョギングしていたら、『まんさく』のそばにきたところで、山内さんから話しかけられたんです。じつは『週刊真実』でこんど夏川洋介先生の推理小説を連載することになって、舞台を白川郷にしようかと思っているんだけど、めずらしく若い人を見かけたから、ちょっと話がしたいと思って、と言って、名刺をくれました」

「担当編集者が、ひとりで取材にきていたのか」

「はい。そして上原さんという、たぶんいま五十歳ぐらいになる人を知らないか、ときかれました」

「ウエハラ？」

「そうです。でも、そういう苗字の人は白川郷にいませんと答えました」

「小説の下調べなのに、尋ね人もしていたわけか。で、その人物を捜す目的について、山内氏はなにかきみに事情を説明したかね」

「いいえ。でも、ちょうどいいタイミングだと思って、ぼくは山内さんに、雄治さんから渡されたあれを見せようと思ったんです」

「おいおい」

志垣が咎める口調になった。

「きみは伊豆神家の当主である伊豆神光吉氏の犯罪を、週刊誌を通じて告発しようと考えたのかね」

「です」

語尾だけの短い返事で、高史は肯定した。

「しかしね、高史君」

　こんどは、いままで黙っていた児島警部補が問い質した。

「恐ろしい殺人の事実が書かれた文書を目にしておきながら、なぜきみは警察に連絡しようと思わなかったんだ。そこの理由を言ってもらわないと困るんだよね」

「ぼくは警察のために行動したんじゃない。愛のために行動したんです」

「愛？」

「そうです。ぼくは光吉さんのところのひとり娘である季絵さんを愛していたし、季絵さんもぼくを愛していた。だけど暮神家と伊豆神家の戦国時代からの確執という、半分伝説みたいな言い伝えがふたりが結ばれるのを邪魔していた。こんなバカげた状態を終わりにしたかったんです」

　高史は顔を真っ赤にして言い張った。

「そのためには、伊豆神光吉さんの犯罪を世間におおっぴらに知らせたかった。警察に言ったところで、たぶん白川郷の中だけの小さな事件で終わってしまうから、それよりは週刊誌でスキャンダラスに騒ぎ立ててもらったほうがいい。ぼくは山内さんが『週刊真実』という有名なスクープ雑誌の編集者であることに懸けたんです」

「警察より週刊誌を選んだら、どうなるんだ。どこにメリットがあるんだ」

　怒ったように児島がきくと、すぐに高史が答えた。

「どうせこのままでは結ばれないなら、大きな破綻を引き起こして、そんな状況でもぼくが季絵さんの味方になってあげれば、すべての障害は乗り越えられると思ったからです」

「おやおや、自作自演の白馬の王子様かい」

「そういう言い方をしないでください！」

「したくもなるよ。まったく理解できないね」

児島が不快そうな顔で言った。

「で、季絵さんは、きみの作戦を知ってるのか」

「知りません。こんな展開になった以上、打ち明けなくちゃいけないと思いますが」

「そんな卑劣な戦略は、彼女の軽蔑を買うだけだとわからなかったのかね。なんて愚かな判断だ！」

児島警部補の怒りは、殺人事件の重大事実を警察に告げなかったことへの非難だった。その言葉の厳しさに、高史は感情を高ぶらせて、涙まで浮かべはじめた。

それを見て、志垣がやさしい口調で言った。

「ともかくきみは、ロミオとジュリエットばりの許されぬ恋を貫くため、伊豆神光吉氏が凶悪な殺人者であることを暴露しようとしたんだね。それによって季絵さんの父娘の絆が切れて、きみのほうを頼ってくるだろうと」

「そうです。物の言い方も乱暴で態度もデカいうちのオヤジに較べて、ほんとに温厚そうな光吉さんに、じつはそういう悪魔の一面があるんだということを、季絵さんのためにも教えたかった」

「それで、米倉氏から渡された秘密の告白文書と死体を埋めた場所の地図を、『週刊真実』編集者の山内氏に提供したんだね」

「はい」

「手元にコピーはとってあるのかな」

「ありません。山内さんが東京に帰ってから、コピーをとるべきだったと後悔しました」

「あのねえ、こんな言い方はしたくないんだが」

アゴを撫でながら、志垣は言った。

「我々がどこまできみの言い分を信じてよいのか、まだ迷っているんだよ」

「どうしてですか」

「伊豆神家の茅葺き屋根に隠されていた殺人の真実を語る文書だが、それを見つけた米倉雄治氏は、それまで誰にも見せていなかったにもかかわらず、余命尽き果てそうなのを自覚した段階で、伊豆神家と対立する暮神家のひとり息子であるきみだけに、それを見せた。なぜ、きみだけなんだい」

「それは、雄治さんの雪乃さんへの同情だと思います」

「雪乃さんへの同情？」

「はい。さっき言ったように、雄治さんの奥さん、うちのオフクロ、そして雪乃さんの三人は五箇山の出身なんです。とくに雪乃さんは、ほんとにきれいな人です。そんな人が悪魔の殺人鬼と結婚しているのを知ったら、別れさせようと思うのが男として自然な心理だと思うんです」

「で、光吉氏と雪乃さんを別れさせるきっかけづくりの役目をきみに引き受けさせたと」

「それだけではありません。ぼくと季絵さんが立場や年齢を超えて愛しあっているのは、雄治さんもわかっていたと思います。それで、ぼくのためにもなると思って……」

そのとき、和久井が割り込んだ。

「きみと季絵さんの関係は長いのかな」

たずねたのは和久井だった。

「長い……って？　どういう意味ですか」

「季絵さんはきみより二歳上だそうじゃないか。ということは、彼女が東京の大学に入学してからの二年間は、きみはこっちで高校生だった。彼女とは物理的に引き離された二年だ。いや、いまだって東京と名古屋だ。年齢が逆ならともかく、年上の女子大生が年下の高校生と遠距離恋愛をするというのは、ちょっと考えにくいんだけどね。それとも、よほど前から相思相愛の仲だったのかな」

「……」

「もしかして、ほんとうはきみと季絵さんは恋人どうしではなく、きみの一方的な片思いじゃないのかな。彼女のほうは、きみの気持ちに気づいて困っていたりしてね」

和久井の指摘に、高史は耳の付け根まで赤くして拳を膝の上で握りしめた。そんな大学一年生を見つめながら、和久井はたたみかけた。

「秘密の告白文書を見つけた米倉氏は亡くなり、それをきみから受け取った山内氏は殺された。そうなると、きみの話が真実であると証明する証拠は、いまのところなにもない」

「ですから、その証拠の文書を奪うために、光吉さんは山内さんを殺したんです」

「では、きみが『山内さんを殺した犯人を知っている』という、その結論はそこに行くわけか。きみの言う犯人とは伊豆神光吉氏であり、その根拠は、いまのエピソードにある、と」

「そうです。だからたぶん、その手紙はもう光吉さんによって処分されていると思います」

「まあ、きみの話が事実であれば、山内氏は慎重を期してコピーをとっていると思うよ。週刊誌の編集者なら、当然それぐらいのことはする。だから、まだその証拠が完全に消滅したとは思わなくてもいい。屋根裏の手紙に関する話が事実ならばね」

「事実ですよ！　ぼくは嘘なんかついてない！」

6

「では、山内氏とのことでもう少しききたいんだけどね」

和久井がつづけた。

「きみは山内氏が『週刊真実』の編集者だと知って、伊豆神光吉氏の過去の罪を事件にしてもらおうと考えた。そうだよね」

「そうです」

「だけど実際には、そうしたスクープ記事は載らずに、暮神家と伊豆神家をモデルとした推理小説がはじまった」

「それは、小説という形で告発したほうがいいという山内さんの判断があったからです」

「なぜ」

「死体という決定的な証拠がない段階では、記事にはできない。安易に書いたら名誉毀損になる。それよりも小説の形で世間にアピールして、そこから事を大きくしていったほうがいいというのが、山内さんの判断でした」

「それでモデル小説がはじまったわけか」

「まあそうですね」

「たしかに『濡髪家の殺人』でも首を切断する殺人が連続する。こっちは三人じゃなくて、七人がハデに首を切り落とされて殺されるわけだが、あともうひとり、殺されるべき八人目がいるという点では、きみが見た秘密の告白文書と内容が一致している。だが、『濡髪家の殺人』を読んだきみが、あの小説のストーリーをもとにして、もっともらしい話を作っているという逆の考えもできる」

「いいですよ。だったら勝手にそう思えばいいじゃないですか」

「でも、きみが述べたことすべてが事実ならば、いずれ『濡髪家の殺人』では、伊豆神光吉氏を示唆するような犯人像が明らかにされることになりそうだね。推理小説だから、おそらく最終回かその前ぐらいになるんだろうが」

「その予定だったと思います」

「そういう構造なら、犯人としては担当編集者の山内氏ではなく、作者の夏川洋介氏を殺すほうが先ではないのかな」

山内が夏川のゴーストライターであったという事実をまだ知らない捜査陣は、志垣も庄野も児島も、和久井の指摘に同意してうなずいた。

「それに、いくらきみと編集者のあいだで、小説形式で光吉氏の大罪を告発しようという話がついたとしても、そんなリスキーなモデル小説を作家が書くだろうかね」

「そんな質問をされても、ぼくにはわかりません」

「きみは、作者の夏川洋介とは会っていないのか」

「会ってません」

「きみの話を聞いていて、ヘンだと思うところは、まだほかにもあるんだけど」

「うっせえな、もう!」

ついに高史がかんしゃくを起こした。

「信じないんだったら、もうなにもきくなよ。せっかく答えたって、意味ないだろ」

「まあまあ、そう怒らずに」

和久井が笑顔でなだめた。

「ここで冷静になって、きみが山内氏と言葉を交わすようになったきっかけを思い起こしてほしいんだ。山内氏は高史君になんていうふうに声をかけたんだっけ? 上原という五十歳ぐらいの人間を知らないか、とたずねてきたんじゃなかったのか」

「そうですよ」

「その後、上原という人物について、ふたりのあいだで話題に出たことは」

「ないです」

「高史君、きみも大事なところを見落としちゃいけないよ。山内氏は夏川洋介の連載小説のネタ探しに白川郷にやってきたという。だけど、そういう取材旅行は、作家も同伴するのが普通じゃないのかな。だから小説のネタ探しというのは言い訳で、山内氏はべつの目的があって白川郷にきた。それが上原という人物を捜すためだったのではないのかと思うんだけど、どうだろう」

「そうだったとしても、べつにぼくは関係ないです。上原なんて人は白川郷にはいない。狭い世界だから、調べればすぐわかります」

「じゃあ、そのことは脇へ置いておこう。もうひとつ、きみがいま聞かせてくれた話で腑(ふ)に落ちないところがある」

　和久井は、いつになく鋭い目で暮神家のひとり息子を見つめた。

「『まんさく』の主人の米倉氏は、四年前に行なわれた伊豆神家の屋根の葺き替えを手伝っているとき、屋根から転落して首の骨を折り、下半身不随となって寝込んだ末に、ことしの一月に亡くなった。これはあとで確認するけれど、客観的事実として正しいものとして認めよう。

　で、その転落の理由は、米倉氏が茅葺き屋根の中から秘密の手紙を見つけ、その中身にショックを受けてのことだったと」

「雄治さんは、まちがいなくそう言ってました」

「きみも結に参加していたそうだから、米倉氏が落ちたときは、その場にいたはずだね」

「いました。ぼくだけじゃなくて、何百人も。だから、雄治さんが落ちたときは大騒ぎでした」

「おかしいなあ」

「なにが、ですか」

「きみのさっきの説明では、茅を新しく葺く何日か前に、古い茅を下ろす作業があると言ったね。それほど大人数を動員するのではなく」

「はい」

「もしも手紙が茅葺きの裏に隠されていたなら、米倉氏が発見するのは、新しい茅を葺くときではなく、古い茅を下ろすときじゃないのかな」

「そのときには気づかなかった可能性だって、ないとは言えません」

「では、やはり数百人を動員した茅葺き作業のときに見つけたとしよう。しかし、屋根の上でじっくりと中身を読んだりする時間があるだろうか。きみの家の場合だと、六十人に及ぶ葺き替え師が屋根に上って一斉に作業をするんだろう？　ひとりだけそこで黙々と手紙を読んでいるヒマなんて、ないんじゃないのかな。見つけた手紙をとっさにしまうことぐらいしかできないと思うんだけど」

高史は押し黙った。その矛盾を自分でも認めた沈黙だった。

だが、すぐに気を取り直して口を開いた。

「でも雄治さんはたしかに言いました。手紙を読んだショックで屋根から落ちた、と」

しかし、その言葉には、これまでのような確信に満ちた響きがなかった。

7

「夏川先生」

長くて気まずい沈黙を、加々美梨夏のほうから破った。

すでに彼女の携帯にかかっていた桜木編集長からの通話は切れている。自分で書いていなかったという想定外の告白を聞かされ、怒り心頭に発した桜木は、とにかく飛行機でそっちに向かうから金沢で待ってろと怒鳴って、通話を切ったのだった。

「ショックです」

梨夏は、そこまで言うのが精いっぱいだった。

「当然だ」

夏川の返答もそれだけだった。

運転席と助手席で、おたがいに顔を見合わせることなく、ワイパーが雪を払う定期的な動きにぼんやりとした目を向けていた。

ふたりが乗ったレンタカーのＲＶ車は、依然として五箇山のくろば温泉駐車場に停まったままだった。吹雪は先ほどよりは勢力が衰えていたが、それでも断続的なホワイトアウト状況はつづいていた。

ネットで交通情報を確かめるまでもなく、この吹雪が収まらなければ高速道路の通行止め解除はありえなかった。

明け方からずっと白い世界に閉じ込められてきた梨夏は、いまがまだ十一月であるという事実の認識を完全に失っていた。

そして精神的な寒気が加わって、さきほどから身体の小刻みな震えが止まらなかった。

「私……」

梨夏が、また絞り出すような声でつぶやいた。

「山内さんを殺した犯人が誰だとか、そんなことはどうでもよくなってしまいました」

「だろうね」

　また夏川が短く答えた。

「ぼくを不道徳な人間として嫌悪する気持ちは、よくわかる」

「不道徳とか道徳的とか、そういう問題じゃないです」

　怒りと失望が、いまや梨夏に言葉をしゃべらせる唯一のエネルギーだった。

「どうやったら、他人に自分の名前で小説を書かせて平気な人になれるんですか」

「ぼくが間違っていた」

「間違っていたとか、そういう判断ミスの問題ではないと思います。作家としての誇りがないことがショックです。そして、そんなことをやりはじめてからの先生に恋してしまった自分が、いちばんショックです」

「すまない……」

　夏川は唇を噛んだ。

「じゃあ、謝りついでに、もっときみの怒りを買うような告白をする」

「まだあるんですか。もっとひどいことが」

「ある」

「言っときますけど、山内さんを殺した犯人は、やっぱりぼくだと言っても、べつに驚きませんから」

「犯人だったという告白のほうが、よっぽどマシだよ」

唇を歪めて、夏川は自嘲的な笑いを浮かべた。それから、ゆっくりとした口調だったが、一方的に話しはじめた。

「じつはぼくだって、こんな状態を長くつづけていられるわけがなかった。本が売れたって、じつは山内君の実力で、ぼくはただの名義貸しだ。いっそのこと山内君が推理作家としてデビューしてしまえばいいのにと、彼に言ったこともあるんだ。だけど彼は辛辣なことを言ったよ。夏川先生の姿を見ていたら、とても作家になる気持ちなんて起こりません、とね。夏川洋介のゴーストライターは、あくまで推理小説ファンとして最高のお遊びであって、本気で作家になるつもりはさらさらなかったそうだ。

ただ、ぼくがいまの状況に忍耐の限界を感じてきているのは、山内君も気づいたらしい。さすが担当編集者、ってところかな。そしてことしの五月ごろだったか、今回の『週刊真実』の連載を終えたら、真剣に作家引退を考えるとぼくが言い出したら、すかさずこんな提案をしてきたんだ。

不肖・山内修三がここまでお手伝いして、夏川洋介のネームバリューが復活を遂げたんですから、いまこそ恋愛小説家として再挑戦してみる時期じゃないんですか、と。それで彼が、最近の恋愛小説の動向を知るには、この映画を観るのがいちばんいいですよと言って、あの試写会の招待状をくれたんだ」

「あのときは、私、先生と隣り合わせになった幸運を喜びました。先生の大ファンだったから。もちろん、恋愛小説のほうのファンです。本物の夏川洋介のファンだったんです」

「そうか……」

「だけど、いまとなってはその偶然を怨みます。山内さんから招待状をもらわなければよかった。あの試写会で隣り合わせにならなければ、いまこんなに落ち込むこともなかったのに」

「あれは……偶然ではない」

「え？」

「きみとぼくが、試写会場で隣り合わせになったのは偶然ではない。あのブロックは関係者専用で、招待状にも席番号が打ってあっただろう。その並び番号を、山内君が用意してくれたんだ」

「それ……どういうことですか」

「恋愛小説の映画をぼくに勧めたように、きみとの出会いのきっかけを彼がセッティングしてくれたんだ。ウチの雑誌の外部スタッフで、すごくチャーミングな子がいますよ。もしも彼女と恋愛関係に陥ったら、先生は新しい恋愛小説を書けるかもしれない、と」

「サイ……テイ……」

歯を食いしばるような表情で、梨夏は夏川を睨みつけた。

「もうイヤ！　先生と同じ空気を吸っていることが耐えられない」

梨夏はいきなり運転席のパワーウィンドウを下げた。

猛烈な勢いで雪と寒風が飛び込んできた。

8

「高史君が見せられた告白の文書について、ぼくはまったく別の想像をしてみたんだけど、聞いてもらえるかな」

捜査陣に対して敵対する姿勢を明確にしはじめた暮神高史に向かって、和久井が言った。

「米倉さんは、四年前に行なわれた伊豆神家の屋根葺き替え中に、地上十五メートルほどの屋根から転げ落ち、首の骨を折った。ショッキングな内容の手紙を見つけた驚きによって、足を踏みはずしたせいだと高史君はみている。けれども、米倉氏が問題の手紙を見つけた場所とタイミングは、伊豆神家の葺き替えではなく、それ以前の結で経験した、別の家の葺き替えのときだったとしたらどうだろう」

「別の葺き替え？」

　高史は、そんなことは考えもしなかったという顔で眉をひそめた。

「そう。そして米倉氏は、そのとき見つけた手紙をこっそり家に持ち帰って中身を読んだ。すごい衝撃を受けたはずだ。その衝撃を、伊豆神家の茅葺き作業の際に突然思い出し、それでうっかり足を踏みはずして転落した——そう考えてみたらどうだろう」

「あのメッセージは、別の茅下ろしのときに見つけたというんですか」

「そうだよ。だってその文書には、雪乃さんの名前以外には、人の名前は出てこなかったわけだろう？　息子の大罪を父が悔やむ、という構図が明らかになっているだけでね」

　なにかに思いあたり、みるみるうちに血の気が失せていく高史に向かって、和久井は静かに言った。

「伊豆神家の葺き替えは四年前だが、きみの家も十年前に屋根の葺き替えをやった。当然、そのときも米倉氏は結として手伝いに行っているだろう。葺き替え師に指名されるぐらいだから、おそらく茅下ろしの段階から参加していたのではないか。そして、屋根裏に隠されていた手紙を見つけた」

「だけどそうだとしたら、あのメッセージは……」

高史の唇が震えた。

「そうだよ。その場合、息子が犯した恐ろしい罪を告白した手紙を記したのは、きみの祖父になる。そして三人の首を切断して殺したのは……」

「冗談じゃない！」

高史は髪の毛をかきむしって怒鳴った。

「ふざけんな！　そんなことを証明するために、ぼくは山内さんにあの手紙を渡したんじゃない！」

「おそらくきみは、伊豆神家のおじいさんだけでなく、自分のおじいさんの筆跡も覚えてはいまい。だから、あっさりと殺人の告白は伊豆神家の話だと思い込んでしまった」

青ざめる高史の様子を窺いながら、和久井はつづけた。

「米倉さんも、重い病に伏せっていたから、よぶんな説明はできない。でも米倉さんは、高史君が正しく事態を把握したと思い込んでいた。だからこそ、きみに重大な告白文書を託したのだ。伊豆神家の問題であったら、季絵さんや雪乃さんに伝えることはあっても、まだ高校生だったきみに、そんな他家の重大な秘密を伝えるはずがないだろうが」

高史は、また囲炉裏の火箸に手を伸ばした。何かを摑んでいないと、身体の震えを制御できないかのように。

　灰に突き刺さった火箸が、先端を軸にして円錐形を描くように回り出した。高史の身体の震えが伝わってきたからだった。

　庄野警部が隣に座る児島警部補をつついた。高史が唐突な行動に出たとき、すぐに取り押さえろという指示だった。

　児島は微かにうなずいた。

「いつの時代の話かわからないが、きみのお父さんは八人の人間に激しい怨みを抱いていた。そして、そのうちの四人については復讐をあきらめたが、残り四人のうち三人は殺害して首を切断し、狭山湖畔に埋めた」

　和久井も、自分の語る仮説が暮神高史に与える心理的プレッシャーをじゅうぶんに理解していた。だから話しながら、和久井自身もすぐ行動に移れるように構えていた。

「それが事実であれば、全国の行方不明者リストの中には、犠牲となった三人が含まれているかもしれない。そして、あとひとりについては、きみのお父さんは、いまだに激しい殺意を抱いている可能性がある。そうした危険な状況を、息子のきみが知るべきだと思ったからこそ、米倉さんは当初は墓場まで持っていこうとしていた秘密を、死の直前になってきみに話した。そして息子のきみに、お父さんの処置を委ねたんだよ」

「だけど、うちのオヤジのことだったら、『もしもおまえが新たな罪を重ねたら、悲しむのは雪乃さんなんだぞ』という呼びかけが、なぜ文面の中にあるんですか」

「愛していたからだろう」

「オヤジが、雪乃さんを？」

「ありえない話ではないような気がするんだけどね。同じ五箇山出身の女性でも、ほんとうはきみのお母さんである紘子さんよりも、雪乃さんといっしょになりたかったんじゃないだろうか。そして、きみのお父さんが残酷な事件を引き起こしたのも、そのあたりに原因があったと考えたら、すべての辻褄があってこないか」

「ありえない」

立ち上がったまま、暮神高史は何度も首を激しく振った。

「そんなことはありえない。もしも刑事さんの推理が事実だったら、ぼくは自分から進んでオヤジの罪を世間にばらそうとしていたことになる」

「残念ながら、結果としてそうなっていた可能性が出てきたんじゃないのかな」

「そういえば高史君」

こんどは志垣が呼びかけた。

「昨日の深夜、インターネット上に『白川郷の一住人』と名乗る人間が、『濡髪家の殺人』は白川郷にある現実の旧家の対立をモデルにしたものだという推理を、山内さんの名前も含めて書いていた。もしかすると、あれはきみが書き込んだのではないのかな。『白川郷の一住人』イコール暮神高史だった。どうかね」

「そうです」

震えを抑えきれないまま、高史は認めた。そして、火箸の揺らし方をいっそう大きくしながら、うめくようにつぶやいた。

「もしも刑事さんの推理が当たっているなら、ぼくはすごく大変なことをしていた」

「大変なこと、とは?」

志垣がきくと、高史は血の気が失せて真っ青になった顔を向けて答えた。

「ゆうべの書き込みもそうだけど、もっとまずいことをしていた。八月の半ばごろだったと思うけど、ぼくはオヤジにぜんぶ話してしまったんです。雄治さんから見せられた手紙のことや、『週刊真実』に情報を提供したことなどすべてを……」

四人の捜査官が交互に顔を見合わせた。この若い男の子が、事態をひとりで複雑な展開にしたことがわかったからだった。

9

「具体的に、きみはどういうふうにお父さんに打ち明けたんだ」

志垣がたずねると、高史は握りしめていた火箸から手を放し、こんどはその手で自分の洋服の胸元をわしづかみにした。

「雄治さんが見つけた文書は、絶対に光吉さんのことを指している、と言いました。だからぼくは『週刊真実』の人にそのことを話して、最終的には光吉さんの罪をあばく目的で、『濡髪家の殺人』という小説の連載がはじまったんだ、と」

「お父さんはどんな反応を示した」

「しばらくは言葉を失ったという感じで黙っていました。血の気が引いた、という表情でした。でも、それから急に笑いだしたんです」

「急に笑いだした……」

「そうです、大爆笑という感じでした。そして『おまえの空想好きも困ったものだ』と、そこまでは笑いながら言ったあと、急に表情を引き締めて、こう言いました。『いいか、間違ってもそのことを他言してはならんぞ。母さんにもだ。おまえがあの連載小説のきっかけを作った張本人だということについて、絶対に口を割ってはいかん。そのことについて、父さんは演技をする。おまえもその演技につきあえ』というふうに」

「演技とは？」

「オヤジは言いました。『おれは米倉が屋根裏から見つけたものについて、いまの段階では自分の意見を言うつもりはない。ただ、おまえが週刊誌にそのネタを売り込んだ張本人だという件については、徹底的にとぼける。そうでないと、おれたちはこの白川郷にいられなくなるからな。だから伊豆神に対しても、ほかの連中に対してもとぼける。母さんに対してもとぼける。おまえもそのつもりで演技をしろ』と……。

実際、ゆうべ伊豆神さんの一家と話し合いをしたとき、殺された山内さんが二月に二泊三日で取材にきていたということを、おふくろが『まんさく』の春子さん経由の情報として語ったときも、オヤジはいまはじめて聞いた話のように驚いていました。それは見事にとぼけてました。

ぼくはそれを見て、光吉さんにこっちの手の内を明かさないための芝居だと思っていたんです。いずれオヤジは、伊豆神光吉の犯罪をぶちまけるだろうと。息子のぼくは、その戦略に従っていればいいと思っていました。そして季絵さんが父親の別の一面を見てショックを受けたときに、ぼくが守ってあげるのだと。

だけどその前提が完全に違っていたら、完全に逆だったら、ぼくの話を聞いたときに、オヤジはどう思っていたのか……」

高史は顔を真っ赤にして全身を揺らしはじめた。そしてウーッと低い声でうなりだした。

あわてて児島が腕をつかみかけたが、それより早く、和久井が立ち上がって高史の肩を抱いた。

「落ち着くんだ、高史君。きみは、自分の頭の中でドラマを作りすぎた。それが大きなミスだったんだよ」

「ドラマ……?」

こめかみに青筋を立てて震えながら、高史は和久井と目を合わせた。

「そうだ、ドラマだ。季絵さんへの片思いが高じて、きみは二歳上の憧れの人と相思相愛という設定のドラマを作った。『まんさく』のご主人から重大な文書を見せられたときも、それを単独で評価するのではなく、季絵さんとの結婚を成就させるための戦略として利用するドラマを思い描いた。『週刊真実』の山内編集者から声をかけられたときも、きみはドラマチックな展開を期待して、メディアを利用しようとした。だけど、その根本の前提が間違っていた可能性にやっと気づき、どう処理してよいかわからなくなっている」

「じゃあ、ぼくは」

高史の瞳から涙がこぼれた。

「これから、どうすればいいんですか」

「とにかく、我々といっしょに、お父さんのところへ行こう」

和久井に代わって、志垣が答えた。

「伊豆神家の屋根からではなく、暮神家の屋根から文書が見つかったのではないかという和久井刑事の仮説が正解かどうかを知るには、お父さんに話を聞くのがいちばん早い。そうだろう？　そのさい、お父さんのアリバイも含めて、じっくりとおたずねしようと思うんだよ。息子のきみにとっては、悪夢の展開になるかもしれないがね」

10

集会場に集まっていた一団が、緊急事態発生の一報を受けて、表に飛び出してきた。

いったん小やみになりかけた雪と風が、また勢いを増していた。その横殴りの吹雪の中を、先頭になって走っているのが暮神真蔵だった。身体が丈夫でない伊豆神光吉も、あえぎながら懸命に走った。

五十人あまりの集団が、白川郷のメインエリアからはずれたところにある暮神家めざして、真っ白な雪の絨毯の上を全力で走っていた。

伊豆神光吉が足をもつれさせて転んだ。それを周りの者が抱き起こした。雪まみれになりながら、光吉はまた走り出した。

すでに暮神家の前には数名の報道陣と、伊豆神家から走ってきた雪乃と季絵の姿があった。

報道陣のカメラマンはレインカバーをつけたカメラのレンズを暮神家の屋根に向け、取材記者たちは吹雪で雪まみれになるのもかまわず、同じ方向を見上げていた。

「真蔵さん！」

駆け寄ってきた五十人あまりの集団の先頭に、真蔵の姿を見つけると、雪乃は悲痛な叫び声を上げた。

「真蔵さん、どうしてこんなことに」

しかし、真蔵は雪乃の問いかけに答える余裕を失っていた。彼の視線は、自宅の茅葺き屋根の一点に集中していた。そして白い息とともに、驚愕の表情でつぶやいた。

「なぜ、あんなところに紘子がいるんだ」

未明からの吹雪で、ことし初めての綿帽子に覆われた高さ十五メートルの合掌造り。その最上部のいちばん端――「簪茅（かんざしがや）」と呼ばれる少し巻き上がった部分のそばに、真蔵の妻・紘子が横殴りの雪をものともせず仁王立ちになっていた。

「紘子さん、いったいどうやって上ったんだ」

「まったくだ。軒先まではしごは掛けてあるけど、そっから上は……」

集会場から走って駆けつけた住民たちが、息を切らしながら口々に叫んだ。

「屋根のあそこを見てみい。葺き替え用の『縫い針』が突き刺してある。あれをピッケル代わりに突き刺して上ってきたか」

「けど、足もとが滑るだろうが」

「紘子さんは登山が好きだから、アイゼンぐらい持っとろうが。それを履いて上ったんと違うか。長靴なんかじゃ、あの急勾配を歩けたもんじゃない」

「それにしても、こんな吹雪のときにあそこに立っとるなんて、正気の沙汰とは思えん」

「けど、これから何をするつもりなんだ」

そんなざわめきの中で、夫の真蔵の叫ぶ声が吹雪を突き抜けた。

「紘子、何をしてるんだ！　馬鹿なことをしないで降りてこい。……いや、いまおれが助けにいくから、そこでしゃがんでろ」

すると突然、ジャッ、ジャッ、ジャッという音が吹雪のうなりに混じって聞こえてきた。

「ああ、紘子さん、なんでまたアレを、あんなところで持ち出すんだ」

「『ささら』だ。『ささら』持って、あそこで『こきりこ』でも踊るつもりか」

ささらとは、富山県五箇山地方に伝わる民俗楽器で、煩悩（ぼんのう）の数と同じ百八枚の檜（ひのき）の板または竹を紐で束ねてつなげ、両端に取っ手を取り付け、両手を使ってアーチ状に波打たせながら、ジャッ、ジャッ、ジャッと音を立てて踊りの伴奏とする。

その踊りとして代表的なものが「こきりこ節」。こきりことは「小切子」または「筑子」と書くが、二本の竹筒を打ち合わせて鳴らす楽器のことで、そこからきた

「こきりこ節」は、いまではむしろ「ささら」を持って踊るほうが有名になっている。

暮神紘子はその踊りを、まさかという眼差しで見上げる人々を前にして、雪が積もった地上十五メートルの屋根の上で踊りだした。声を出して歌いながら。

吹雪のうなりとともに、その歌声が下にいる人々の耳に届いた。

「筑子(こきりこ)の竹は七寸五分(しちすんごぶ)じゃ　長いは袖の『かなかい（邪魔）』じゃ　窓のサンサはデデレコデン　はれのサンサもデデレコデン」

両手に持ったささらをアーチ状に波打たせ、高く掲げたり、低く掬(すく)うように動かしながら、紘子は吹雪の中で身体を大きく左右に揺らした。そのたびに片足ずつ高く上げた。

群衆のひとりが予想したように、長靴を履いた足にはアイゼンが縛りつけてあるのが見えた。

「向いの山を『かづこと（担(かつ)ごうと）』すれば　荷縄が切れてかづかれん　窓のサンサはデデレコデン　はれのサンサもデデレコデン」

「おい、おいおいおい！」

見上げていたひとりが、素っ頓狂な声を上げた。

「やべえぞ。紘子さん、首に針金みたいなものを巻いとらんかい」

「巻いとる、巻いとる」

「針金のもう一方は、もしかすると『ネソ隠し』かどこかに巻きつけてるんでないか」

それらの声を耳にして、真蔵は青くなった。

たしかにそうだった。吹雪で霞んでいるせいで、すぐにはわからなかったが、紘子は身長の何倍もの長さを持つ針金の一端を輪にして首に巻き、もう一端は、屋根の部材などに結わえているようだった。

（踊りながら、首を吊る気だ）

妻の狙いが読み取れた。

（じゃあ、やっぱりバレたのか）

心の底から凍りついた。

助けに行こうと思った足が、急に動かなくなった。

「おい、真蔵さん」

かすれた声は、伊豆神光吉だった。

「あんた、はよ助けにいかなきゃ、紘子さん、死ぬるぞ」

「うるさい、わかってる！」

光吉に怒鳴り返したが、真蔵は金縛りにあったように動けなかった。

「窓のサンサはデデレコデン　はれのサンサもデデレコデン」

紘子の歌声と踊りの振りがいちだんと大きくなった。

「窓のサンサはデデレコデン　はれのサンサもデデレコデン」

そして紘子は、屋根の最先端に設けられた簪茅の部分に片足を乗せ、「ささら」を頭上でジャッ、ジャッ、ジャッジャッジャッと激しく鳴らしたあと、いきなり雪が舞い踊る空中にダイブした。

屋根に沿って滑るのではなく、切妻（きりづま）から屋根のない方向へジャンプした。

悲鳴が上がった。

四方八方から風が雪を舞い上げているせいで、屋根から飛び出した紘子の姿は、一瞬、空中で静止しているようにみえた。いや、それどころか、上昇しているようにさえみえた。

だが、それらはすべて風と雪が織りなす錯覚にすぎなかった。

錯覚の魔術が解けたとき、紘子の身体は地面に向けて急降下した。

その途中で急ブレーキがかかり、針金がピンと伸びた。首に巻きつけていた部分が皮膚を破って中に深く食い込んだ。

頸動脈が切れて、雪のカーテンに赤い花がいくつも散った。

さらに針金が奥深くまで到達し、頸椎に突き当たってかろうじて停まった。

だが、停まったとみえたのは、コンマ何秒かの間だけだった。合掌造りを背景に、地上まであと三メートルのところで宙吊りになった紘子の身体は、首が輪切りにされる寸前のところで、頭部が妙な角度に傾いていた。

やがて残された接合部分も、紘子の体重を支えきれなくなった。

胴体と頭部がゆっくりと分離し、ほぼ同時に雪の積もった白い地面に落ちて、その周囲を赤く染めた。

「紘子おー！」

暮神真蔵はひと声叫ぶと、その場にくずおれた。

伊豆神光吉は「なんまんだぶ、なんまんだぶ」と雪に膝をついて両手を合わせた。

伊豆神雪乃と季絵の母娘は、たがいに抱き合って震えた。そして、娘の腕の中で雪乃は失神した。

「刑事さん……」

赤い回転灯を回して平瀬温泉から白川郷へ戻るパトカーの後部座席で、暮神高史は隣に座る志垣警部に訴えていた。

「こわいです。ぼくはこわいです。でも……もしも和久井さんの推理が正しかった場合は、ぼくは懸命にオフクロを支えます。ぼくがしっかりしていなければ、オフクロはどうかなってしまう。だから……がんばります」

「そうだよ、高史君」

志垣は、十九歳の背中を勇気づけるように何度も叩いた。

「男のおれが言うのもナンだが、父親の愛よりも、腹を痛めて生んでくれた母親の愛のほうが本物だぞ。だからきみは——まだ決まったわけじゃないが——万一の場合は、お母さんをしっかり支えて生きていくんだ。いいな。きみにとって、お母さんはこの世でいちばん大切な存在になるんだからな」

「はい」

紫色の唇を嚙んで、高史はうなずいた。

「わかり……ました」

第九章　トリックの崩壊

1

十一月十七日、水曜日は、前日の猛吹雪が嘘のように朝から晴れ上がっていた。気温も急上昇し、一転して九月下旬並みの暖かさとなった。

白川郷を白一色に覆い尽くした季節はずれの大雪も急速にとけてゆき、午後になると車が通った轍(わだち)の跡には地面が覗きはじめた。建ち並ぶ合掌造りの家々は、前夜までは白い雪をかぶって冬の装いだったが、この日は朝からたっぷりと太陽熱を浴びて、つぎつぎに雪のブロックを屋根からふるい落としていった。日光が直射する茅葺き屋根の表面からは、生き物が呼吸しているように白い水蒸気が噴き上がり、向こう側の景色を揺らめかせていた。

だが、伊豆神家と並んで白川郷で屈指の規模を誇る暮神家の合掌造りは、自然現象とは異なる人為的な理由で、水曜日の朝日が昇る前から、屋根に積もっていた雪はほんのわずかになっていた。前日、多数の捜査官が上って、暮神紘子の自殺に関する現場検証を行なったからである。

前日、火曜日の午後、暮神高史をつれて平瀬温泉の拠点から白川郷に戻った志垣たちは、人々が吹雪が舞う中を、暮神家の前に集まって騒いでいるのを見て、何事が起きたのかと雪を蹴立てて走り寄った。そして、女の首と胴体がふたつに分かれて転がっている光景を目にして言葉を失った。

そこに至るまでの過程を見ていない四人の捜査官にとっては、いったいなにが起きたのか、すぐには理解できず、山内修三を殺した殺人鬼が、突然、吹雪の白川郷に現れたのかとさえ思った。屋根の上から垂れ下がっている針金が末端で輪を作り、血と雪をこびりつかせているのを見ても、なお事態を把握できなかった。

息子の高史は、放心状態となっている父親を突き飛ばして、斜めに降り注ぐ雪を身体にぶつけながら、首と胴体とに分かれた母のそばに駆け寄った。そして、その場に棒立ちになった。

むごたらしい光景に衝撃を受ける余裕もなく、高史の思考回路は完全に停止していた。首と胴体のどちらを母親の「本体」として認めるべきか迷って、動けなくなっていた。

「どっちが、母さん？」

白い息とともに発せられたつぶやきは、親の身体が二分された状況を受け容れられない息子の心理を如実に表わしていた。

「どっちがぼくの母さんなんだよお！」

高史の悲鳴が吹雪に乗って四方に拡散した。

遠巻きにそれを見つめる住人たちは、全身を雪まみれにしながら声もない。その中には伊豆神季絵の姿もあった。

伊豆神季絵は、半分失神状態の母親を抱えながら、自分より二歳下の高史の悲痛な様子に目を向け、涙を流していた。頰を伝うその涙に雪が付着し、涙の熱さでとけていった。

やがて高史は雪面に横向きに転がっている生首のほうへおそるおそる近寄ると、独り言を小さくつぶやいた。

「母さん？　これがほんとに……母さん？」

そして、間を置いてから絶叫した。

「ウソだろう！　ウソだあ！」

叫びながら高史は、地面に横倒しになっていた生首を両手で抱え上げ、父親の真蔵のところへ駆け寄った。

「こんなふうになったのは、ぜんぶおまえのせいだろう！　母さんに謝れ！」

高史は、無念そうにまぶたを閉じた母親の顔を、いきなり父親の顔に押しつけた。

妻の生首にキスをされ、真蔵は悲鳴を上げて雪の中に倒れ込んだ。

家族の修羅場を見て、志垣たちは、飛び降り＋首吊り＝切断という状況をようやく把握した。

庄野警部は県警本部に緊急出動を要請し、同時に、屋根の上を検証するために必要な足場の組み立てを地元の建設業者に大特急で発注した。自殺とはいえ、それは殺人事件と同様の対応だった。


茅葺き屋根の上と、分断された遺体を検証した結果、暮神紘子は趣味の登山で使用していたアイゼンを靴に装着し、茅の葺き替えに使う巨大な縫い針をピッケル代わりにして、二段ばしごを軒先までかけたうえで、雪が積もった屋根の最上部に至ったことが判明した。

猛烈な吹雪が荒れ狂っている最中に高さ十五メートルの屋根に上るというのは、紘子が相当精神的に追いつめられていた証拠だった。

屋根の部材には、全長十三メートルに及ぶ針金の一端が巻きつけられていた。その針金のもう一端を紘子は自らの首に巻きつけた。そして生まれ故郷である富山県五箇山の民謡「こきりこ節」を、「ささら」を掲げて踊りながら、夫や伊豆神家の家族をはじめ、大勢の住民が見ている前で飛び降りた。

　五十人以上に及ぶ多数の目撃証言を重ね合わせても、そこに第三者の力が加えられた形跡はまったく見受けられず、本人の意思による飛び降り自殺であることに疑いはなかった。だが、それでも紘子の死を単純な自殺とみなすことはできなかった。

　首を吊るのにロープではなく針金を使い、しかも十五メートルの高所からの飛び降りと組み合わせればどのような結果を招くかを承知のうえで、本人は行動に出た。というよりも、自分の首が切り落とされることを意図して飛び降りたとしか思えなかった。そこに紘子のどうしようもない絶望が感じられ、捜査陣も重苦しい気分に襲われた。


　その惨劇から一夜明け、太陽が時計を逆戻りさせるように冬景色をとかしていっても、白川郷を襲った衝撃は収まらなかった。

　昨日は悪天候に阻まれて思うような取材活動ができなかったマスコミ各社は、雪が止んで太陽が東の空から昇ってきたのを見ると、一斉に取材ヘリを飛ばした。白川郷はその爆音で包まれ、轟々たるローターの響きは合掌造りの中まで飛び込んできた。

　天候の回復とともに世界遺産の集落に押し寄せてきたのは、マスコミだけではなかった。第二の生首事件が起きたのを知った野次馬が、白川郷めざして車で続々とやってきた。

現場の混乱を恐れた岐阜県警は急遽白川郷のメインエリアを貫く道路を閉鎖し、観光客相手のすべての店舗と駐車場を水曜日丸一日、一軒の例外もなしに臨時休業することを自治会に要請し、地元側もそれを受け容れた。

民宿『まんさく』に宿泊中の客は、朝食後早々にチェックアウトすることを余儀なくされ、この日に宿泊予約を入れていた客は、近隣地域の宿に振り替えるか、キャンセルの措置がとられた。


そうしたあわただしい雰囲気の中で、暮神紘子の自殺と山内修三の事件について、水曜日の朝から関係者への個別事情聴取が一斉に行なわれた。

やがて日が暮れると報道各社のヘリも上空から去り、夜のとばりが降りるころ、白川郷はようやく静けさを取り戻した。

そして午後八時――

惨劇の舞台となった暮神家の囲炉裏端に、四人の捜査官を含む十二人が集まった。

おたがいに顔見知りの関係もあれば、この場で初めて顔を合わせる者もいた。しかし、ひとりを除く全員が、午前中から昼のうちに、志垣や庄野警部たちから個別の事情聴取を受けていた。

たったひとりの例外とは、妻を悲惨な形で亡くし、動揺の激しい暮神真蔵だった。彼だけは、妻の遺体に付き添って岐阜市の大学病院まで向かい、ついさきほど、ひとりで戻ってきたばかりだった。

紘子の遺体は白川郷に戻らず、山内修三の遺体が運び込まれたのと同じ病院に残されていた。自殺が確実視されているにもかかわらず、死から一日経ったきょうの夕刻から、司法解剖が行なわれたからだった。

遺族にとっては酷なことだったが、紘子の首と胴体とは、まだ分離されたままだった。

そして真蔵が白川郷に戻ってきたのを待って、事件関係者が一堂に集められた。

2

「座ったままで失礼します。みなさんもご承知のとおり、月曜日の午後に東京の多摩川で頭の部分が見つかったことに端を発する編集者・山内修三氏の殺人事件は、同氏が編集担当であった連載小説『濡髪家の殺人』と関係があるのではないかという噂が、事件発覚後からネットを中心に飛び交っておりました」

囲炉裏端に正座をして切り出したのは、警視庁捜査一課の志垣警部だった。

志垣は進行役を地元の庄野警部に譲るつもりでいたが、庄野が「私は、そういうのは慣れておりませんので」と辞退したので、志垣がこの場を取り仕切ることになった。

「そしていま、我々はまさに推理小説のラストシーンのような状況を迎えております。すなわち、事件の関係者全員が一堂に会し、そこで真実を突きつめていこうという小説のような場面が、現実になっているのです」

志垣は、囲炉裏端の三方をぐるりと眺め渡した。

「もちろん、ふだんの事件捜査ではこんな手法はとりません。しかし、この複雑な事件の真相を解明するには、つい先ほどまで、みなさんに対して個別の聴取を行なってきただけでは不足なのです。なぜなら、この事件全体が、まさに推理小説のような構造を持っていることが明らかになってきたからです。よって、我々捜査陣も含めて、みなさんには推理小説の登場人物になったつもりでいただこうと、こう思ったしだいです」

「バカバカしいな」

伊豆神光吉がかすれ声で吐き捨てた。

「私らが推理小説の登場人物だと？　おちょくるつもりかね」

「まあ、そうおっしゃりたくなるのも無理はありません。しかし、どうかひとつご協力ください」

　光吉をなだめてから、志垣はつづけた。

「さて本題に入る前に、ここに集まった方々のご紹介をしておきましょう。紹介といっても、ほとんどの方は顔見知りどうしでしょうが、中には、あの人はいったい誰なんだ、という顔で相手を見つめられている方もおられます。なにより、私やここにいる和久井刑事のように、東京からやってきた者には、地元のみなさんのお名前とお立場の再確認が必要です。

　その前に、まず我々の自己紹介からいきましょう。私は警視庁捜査一課警部の志垣と申します。東京で発見された山内修三氏頭部の捜査を担当し、その件で昨日の朝からこちらにきておりました。ここにおるのが、同じく警視庁捜査一課に所属する部下の和久井刑事です。それから……じゃ、庄野さんは自己紹介を」

　囲炉裏の東の辺に志垣と並んで座っていた庄野警部が、その言葉で立ち上がり、自分と部下の児島警部補を紹介してから、また座った。

　つづいて志垣は捜査陣の真向かい、西の辺に座る伊豆神家の三人――光吉、雪乃、季絵の名前を順に呼び、季絵はふだん東京の大学に通っていることを確認した。

　伊豆神家の当主・光吉は比較的落ち着いた表情だったが、妻の雪乃は放心状態がつづいていた。彼女は名前のとおり、透き通るような白い肌の持ち主だったが、激しい貧血症状を呈しており、青みを帯びた白さになっていた。

母親に似て美人の娘・季絵は、座ったまま倒れてしまいそうな母を気遣って、その隣にぴったり寄り添って腕をとっていた。娘が母を気遣うのは、前日起きた暮神紘子の衝撃的な事件以来、一貫した姿勢だった。

季絵の一直線に伸びた眉は、母親の細い眉とは異なり、意志の強さを明瞭に表わしていた。

つづいて志垣は、北の辺に座るふたりに目を向けた。ひとりは男、そしてもうひとりは女だった。

「こちらにおられる暮神真蔵さんは、言うまでもなく昨日の出来事に大きなショックを受けておられることと思いますが、我々の依頼に応えてこの場に参加してくださり、そしてこの場所をご提供くださったことについて御礼を申し上げます」

志垣は真蔵に向かって頭を下げたが、真蔵はあぐらをかいて囲炉裏の火をぼんやりと見つめたまま、言葉を発しなかった。炎を映し出すその瞳は虚ろだった。

「ちなみに暮神家のご子息の高史君は、昨日よりひどく体調を崩して——体調といっても精神面ですが——現在高山市内の病院に入院中で、不測の事態が起こらないよう、岐阜県警の係官が二十四時間体制で付き添っています」

息子の名前が志垣の口から出たときだけ、真蔵は二度三度、頰を引き攣らせた。

妻の自殺の光景も大きな衝撃を与えたはずだったが、息子によって、妻の生首を押しつけられたほうが、真蔵にとって、よりひどい悪夢であったことは確実だった。

「で、真蔵さんの隣に座っておられるのが、民宿『まんさく』の女将で米倉春子さんです」

志垣に名前を呼ばれると、丸顔の春子はあわてて居住まいを正し、エプロンをつけたままでいることに気づくと、急いでそれをはずし、折り畳んで脇に置いた。

米倉春子は真蔵と同じ北の辺に座ったものの、ぴったりと横に並ぶのではなく、暮神家当主である真蔵よりも二十センチほど下がった位置に座っていた。ここの家の者ではない、という立場をわきまえた遠慮がみられた。

「春子さんは、亡くなった紘子さんや、ここにおられる雪乃さんと同郷で、お隣の五箇山のご出身でいらっしゃるわけですね。ただし同じ五箇山でも、春子さんと紘子さんが菅沼集落で、雪乃さんが相倉集落とお聞きしましたが」

志垣の確認に、米倉春子は「さようでございます」と小さな声で答えた。重苦しい場の雰囲気に呑み込まれて、緊張が声に出ていた。

「それから、細かいことですが」

志垣が囲炉裏の炎と『まんさく』の女将を交互に見やりながら言った。

「震え上がるような昨日の寒さに較べると、きょうは朝から日射しも出て、ずいぶん暖かかったです。積もっていた雪もだいぶとけました。それでも夜になるとけっこう冷えてきましたね。いま、我々が囲んでいるこの囲炉裏にあかあかと火が燃えているのも、春子さんが種火に新しい薪を足して、このように勢いよく熾してくださったからです。真蔵さんはそれどころではありませんでしたからね。我々の前に温かいお茶とお菓子が出されているのも、ぜんぶ春子さんの心遣いです。このお菓子は栃の実で作られた『とち餅』だそうですね。あとでいただくことにしましょう」

志垣の言葉に春子は恐縮して少し顔を赤らめ、伊豆神光吉はなぜそんな関係のないことまで、いちいち言うのかと、いぶかしげな顔をしていた。

いまの発言に、志垣が謎解きの伏線のひとつをさりげなく織り込んでいたことに気づく者はひとりもいなかった。白川郷の住人の中には……。

「さて、ここまではみなさん顔見知りどうしなので、わざわざお名前やお立場をご紹介するまでもないと感じられたでしょうが」

志垣は口調を改めた。

「しかし、こちらにおられる外部のお三方のために、白川郷のみなさんのプロフィール紹介は必要だったのです」

志垣が暮神真蔵の正面、南の辺に座る三人の男女を手で示すと、伊豆神光吉、季絵、米倉春子の三人はそちらに顔を向けた。

だが暮神真蔵は囲炉裏の炎を見つめたままであり、伊豆神雪乃も虚ろな視線を宙にさまよわせて、関心を示さなかった。

「ご紹介しましょう。東京からやってこられた『週刊真実』編集長の桜木大吾さん、専属取材記者の加々美梨夏さん、それからこちらが……『濡髪家の殺人』の作者である推理作家の夏川洋介さんです」

いったん金沢に移動しながら、暮神紘子の衝撃的な自殺を知ると、三人は昨日のうちにふたたび白川郷に戻ってきた。志垣たちに、そこを見つかったのだった。

東京からきた「週刊真実」関係者の名前を聞かされると、伊豆神光吉は三人の中の夏川に目を向け、「あんたが小説を書いた人か」と、かすれ声でつぶやいた。

暮神真蔵もゆっくりと顔を上げた。そして自分の真正面に座る三人のうち、ひとりの顔をじっと見つめた。

放心状態で囲炉裏の炎を眺めているときとは、目の色が違っていた。

3

「それではまず、山内修三氏の殺人について、司法解剖の結果をみなさんにお伝えしてておきましょう」

正座から足を崩してあぐらになった志垣は、『まんさく』の女将が淹れてくれたお茶を一服飲んだ。日本茶ではなく、そば茶だった。

「月曜日の午後三時すぎ、東京の多摩川河川敷で頭部だけが発見され、さらに月曜の深夜になって、この裏山で山内氏の首から下の部分が、みなさんもご承知のとおり、じつに奇妙な形で発見されましたが、頭部と胴体を詳細に調べた結果、死亡推定時刻は日曜日の夜六時から夜十時ごろのあいだというふうに絞り込まれてまいりました。

そして死因ですが、切断面のほかには身体に外傷はまったくみられず、また薬物を与えられた形跡もありません。ということは、いきなり首に刃物を突き立てられ、出血多量で死亡した直後に、犯人は山内さんの首を切断したものと思われます」

志垣の表現に『まんさく』の女将が顔をしかめ、膝の上でこぶしを握りしめた。

「犯人はなぜ山内さんの首を切断したのか。そのことも不思議ですが、さらに犯人は、じつに奇妙な行動に出ます。なにを思ったか崖面に横穴を掘り、首を切り落とされた残りの身体を、そこに突っ込もうとしたのです。しかし時間がなかったのか、それとも土の中に張りめぐらされた大木の根っこに邪魔されて、それ以上掘り進めなかったのか、ともかく胸元まで収めるのが精一杯で、死体がずり落ちないように隙間に土を埋め込んで固定しました。

そのため、山内さんは少し背中を丸めた恰好で足を宙に浮かせ、まるで崖の中に顔から胸元までのめり込ませるような姿で発見されました。これがたんなる目撃情報だったら、とてもそんな状況は信じられないところですが、第一発見者の飛驒日報カメラマンが写真に撮影したため、我々もそれを信じるよりありませんでした。これです」

志垣はノートほどの大きさに引き伸ばしたその写真を和久井から受け取り、みんなの前にかざした。

それを見るのは二度目になる伊豆神家の三人と暮神真蔵はあえて目を向けず、米倉春子も顔をそむけたが、桜木大吾、加々美梨夏、そして夏川洋介の三人は、食い入るように山内修三の最期を見つめていた。

三人のうち、梨夏が最初に目をそらした。その大きな瞳には涙が浮かんでいた。

夏川洋介は震えていた。しかし、担当編集者の無残な姿から目を離さなかった。というよりも、山内の遺体が夏川の視線を捉えて放さないといった感じだった。そして編集長の桜木は、完全に仕事の目でそれを見つめていた。

桜木は、こんな超特ダネ写真が存在することをいままで知らなかった。だから、部下の異様な最期の姿にショックを受けながらも、頭の中では、飛驒日報が撮影した写真を「週刊真実」に掲載するには、いくらぐらいの使用料が妥当なのかと、早速見積もりを立てていた。

（飛騨日報の連中がいくらスクープ写真を撮っても、死体写真は新聞には載せられない。だからカメラマンにとって週刊誌への転載は、自分の撮った決定的な写真が日の目を見ることになり、望むところだろう。問題は、他誌に掲載権の交渉で先を越されているかどうかだ）

桜木はどこまでも商売人だった。直属の部下の死でも、それが売り上げにつながるのであれば、写真掲載に遠慮はいらないと割り切っていた。非難が寄せられたときの理論武装も用意してあった。

山内君の無念を最もよく理解しているのは、直属の上司であるこの私なのです。写真掲載は、犯人の残酷さを広く世に訴える意味で最高の手段であり、亡くなった山内君自身も、きっとそのことを願っているに違いありません……。

そんなコメントまで、脳内で仕上がっていた。だが、使用権を他誌に先取りされていたら、それだけでこの事件に関する報道合戦の勝負は負けになる。

桜木はあせった。

（いま、この場を抜けて飛騨日報に電話をするわけにはいかないしな……。メールで矢吹に指示を出すか）

そう考えながら、自分が人間的なモラルを失っていることは、桜木もバカではないので気がついていた。気づいているくせに、気づいていないフリを自分に対してしていた。

「なお、山内さんの頭部が見つかったのは月曜の午後三時ごろですが、それより十三時間も前の深夜二時ごろ、生首が置かれた現場でお経のようなものをあげていた女性が目撃されています。これを頭の片隅に入れておいていただきたい」

志垣がつづけた。

「その猟奇的な殺人事件と連載小説『濡髪家の殺人』の類似性や、この白川郷に実在するみなさん方との関係が取り沙汰されはじめると、こんどは暮神家の奥さんが自らの首を切り落とす覚悟で、この家の屋根の上から飛び降り自殺を遂げました。

そうした一連のむごたらしく不幸な出来事を受けて、私ども捜査陣は昨夜からきょうにかけて、みなさんを個別に聴取いたしました。そして、いまこうやってみなさんにお集まりいただきました」

志垣は、伊豆神家の三人、暮神真蔵、米倉春子、東京からきた三人の顔を、ひとりひとり確認するようにじっくりと見つめた。

そのあいだ、言葉が止まって静かになった。

「私はこの集まりを、推理小説のラストシーンのようだと申し上げました」

　また志垣が、静かに話し出した。

「私はあまり推理小説は読みませんが、おそらくラストシーンというものは、名探偵が論理を積み重ねていって、無実の者を順番に排除し、怪しい人物を徐々に絞り込んでゆき、最後の最後に犯人を名指しするという展開になることぐらいは知っております。しかし、私はそんなまどろっこしい手順を踏むつもりはありません」

　志垣の声が急に大きくなった。

「山内さんを殺した犯人は、冷酷にもその首を切り落とし、胴体部分を奇妙な形で崖に埋め込んだあと、こんどは切り落とした首を持って東京に移動し、それを多摩川の河川敷に置いた。異常きわまりない行動です。と同時に、山内さんの遺体に対する大変な冒瀆でもあります。私ども捜査陣は、山内さんにそういうむごたらしい悪魔的な仕打ちをした犯人が、この中にいると考えています。そして、結論を後回しにはしません。もったいぶった真似をするつもりはない。山内さんを殺したのが誰か？　その犯人を名指しします」

　いきなり結論が提示される展開になって、座が緊張した。思い思いの方角を見ていた八人のうち、七人までが志垣に視線を戻した。

　伊豆神雪乃だけが虚ろな視線を宙にさまよわせつづけていた。

「山内修三さん殺しの犯人の名前を申し上げます。奥さんを非常に不幸な形で亡くされた点については同情を禁じ得ませんが、だからといって、あなたのしたことに目をつぶるわけにはいかないんです、暮神真蔵さん」

4

志垣が犯人を特定した瞬間、最も驚いたのは真蔵本人ではなく、その隣に座る民宿『まんさく』の女将・春子だった。

春子はあわてて腰を浮かせ、真蔵から一メートルほど離れたところまで身体をずらせた。そして驚愕の目で暮神家の当主を見つめた。

だが、真蔵本人はまったく動揺を見せなかった。火箸で囲炉裏の灰をいじり、ただひと言「ありえない」とつぶやいた。

「なにがありえないんですか」

冷静な口調でたずねながら、志垣は、囲炉裏の灰を火箸でいじる真蔵の仕草が、前日、平瀬温泉の囲炉裏の間で見せた高史の仕草にそっくりだなと思っていた。親子のＤＮＡは意外なところにも現れていた。しかし、その親と子があまりにも不幸な結末に向かって走っていることに、志垣は心を痛めていた。

「刑事さんはいま、山内さんの頭部が月曜の午前二時には多摩川にあったと言われたが」

真蔵が話しはじめると、志垣はすかさず訂正した。

「あったとは断定していません。あったかもしれない、という話です。頭部の発見現場の草むらにかがみ込んで、女性がお経を上げていたようだという目撃証言があるのです」

「その女とは誰だ。私の女房だというのか」

「確認したいところですが、ご本人が亡くなってしまったので、なんとも言えません」

「それでは刑事さんは、こう言いたいんですか。私と女房が結託して山内さんを殺し、その首を東京まで運んで捨てた、と。しかしねえ」

真蔵は、妻の死のショックを引きずった力のない口調でつづけた。

「これは昨日の集会でもみんなの前で言ったことだが、この白川郷から高速を使って車を飛ばしても、たぶん東京の多摩川までは六時間近くはかかる。山内さんがここの裏山で殺されたのは日曜の午後六時から十時のあいだだそうだが、六時に殺したとしても、崖に穴を掘って埋めたりするのに一時間はかかるんじゃないのか。

仮に七時に白川郷を出たら、そりゃ夜中の二時には多摩川にいられるよ。だけど、そこからこっちにまた戻ってくるのは月曜の朝八時にはなるだろう。飛ばせばもっと早く戻れるかもしれないが、そんなことをしたら高速のオービスに引っかかるし、それに朝方の名神は、一宮ジャンクション付近ではいつも混むんだ。いや、そんなことより、私は月曜の朝五時にはこの白川郷にいた。それを証明してくれる第三者もいます」

真蔵は、集会のときに述べたのと同じことを繰り返した。朝の五時に腹痛を起こして三浦医師を叩き起こしたというエピソードだった。

「月曜の夜中の一時、二時に東京にいた人間が、どうやったら朝の五時に白川郷にいられるんです」

「べつに、それはあなたの無罪の証明にはならんでしょ」

突然、口をはさんだ者がいた。全員が一斉に声のしたほうを見た。「週刊真実」編集長の桜木だった。

「あなたと奥さんが役割分担をすればかんたんなことでしょ。違いますか？　あなたは日曜日の夜に、私の部下である山内をここで殺した。そして首を切断し、その首を奥さんに東京まで運ばせたんですよ。あなたは白川郷にとどまってね。そう考えれば、山内が首を切り落とされた理由もわかってくる。アリバイ工作のためですよ」

桜木は一気にまくし立てた。

「なによりも、暮神さんのいまの言い方が不自然だ。推理小説じゃあるまいし、白川郷と東京を往復するとこれだけの時間がかかるから、自分が月曜の午前五時に白川郷にいられるわけがないと。そしてそんな早朝に自宅にいたというアリバイを、急な腹痛によってお医者さんの戸を叩いたことで証明している。なにからなにまでわざとらしい」

「………」

真蔵は、批判する桜木の顔をじっと見つめていた。だが、なにも言わなかった。

すると意外なところから、桜木に反論する者が出てきた。彼の隣に座っている加々美梨夏だった。

「編集長のお考えは、推理小説じゃあるまいしと言いながら、それこそ推理小説的で現実離れしていると思います」

「どこがだよ」

内輪からの思わぬ反論に、桜木はムッとした顔で隣の梨夏を見た。

「アリバイ工作なんかのために、人は首を切り落としたりしないと思います」

「人じゃねえんだよ。相手は殺人鬼なんだよ。悪魔なんだよ。そりゃ、仮におれが人を殺したら、アリバイづくりのために首なんかを切り落とさないさ。けれども、この事件を起こした犯人は正常じゃない。頭の構造が異常なんだ。異常な人間のやったことを、まともな常識で判断しちゃダメだろ」

桜木の口調は、部下を叱りつけるそれになった。

「邪悪なアリバイ工作の片棒を担がされた奥さんは、可哀想に生首の運搬役を強いられ、多摩川にその首を置きながら、どうか成仏してくださいと拝んだ。奥さんのほうには罪悪感がいっぱいあったんだ。そして、その罪悪感を消すことができず、とうとうショックで自分の生命を絶った。それも山内と同じような形で身を滅ぼして罪を償ったんだ」

「でも」

「でも、じゃねえんだよ、梨夏」

桜木が梨夏の反論を頭ごなしに封じた。

「この集まりで、何度も何度も『まるで推理小説のように』という言い回しが出てきているけど、なぜ山内が殺されたのかという根本的な問題から考えてみろ。まさしく推理小説が動機の根本にあったんじゃねえのかよ。ウチの雑誌で連載している『濡髪家の殺人』という小説が」

「それは、そのとおりだと思います」

同意をしたのは、その作者であると昨日まで信じられていた夏川洋介だった。

5

「すでに編集長や梨夏……加々美さんにも告白し、警察の方にも申し上げましたが、あの小説は私が書いたものではありません。『濡髪家の殺人』のほんとうの作者は担当編集者の山内君でした」

硬い表情で夏川が切り出すと、伊豆神光吉と季絵が驚きの目を作家に向けた。暮神真蔵のそばにいることを恐れ、さらに後ろに躙り退がった米倉春子は、事態がよく呑み込めずに、きょとんとした表情だった。

「恋愛小説家として行き詰まった私に、復活のアイデアをくれたのは山内修三君でした。それは五年前、彼がまだ時代舎に入社して二年目の新人だったころです。以前かららのつきあいで時代舎から小説を出していただくことは決まっていたのですが、文芸部門の編集長の意向で、恋愛小説ではなく、違う分野でのチャレンジを促されました。早い話が、あんたは恋愛小説ではもうダメなんだよ、という引導を渡されたわけです。そして、その新しい路線も失敗したら、作家としての私はおしまいであることがわかっていました。落ち込みました」

夏川は、隣の梨夏の視線を横顔に感じながら、うつむいた姿勢で話しつづけた。

「そのとき私の担当についた若い山内君が『推理小説はどうですか。ミステリーは』と提案してきたのです。でも、私にはミステリーなんてとても書けないよ、と言うと、彼は『これを読んでみていただけませんか』と、原稿用紙四百枚に及ぶ長編を私に見せました。なんとそれは山内君自身の作品で、彼がコツコツと書きためていた作品群のひとつだという。読んでみると、これがじつに面白い。それまで私自身、推理小説にはまったく関心がなく、ほとんど読んだことはなかったのですが、ぐいぐい引き込まれていく面白さでした。

ただ、セリフ回しが類型的で、ちょっと古くさく感じたのは事実です。それから遊びがない。必要不可欠な要素だけで物語が進んでいき、車にたとえるならハンドルに遊びがないようなもので、読者にとって気の抜ける部分がないんです。でも、それはアマチュアに共通して言える弱点で、プロとしてやっていくうちに直る欠点だろうと思いました。

ですから私は山内君にこうアドバイスしたのです。これだけのものが書けるんだったら、きみはプロになれるよ、と。ところが山内君は笑って言いました。『ぼくは小説を書くのが好きなだけで、作家のような不安定な生活は好きじゃないんです』と」

そこで夏川は、哀しげに笑った。

「小説を書くのが好きな人間は、必ず作家になりたいものだと決めつけていた私の思い込みをあっさりと覆されるクールな見解に、私はおもわず笑いました。すると山内君は『ぼくにはまだあと五作ぐらい書き上げたミステリーがあるんです。それを先生にプロ仕様の作品に書き直していただいて、ウチで出版しませんか。もちろん夏川洋介の名義で』と言ってきました。

最初はなにを言っているのか、わかりませんでした。……いや、違いますね。山内君が言わんとするところは、すぐにわかりました。でも、自分でそれを認めたくないので、彼の狙いが理解できないフリをしていました。すると山内君は、さらにたたみかけてきました。『先生、これはぼくたちふたりだけが知っている合作ということで割り切れるじゃないですか』と」

夏川は自嘲的に首を振った。

「私は完全に山内君に気持ちを見透かされていました。彼の書き上げた作品を、ぼくの手でプロ仕様にアレンジしたらどうかという提案の時点で、普通の作家なら激怒してしかるべきところでした。ところがぼくは戸惑ったフリをした。そこで山内君に悟られた。夏川洋介は自信だけでなく、作家として最低限のプライドさえも失ってしまっていると見抜かれた。そこで、もう運命は決まっていたんです」

「なんの運命が」

と、問い質す桜木に、夏川は相手の顔を見ずに答えた。

「私の作家としての破滅と、山内君の悲劇的な最期が、です」

　作家の声が震えた。

「たしかに私は、山内君の才能のおかげで作家としての勢いを取り戻しました。世間は『夏川洋介が新しい世界で見事な復活』と評価してくれた。でもそれは、復活ではなく延命にすぎなかった。そして、恋愛小説家として寿命が尽きるよりも、もっと悪い結果を私と担当編集者の身に招いてしまった……」

「先生は……」

　伊豆神光吉が前のめりになってたずねた。

「夏川先生は、山内さんを疑ったりはしなかったのかね」

「疑う、とは？」

「先生が山内さんから持ちかけられた話は、合作といえば聞こえはいいが、実際は盗作でしょう。いくら当事者どうしの合意があったって、先生を信じるファンからみれば、それは盗作ですよ。大変な裏切り行為ですよ」

「おっしゃるとおりです」

「だからそれをネタに、秘密を知る編集者から強請（ゆす）られるという危険を感じなかったんですか」

「いや……思いもしませんでした」

「そりゃ、あんた、お人好しだわ」

光吉が、あきれ顔で夏川を見た。

「あんたみたいな優柔不断で油断だらけ隙だらけの人間が不幸を招くんだ。これは人生の鉄則だ」

「それもおっしゃるとおりです」

「先生、あんた、いくつだね」

「年ですか」

「そうだよ」

「五十五です」

「なんだ。そんなにいってるのか。もっと若いかと思ったが、私より五つ下なだけか。そこまで人生を重ねていて、そんな愚かな判断をするかね」

「私は……年齢相応の人間的な幅がないと思います。それは自覚しておりました」

夏川は、自分より五つだけ人生の先を行っていながら、親ほども世代が違うと感じられる伊豆神家の当主に向かって頭を下げた。

「私は山内君を、自分の生まれ故郷に連れて行ったことがあるんです。故郷といっても田舎じゃありません。多摩川べりの土手に建ち並ぶ、おんぼろ長屋の一角で私は生まれ育ちました。大田区の矢口という場所です。いまではすっかり現代的な風景に生まれ変わりましたが」

その地名が出たとき、志垣と和久井が顔を見合わせた。まさにそこは山内修三の生首が発見された場所の近くだったからだ。

「そこで幼いころから貧乏暮らしをしてきた私は、とにかく女の子にモテなかった。たぶん全身からコンプレックスがにじみ出ていたんでしょう。なにをやるにしても人の顔色ばかり窺って、ビクビクしていた。一人前に、いや人並み以上に恋はするくせに、その恋はいつも無残なひとり芝居で砕け散る。そうした劣等感に満ちた過去の体験が、のちの私に恋愛小説を書かせてきたんです。

でも、恋愛小説でありながら、私の作品には明るさがなかった。その欠点はどうしようもない。わかっているけれど、直しようがないんです。暗さは私の原点ですから。私には結婚経験も一度だけあります。三十代の終わりでした。しかし子どもをつくるまでもなく、たった一年半という短い年月で夫婦生活は終わりを告げました。そのとき、当時の妻から言われた言葉はこうでした。『あなたのように暗い人といっしょに暮らしていたら、息が詰まって死にそうになる。もう窒息死寸前まできてるのよ。たった一年半で』……」

夏川は自虐的な笑みを浮かべ、隣の梨夏のほうへチラッと顔を向けた。しかし彼女の鋭い視線に出会うと、すぐに目をそらした。

「まあ、そういう人間ですから、希望のない、救いようのない絶望的な結末が売り物の夏川洋介の恋愛小説から読者が離れていくのも、当然の流れだったと思います。もともと私には、恋愛を描くなんて大層なことをする資格なんかなかった。やっぱりね、恋愛の失敗体験を小説にするだけじゃ限界がありますよ。明るい成功体験を描いてこそ、読者は恋愛小説に希望を投影できるし、なによりも私自身の人間としての成長があったはずです。

ハッキリ言って、人生の失敗を小説に描くことなんて誰にでもできる。それを純文学であるかのようにふるまう作家たちの、いかに了見の狭いことか。それがわかっていたから、自分は純文学を避けて恋愛小説の道に進んだつもりだったけれど、けっきょくやってきたのは同じことでした。なぜ同じになるのか。それは、私自身が人生の失敗を乗り越えていないからだと気づきました」

おもわぬところではじまった作家の回想譚に、囲炉裏端に集まった全員が聞き入っていた。

「作家は人間を描き、人生を描くのが仕事だとよく言われますが、人間が描けているとか、人生が描けていると評価される大半の作品は、たんに人生の失敗を描いているだけじゃないですか。その失敗や苦悩を乗り越えた姿を描くと、悲劇的な結末に較べて、かえって物足りなさを感じたりする。そういう読み手側の根本的な土壌があるから、作家も――とくに純文学作家は――人生の失敗をすると、書くことができたと喜ぶわけです。

しかし、失敗を乗り越えられずに失敗ばかり重ねる作家に、いったい人間のなにが描けるというんだ。人生の失敗を小説テクニックを駆使して描いて、それでなんになるというんだ。それじゃ文芸とは負け犬の品評会じゃないですか。そして私自身もその仲間だと気がついたとき、深い絶望に襲われました。自分のアイデンティティがどこにあるのかわからなくなった。そんなときに、山内君から彼の書いた推理小説を見せられたとき、こんな世界があるのかと思いました」

「こんな世界、とは？」

そっとたずねたのは、隣にいる梨夏だった。

「山内君の書いたミステリーは、なにからなにまで技巧的でした。すべての設定がトリッキーで、現実から遊離した独自の世界を構築していた。とくに犯人が用いるトリックは、まさにトリックのためのトリックといってよく、いま梨夏が……いや、加々美さんが『アリバイ工作なんかのために、人は首を切り落としたりしない』と言いましたが、山内君の書いたミステリーは、まさにそれでした。彼の書く作品において、犯人はアリバイ工作のために人の首を切り落とすようなトリックばかり仕掛けるのです。私にはとてもできない芸当でした。

そういうアイデアを思いつくか思いつかないかというより、そんな殺人の構造では人間が描けるわけないだろう、という思いが先に立ってしまう。だから私には決して書けない種類の小説でした。けれども、私の名前で発表した山内君のミステリーは、次々と話題を呼んでいきました。おかげで私は、ますます作家としての自信をなくしていくばかりでした。ところが……」

そこで夏川は、ゆっくりと顔を志垣に向けた。

「ことしの五月ごろでしょうか、山内君から手渡された『濡髪家の殺人』の出だしの原稿を読むと、いつもの彼のタッチとはずいぶん違っていることに気づきました。週刊誌の連載だから、さすがに彼も肩に力が入っているのかと思いましたが、なにかが違う。回が進むにつれて、例によってどんどん人が殺されていく。それも首を切断して殺されるというハデな死に方をする。そこはいつもの山内流ですが、なんとなくトリックのための切断ではなく、首の切断行為じたいに、単純な怨念を超えた人間ドラマが隠されているような気がした」

「それで、あんたはたずねたのかね」

伊豆神光吉がきいた。

「『濡髪家の殺人』という小説で、人が首を切り落とされて殺される理由はどこにあるのか、山内さんにきいたのかね」

「いえ」

「なぜたずねなかった」

「夏川洋介の名前で発表される小説でありながら、私自身はその中身をなにも知らない、つまり自分が作者ではないという現実を、また再認識させられてしまうからです。あなたたちにはわからないでしょうね。作家をやってきた人間が、読者という立場でしかいられなくなったときのみじめさが、どれほどつらいものか……」

　ついに夏川は、囲炉裏の灰に涙の滴をこぼした。そこの部分だけ灰は黒い点になった。だが、すぐに炎の熱で元の色を取り戻した。

6

「山内君から、『週刊真実』の連載を決めてきましたよ、という話をもらったのは去年の暮れでした。当時はまだ山内君は週刊誌の編集部にはきておらず、文芸編集部の所属でした」

　涙を指先で拭った夏川は、うつむき加減のまま話を再開した。

「連載のスタートは翌年の七月からだという。ほんとうは、週刊誌の連載企画はもっと前から決まるものらしいんですが、つぎを予定していたベテラン作家が体調不良で急遽降りられたので、山内君が私を強く推薦して決まったそうです。しかし、実際には彼は私ではなく、自分自身を推薦していたわけです。

もちろん時代舎のみなさんは、そういう舞台裏を知りません。普通なら、週刊誌の長期連載は作者の承諾があってこそスタートできるわけですが、私たちの場合は、山内君の判断に私が自動的に従う形でした。彼がやるといえば、それで決定なのです。

私の本名は斉藤正といいます。でも、推理作家・夏川洋介の本名は斉藤正ではなく、山内修三に変わっていた。最近になって、ようやく私はその事実に気がついたのです。もう自分は夏川洋介ではないんだ、夏川洋介の名前は山内君に取られてしまったんだ、という現実に……」

夏川は一転して天井を仰ぎ、大きなため息を洩らした。

「とにかく山内君は『週刊真実』の連載が決まって大喜びでした。しかし、そのときからイヤな予感はしていたのです」

夏川は視線を手元に戻すと、そば茶に手を伸ばして一気にそれを飲み干した。

空になった湯呑みを夏川が囲炉裏端に置くと、米倉春子が自分の席を立って、囲炉裏の中央に吊り下げられている鉄瓶を取り、急須に熱い湯を注いだ。そしてしばらく待ってから、夏川の湯呑みに新しいそば茶を淹れた。

そのあと彼女は元の席に戻らず、囲炉裏からずっと離れた場所に座り直した。暮神真蔵のそばはイヤだという意思表示だった。

「スクープ＆スキャンダルをキャッチフレーズとする『週刊真実』のような場合、週刊誌の読者の大半にとって連載小説は、まったく興味を惹かないおまけのようなものです」

新たに注がれたそば茶から湯気が立ち上るのを見つめて、夏川はつづけた。

「編集部のほうで統計をとったことはないそうですが、たぶん『週刊真実』を買った人で夏川洋介の小説に毎回目を通す人は、一割にも満たないでしょう。いや、一パーセントもいないかもしれません」

梨夏をはさんで向こう側に座る桜木が、ウンウンとうなずいていた。

「その一方で、これまで夏川洋介には興味がなかったけれど小説は大好きという読者は、『週刊真実』を買ったついでに、私の小説に目を通すかもしれません。つまり作者にとって週刊誌で連載をするメリットは、新たな読者層に『実質無料のお試し期間』として作品を読んでもらえるところにあるのです。それで気に入っていただければ、こんどは『もののついで』ではなく、夏川洋介の作品を買うために本屋さんへ足を運んでいただけることになる。

けれども人気週刊誌への連載をきっかけに、新しい読者の目に作品がふれることが私は怖かった。それ以上に、かつて私の恋愛小説のファンだった人たちの目が恐ろしかったのです。新しい夏川洋介が、じつはゴーストライターによって成立しているインチキ・キャラクターであることを見抜かれてしまいそうで……。

それでもどんどん事は進んでいきました。一月には山内君が文芸編集部から『週刊真実』編集部へ異動となり、一月の終わりごろには、こんどの連載小説の舞台は世界遺産の合掌造りにしましょうと山内君が言ってきました。もう私はなにからなにまで彼の指示に従うだけです。

そのころまでには、山内君と私の合作コンビも五年近いキャリアを積んでいましたから、合作の段取りは、ほとんど自動化されたシステムのようなものでした。山内君がアイデアを練り、タイトルも山内君が決め、おおまかなストーリーを私に話してくれたあと、彼が必要であれば単独で取材旅行に出かけ、一気に執筆に取りかかるのです」

「ちょっと待ってくださいよ」

伊豆神光吉が片手でストップをかけた。

「すると先生は、小説のお話づくりにまったくタッチしていないのかね」

「していません」

夏川は投げやりな口調で答えた。

「それどころか、ストーリーの結末も山内君から教えてもらうことはありませんでした」

「はあ？」

光吉が、かすれ声で叫んだ。

「先生は、推理小説の結末も知らされずに名義貸しをしていたんかね」

「そうです」

「なぜ」

「山内君が、結末は先生にも教えずに書きたいというからです。それは、先生に第一の読者でいていただきたいからで、そのためには絶対に欠かせない条件だと言うのです。先にタネ明かしをしてから客にマジックを見せるマジシャンがどこにいますか、と。私は、もっともな話だと思って了解しました」

7

「情けないな」

そのつぶやきは、編集長の桜木だった。だが、夏川はそれを素直に認めた。

「たしかに情けない立場でありました。でも、結末を知らされていないおかげで、山内君の書き上げたミステリーを読んで、私は毎回心から驚かされました」

「感心している場合かよ」

　桜木が吐き捨てた。

「すると先生は」

　伊豆神光吉がきいた。

「この五年間は、作家としてなにをやっとったんだ。まるでアパートの大家のように、名前を貸して賃貸料を徴収していただけかね」

　辛辣なたとえだった。

　だが、夏川は怒らなかった。

「いいえ。山内君の欠点である、作品に遊びがない部分を手直しして、登場人物のセリフ回しをより自然なものに変える。これが私の受け持ちでした」

「それを山内さんが原稿を書き上げるたびにやっていたと」

「そうです。ある意味で私の立場はマンガ家のアシスタントのようなものだったかもしれません。ベタを塗ったり、スクリーントーンを貼ったり……」

「じゃあ、あんたは――もう先生とは呼ばんよ――あんたは、いまだに『濡髪家の殺人』の結末を知らんというのかね」

「そうです」

「だったら、山内さんが死んでしまったら、『濡髪家の殺人』がつづけられないじゃないか」

「はい」

「おっどろいたねえ」

　光吉は独特のかすれ声で、心底軽蔑したという声を洩らした。

「私も編集長さんと同じことを言いたいよ。情けない。ほんとうに情けない話だ。ではあんたは、今回の事件が起きるまでは、この白川郷へもきたことがなかったのかね」

「白川郷はありません。しかし、五箇山へは行きました」

「なんで隣の五箇山だけ行って、白川郷にはこなかった」

「山内君が教えたくなかったんだと思います、この白川郷こそが『濡髪家の殺人』の舞台だということを。山内君は、二月に単身で白川郷へきていたことを、長いあいだ私に隠していました。会社にも言っていなかったはずです。彼は三日間の有給休暇をとって、誰にも告げずに白川郷へきたようです。

　そして白川郷で取材を終えてから、私には五箇山の合掌造り集落がこんどの舞台なんですといって、私をカムフラージュの旅に連れ出しました。それは三月のはじめ、まだ雪が降っているころでした。本来ならそれは取材旅行というべきものですが、実際の取材は山内君がもう終えている。それでも名義上の作者である私に小説の舞台を見せておかねばならないので、いわゆる事後承諾の旅でした。

　推理作家・夏川洋介として復活してからの四、五年は、そういうみじめな取材旅行がずっとつづいていました。旅のあいだじゅう、私は山内君と完全に立場が逆転したのを感じていました。私が担当編集者で、作家・山内修三氏のお供をしているみたいで……。それでいながら、旅先では宿の人たちから私が『先生』と呼ばれる。山内君がそんな私を見て嘲笑っているような妄想にも陥り、ほんとうに、ほんとうにみじめでした。

　でも、文句は言えないのです。私の口座に振り込まれた印税や原稿料収入は折半にしていましたが、実際に小説のほとんどは山内君が書いており、むしろ私のほうがそのおこぼれを図々しくもいただいている形でしたから。つまり山内君に養ってもらっていたわけです。ここ数年の私は」

　またこみ上げてきた屈辱の涙を、夏川は指先で拭った。

「そんなわけで山内君がセッティングした形ばかりの取材旅行は、羽田から小松に飛んで金沢へ移動し、金沢から五箇山へ入って、また金沢へ戻るというコースでした。つまり私は、世界遺産の合掌造り集落といっても、富山県の五箇山にある菅沼集落と相倉集落しか見ておらず、目と鼻の先にもうひとつ世界遺産があるにもかかわらず、白川郷は見なかったのです。というより、山内君に見せてもらえなかったのです。

作品をお読みになっていればおわかりのとおり、『濡髪家の殺人』の舞台は『P県』という架空の場所になっています。でも私は、ニセ取材旅行のおかげで、富山県の五箇山を想定した話だと思って、岐阜県の白川郷のことなど頭にも浮かべたことがありませんでした。

しかし、この小説が大きな問題を抱えているのを知ったのは、連載がはじまってから二ヵ月になろうとする八月の終わりでした。私の自宅に一通の手紙が届けられたのです。それは脅し文句が筆でしたためられ、血判まで押されたものでした。消印は名古屋でした。封書の宛名には『夏川洋介殿』と書いてありましたが、『殿』という敬称は目下の者に対して用いるものです。そこに差出人の、私に対する底知れない威圧感を覚え、恐ろしくなりました。

筆跡は男性的でしたが、一方で血判の拇印は男性のものとは思えない小さなものでした。それは脅迫者本人のものではなく、代筆を頼まれた女性が血判を押したのだと想像しました」

「その手紙がこれです」

いままで発言を控えていた高山署の庄野警部が、夏川洋介から提出を受けた脅迫文書をかざした。

《おまえが「週刊真実」誌に連載している『濡髪家の殺人』について、連載の即刻中止を求める。来週発売号からただちにやめよ。命令に従わない場合は死人が出る》

庄野がその文面を声に出して読み上げた。

「私はすぐ山内君にそれを見せました」

夏川は、庄野警部が掲げた手紙に向かってアゴをしゃくった。

「そして、彼を問い詰めました。なにか小説の背景に私に隠しているまずい事情があるんじゃないかと。けれども山内君は、週刊誌にはよくある話ですから、と言って取り合わないんです。うちの週刊誌は記事に対する抗議は日常茶飯事で、裁判だっていくつも抱えているんです。この程度の脅迫はイタズラだと思って受け流せばいいんですよ、と笑いながら言いました。

しかし私は、そんな彼の態度にかえって不審を抱きました。それで忘れもしない八月の三十一日に、桜木編集長に相談する決心を固め、編集部に電話をかけました。この件で相談するためです」

桜木がうなずいた。

「ところが本名の斉藤正を名乗ってかけた電話を、桜木編集長にはすぐに回してもらえず、代わって出たのがよりによって山内君でした。とりあえずその場はとぼけたも

の の、どういう用件で夏川洋介を名乗らずに編集長あての電話をしたのか、完全に見抜かれてしまいました。正直、ややこしいことになったと思いました」

夏川はため息をついた。

「それでも私は、新橋のホテルで桜木編集長にお会いして、その脅迫状を見せて、連載を中止したいと申し出たんです。でも、すぐにその場で撤回しました。連載中止を申し出る理由を詳細に話すためには、これまでの偽りの五年間を告白しなければならなくなる。その矛盾に思い至ったから、編集長をホテルの部屋まで呼び出しながら、中途半端な状態で会談を終えざるを得ませんでした」

夏川は、桜木に向かって頭を下げた。

「案の定、すぐに山内君から、編集長になにを相談したんですかと問い合わせがありました。だから私は彼に、どうしてもこの脅迫状は、きみの小説作りと無関係だったとは思えない。なにかあったときに社会的な責任をとるのはぼくなんだから、正直にすべてを話してほしいと追及しました。だけど、彼は頑として口を割らない。ただ、こういうことだけは言いました。『この小説は、ただの小説ではありません。悪を追及する目的があるのです』と。

そこで山内君は口をつぐみ、一切私の問いかけには応じなくなりました。そんな彼に対して、私は強気には出られませんでした。まさに、さっき伊豆神さんがおっしゃったように、彼に弱みを握られているという実感を、はじめてそのとき抱いたのです。彼とケンカをしたらどうなるか。連載小説をもう書かないと言われただけで、私はおしまいです」

夏川は唇を嚙みしめた。

8

「よくわかりました、夏川先生」

しばらく夏川洋介に語るがままにさせていた志垣が、そこで割り込んだ。

「山内さんがなぜあなたに極秘で白川郷へ行き、そこを舞台にした小説を書くことにしたのか――それは昨日の段階で、暮神高史君から逐一語られていたのです」

「ここの息子さんから?」

「そうです。高史君の証言こそが、今回の一連の事件の真相を明らかにするものと断言して間違いはないでしょう。それをここでお話ししておかねばなりません」

そして志垣は、精神的に取り乱したためにこの場にはいない暮神家のひとり息子が捜査陣に語った事実を、詳細に語った。

四年前に行なわれた伊豆神家の屋根の葺き替えで、民宿『まんさく』の主人米倉雄治が転落して下半身不随の重傷を負うことになったのは、茅葺き屋根からビニールに包まれた筆書きの文書を見つけ、その内容にショックを受けたのが原因だったこと。

それは妻の春子にも隠していた内容で、そこには一家の主が息子の連続殺人を嘆く告白が記されていたこと。

昨年の暮れ、その手紙を暮神家のひとり息子である高史に渡してからしばらくして、ことしの一月になって、米倉雄治は転落の傷が原因で死んだこと。

それから一ヵ月後の二月、高史は白川郷に単身やってきた「週刊真実」編集者の山内修三に「上原」という人間が白川郷にいないかと声をかけられ、それをきっかけに、逆に高史のほうから、伊豆神家の屋根裏で見つかったと思われる筆書きの文書のことを打ち明け、その実物を山内に渡したこと。

そこには「息子」が三人の首を切り落として殺し、狭山湖畔に埋めたという事実が地図入りで記されていたこと。さらに「息子」はもうひとりをどうしても殺したがっており、その怨みを晴らしたのちに死ぬ覚悟でいたこと。それを知った父親が「そんなことをしたら雪乃さんが悲しむぞ」といさめたこと。

そうした息子の大罪を隠したままこの世を去ることに罪の意識を感じた父親が、運を天に任せて、告白の文書を合掌造りの屋根裏に隠したこと。

それらの告白を読んだ山内は、殺人者が罪を逃れて平然と暮らしている事実に憤り、それを小説という形で世の中に出すと高史に約束し、明らかに暮神家と伊豆神家をモデルにしたとみられる『濡髪家の殺人』が、七月から「週刊真実」誌上で連載開始になったこと。

しかしその連載の内容が白川郷でも話題になりはじめた八月半ばに、高史は秘密をひとりで抱えきれなくなり、伊豆神光吉がじつは恐ろしい殺人鬼であると、父の真蔵にすべてを語ったこと。

真蔵は一瞬こわばった様子を見せたが、すぐに爆笑して、おまえの空想好きには困ったものだ、だが誰にも言うなと口止めをしたこと。

山内修三の首が発見されて世の中が大騒ぎになったとき、『濡髪家の殺人』との類似性を強調する情報をネットに流したのは高史であり、それは伊豆神光吉という悪魔を弾劾し、そのひとり娘である季絵を守ってやりたい一心から出た行動であること。

そして、一連の出来事を捜査陣に告白し終えたとき、和久井刑事から、米倉氏が手紙を見つけたのは四年前の伊豆神家の葺き替えではなく、十年前の暮神家の葺き替えのときではないか、したがって三人の首を切り落として殺した悪魔とは、伊豆神光吉ではなく、なんと自分の父親ではないかと指摘され、高史が愕然となったこと。

その直後に母親の衝撃的な自殺に直面し、十九歳の少年の心は、そのショックに耐えられず、壊れてしまったこと等々——

志垣は淡々とした口調で、それらの客観的事実を述べたあと、最新情報をそれにつけ加えた。

「私どもは米倉雄治氏が発見して、高史君から山内さんの手に渡ったものを『屋根裏文書』と仮に呼んでおりますが、じつは昨夜、その屋根裏文書の実物を、山内修三氏の自宅で発見いたしました」

思い思いの方角を見ていた一同が、一斉に志垣を見つめた。

「その内容は、まさしく高史君が語ってくれたとおりのものでした。そして、毛筆で書かれた筆跡と、和紙に残る指紋や掌紋が誰の者であるかという照合作業を、これから暮神さんや伊豆神さんのご協力を得てやっていきたいと思います。しかし、それより先に結果が出たものがあります。

本日早朝から、『屋根裏文書』に添えられていた地図をもとに、埼玉県警と警視庁が合同で狭山湖畔の一角を掘り起こす作業に着手したところ、たしかに地図に描かれていたとおりの場所から、二ヵ所に分かれて男女各一名のペアと、男性一名の白骨死体が確認されました。それらの白骨死体は、いずれも首のところで切断された頭部を、胸の上に置くような形で埋められておりました」

志垣が言い終えるのと同時に、柱時計が九時の鐘を打った。

ボーン、ボーン、ボーン、と低い音で響き渡る九つの鐘は、永遠に鳴りつづけるかと思われた。

衝撃の沈黙が一同を覆っていた。

9

「つまり……」

静寂を破ったのは、暮神真蔵の声だった。

「警察当局は、私の父・暮神以蔵が『屋根裏文書』を書いた人間であり、その息子の私が、過去に三人の首を切断して埋めた犯人であり、また山内さんの首を刎(は)ねて殺した犯人だと断定したわけかい」

「そう思っていただいて結構です」

「無茶苦茶だな」

真蔵は、さきほどまでの控えめな態度から一変して、本来の粗暴な性格を表わそうとしていた。

「警察はおれを悪魔の首切り男にデッチあげ、息子の高史にショックを与え、女房をひどい死に方に追い込んだ。それだけでは事足りず、その女房を共犯者として、生首運搬人に仕立てあげた。名誉毀損も甚だしいぞ！」

「そう早とちりをなさらないでください」

志垣は落ち着いた口調で応対した。

「私はあなたを犯人と名指しはしました。けれども奥さんを共犯者だとは言ってない」

「言ったじゃねえか」

「混乱してはいけません。あなたの奥さんが白川郷から多摩川へ生首を運ぶ役を請け負ったという仮説を述べたのは『週刊真実』の桜木編集長であって、私ではありませんよ」

「でも、けっきょくそう言いたいんだろう」

「いいえ、違います」

志垣はきっぱりと否定した。

「山内修三さんを殺し、生首を多摩川に置いたという行為は、あなたひとりの手によって行なわれたものと、私どもは確信に至っております」

「どうやってだよ！　おれにはれっきとしたアリバイがあるんだぞ」

「アリバイのトリックは崩壊しております」

「……」

真蔵は、まさかという顔で志垣を見つめた。

「ただし、殺人に直接携わったわけではない女性がひとりいる。彼女は、生首の置かれた現場でお経を上げ、夏川さんを脅迫する毛筆の文書も書いたであろうと推測しております」

「……」

「児島さん、例のものをおねがいします」

無言で睨みつけてくる真蔵の視線を軽くかわすと、志垣は高山署の児島警部補をふり返った。

児島は志垣の求めに応じて、細長い箱を手渡した。志垣はそのふたを開け、中身を取り出した。

「ここにいらっしゃるみなさんなら、これが何であるか、おわかりですね」

志垣が取り出したのは、百八枚の檜板を結び合わせて、両端の取っ手を持ってアーチ状にそれをしならせながら、ジャッ、ジャッと音を立てる富山県五箇山の民俗楽器「ささら」だった。

伊豆神家の三人と、『まんさく』の女将・米倉春子が、それを見て顔を引き攣らせた。前日、この楽器を頭上にかざし、五箇山民謡の「こきりこ節」を歌いながら暮神紘子が屋根の上から飛び降りたからだった。

「このささらは、暮神紘子さんが昨日使ったものではありません。新品です。本来は五箇山の特産品ですが、この白川郷の民芸品店でも在庫があるということでしたので、臨時休業をおねがいしていたのを勝手を言って開けていただいて、特別にお借りしてきたものです。私はこれを扱うのははじめてなんですが」

志垣は取っ手を左右の手に持って、自分の身体の前でその取っ手をスナップを利かせて揺すった。すると、ジャッ、ジャッという音がした。

「素人なもので、あまりいい音が出ませんが、どうですかね、もしも東京の人間が暗闇の中でこの音を聞いたら、数珠を擦り合わせている音と勘違いする可能性があると思いませんか。そうだ、私がやるよりも、ここには紘子さん以外にも五箇山の出身者がおられるから、その方に実演をおねがいしたほうがよいかもしれません。春子さん」

民宿の女将は、自分の名前を突然呼ばれてビクンと背筋を伸ばした。しかし志垣は、すぐに身体の向きを変えて、べつの方角に「ささら」を差し出した。

「いや、春子さんよりも、むしろあなたにやってもらったほうがいいかもしれませんね、雪乃さん」

志垣に言われると、伊豆神雪乃は青白い顔をゆっくりと上げ、自分の腕を取っている娘・季絵の手をふりほどいた。それは自分に矛先が向けられることを覚悟していた態度だった。

そして座ったまま志垣から「ささら」を受け取ると、それを頭上にかざし、手首を柔らかにスナップさせて、ジャッ、ジャッと小気味よい音を立てた。それは志垣がやってみせたよりもはるかにリズミックで、数珠を擦り合わせる音に似ていた。

そして雪乃は、か細い声で歌い出した。

「筑子の竹は七寸五分じゃ　長いは袖のかないじゃ　窓のサンサはデデレコデンはれのサンサもデデレコデン」

娘の季絵が、呆然とした表情で歌う母親を見ていた。夫の光吉は、両手で頭を抱え込んだ。暮神真蔵は唇を震わせていた。米倉春子は、雪乃の姿を直視するのが耐えられないというふうに、袖口で涙を拭った。

「雪乃さん」

志垣が声をかけた。

「月曜日の深夜二時、多摩川の河川敷に置かれた山内修三氏の頭部の前で、ささらの音を立てながら、小さな声でこきりこ節を歌っていた女性は、あなたですね」

雪乃は「ささら」を動かす手を止めた。そして、それを畳の上に置き、静かな声で答えた。

「そうです」

　季絵がヒッ、と短い悲鳴を上げた。

「あなたが草むらから立ち上がって走り去っていくのを目撃した学生は、ささらという楽器も、こきりこ節という民謡も知らなかったため、数珠を擦り合わせてお経を読んでいる声だと思い込んだ。しかし、じつはそうではなかったわけです。では、あなたはなぜあの場所で、そんな民謡を歌ったのです。こきりこ節とは死者を弔う歌ではないと思いますが」

「すべての原因は、私にあるからです。五箇山で生まれ育った私が、この白川郷にこなければ、こんな悲惨な出来事は起きなかったからです。だから五箇山の歌を歌いながら思ったのです。故郷から出るべきではなかったと」

「雪乃さん、もうそれ以上言わなくてもええよ！」

　叫んだのは、『まんさく』の女将・春子だった。

「私はね、主人の雄治が、いま刑事さんが話してくれたような大事な秘密を抱えていたとは知らなかった。あんたの家の屋根から落ちたのは、たんなる不注意だと思っていたし、本人もそう言っていたからそう信じていたのに、まさか……ねえ……まさか、ねえ……」

「春子さん、あなたは雪乃さんの過去について、なにかをごぞんじなんですね」

「知りません！」

　春子は叫んだ。

「知るもんですか！」

「いいのよ、春子さん」

　雪乃があきらめの口調でつぶやいた。

「もう、すべてを打ち明けるときがきたんだと思うから」

　そして雪乃は、夫である光吉に向き直った。

「あなた……ごめんなさい」

「な……なにを謝るんだ。おまえが私に謝ることなど、ひとつもないじゃないか」

「私が日曜日の夜から月曜日の昼までこの家にいなかったこと、黙っていてくださってすみません」

「……………」

「以前から『濡髪家の殺人』は私たちがモデルではないかと噂されていることもあって、白川郷でも私たちを見る目が厳しいと真蔵さんが言いだし、おたがいの家族全員で話し合いをしようということになったのが、月曜のお昼過ぎでした。ちょうど私が東京から戻ってきたのを待ちかねたように、真蔵さんがその話を持ち出したのです。

　それは、真蔵さんが自分は無関係だと言いたいためのお芝居でした。そのために、季絵も東京から急いで呼び寄せることになりました。なにも知らない娘の顔を見たとき、私はよっぽどすべてを正直に打ち明けようかと思いました。でも、それを言い出す勇気がなくて……。だけど、ちょうど話し合いをしている夜中に、新聞社の人が裏山で死体を見つけたといって駆け込んできたとき、ああ、これでなにもかも終わるんだと覚悟を決めました。そして、紘子さんも同じ気持ちだったと思います」

告白する母の姿を見つめる季絵は、顔面蒼白になっていた。

「雪乃さん、さきほど庄野警部がみなさんにお見せした、夏川洋介さんに連載中止を求める手紙をしたためたのは、あなたですね」

「はい」

志垣の問いに、雪乃は目を閉じてうなずいた。

「あそこに押されていた血判も、あなたのものですね」

「そうです」

「手紙は、あなた自身の意思でしたためたものですか」

「いいえ」

目を閉じたまま、雪乃は首を左右に振った。

「では、誰の指示です」

「真蔵さん……です」

「雪乃、おまえなあ！」

真蔵が身を乗り出して叫んだ。

「警察に洗脳されるなよ。こいつらはなにもわかっていないくせに、わかっているフリをしているんだ。そうやって、おれが間違えるのを待っている」

「いま、間違えたんじゃありませんか」

「……………」

語るに落ちた瞬間を指摘され、暮神真蔵は口をつぐんだ。

眼光鋭く真蔵を見据えたあと、志垣は雪乃に向き直ってたずねた。

「端的に質問しますから、端的にお答えください。多摩川の河川敷に山内修三さんの首を置いたのは、あなたですか」

「いいえ」

「では、誰です」

「真蔵さんです」

「山内さんを殺したのは、誰ですか」

「真蔵さんです」

「山内さんの首と胴体を切り離すという残酷な作業をしたのは誰ですか」

「真蔵さんです」

「首を失った胴体を崖に埋め込んだのは誰ですか」

「それも、真蔵さんです」

「あなたはそれらの残虐な行為に直接関わっていましたか」

「いいえ」

「直接関わらなくても、そばにいましたか」

「いいえ、おりません」

「すべては暮神真蔵さん、ひとりが行なったことなんですね」

「そうです」

「真蔵さんはさきほど、この裏山で山内さんを殺し、その首を多摩川の河川敷に置いて、また白川郷へ戻ってくるのは、日曜日の午後六時から月曜日の早朝五時までのあいだに行なうのは絶対に不可能と主張されましたが、じつはそれが可能だったんですね」

「そうです」

「それは、たとえば白川郷と東京の移動にヘリコプターを使ったとか、そういう特別な交通手段によって可能になったものですか」

「違います」

「そこにはなんらかのトリックが存在していたんですね。まさに推理小説のようなトリックが」

「はい」

「言うな、雪乃！　それ以上なにも答えるな！」

真蔵が叫んだ。

しかし、雪乃はそちらを見なかった。

10

「もう少しおたずねします」

志垣の質問がつづいた。

「いま申し上げましたように、本日、埼玉県の狭山湖畔で三人の遺体が発見されました。その犯人を、あなたは知っていますか」

「はい」

「誰ですか」

「真蔵さんです」

「どうして断定できるのですか」

「本人から……打ち明けられました」

座がどよめいた。

そのどよめきはおもに桜木、梨夏、夏川から発せられたものだった。

「その犯行は、いつごろ行なわれたか知っていますか」

「おおよそ二十年前です」

「殺害の動機も、真蔵さんから聞かされましたか」

「はい」

「どういうふうに」

「ぜんぶ……おまえのせいだ……と」

「なるほど、あなたのせいにされたんですか」

「でも」

雪乃は急いで言い足した。

「それはそのとおりなんです。すべての原因を作ったのは、この私です」

妻のその言葉を聞き、伊豆神光吉が薄い頭髪の隙間から紅潮した地肌を見せ、拳を握りしめて怒りに震えた。

妻に対する怒りではなかった。妻をそこまで精神的に追い込んだ人間への怒りだった。

「三人の遺体はすでに白骨化していますが、首を切断され、犯人はその首を死者の胸の上に置く形で埋めたとみられています。そうした理由を、あなたは知っていますか」

「知っています」

「その事件から二十年経って、山内さんが首を切断して殺されたのも、過去の事件と関係があるんですね」

「あります」

「少し戻りますが、あなたが代筆した夏川洋介氏に対する連載中止の脅迫状は、これ以上『濡髪家の殺人』が掲載されつづけてはまずいという判断があったからなんですね」

「そうです」

「なぜ、まずいんですか」

「いまお話しした二十年前の出来事まで小説に出てきそうで、それに対する真蔵さんの恐怖心から出たものでした」

真蔵のほうを決して見ずに、雪乃はつづけた。

「『濡髪家の殺人』の連載が進むにつれて、あまりにも自分が過去に犯した犯罪をモデルにしていることが明白になったために、真蔵さんは高史君から聞かされたことを信じざるをえなくなりました」

「実の父親が、息子の罪を告白して文書に書き残していたことですね」

「そうです。高史君は小さいころから空想好きで、お話を作るのが得意でした。きっと大きくなったら小説家になるかもしれないと思っていたほどです。ですから真蔵さんも、最初高史君からその話を聞かされたとき、息子特有の作り話ではないかと思ったそうです。でも、それにしては過去に犯した罪があまりにもリアルに息子の口から語られる……。決して高史君の作り話ではないとわかったとき、真蔵さんはひどいショックを受けました。永遠に秘密を守ってくれると信じていた父親に裏切られたからです。

　でも高史君は、その告白の手紙は私の家の屋根から見つかったものだと信じていたため、私の主人がむごたらしい悪魔だと思い込んでいました。真蔵さんは、その勘違いに高史君が気づくときがくるのを恐れていたんです。だから、なんとしても、あの小説の連載を止めさせなければならないと」

「ああ、ちょっとここで、ひとつ確認ですが、季絵さん」

　志垣は雪乃の話をいったん止め、母親の告白に茫然（ぼうぜん）自失となっている娘の季絵に声をかけた。

「あなたと暮神高史君は恋愛関係にありましたか」

「私と、高史君が？」

季絵はびっくりした顔で問い返した。

「いいえ」

「では、彼があなたに好意を寄せていたのは？」

「それは……感じていましたけど」

「けど、告白もされていない？」

「はい」

「そうですか。いや、脱線して申し訳ない。では、本筋に戻ります」

暮神高史の思いがやはり独り相撲であったことを確認すると、志垣はまた雪乃に問いかけた。

「ところで脅迫状を送りつけた時点では、真蔵さんは『濡髪家の殺人』の作者を夏川さんだと信じて疑っていなかったわけですね」

「はい」

「でも、どこかで実際の作者が山内さんだとわかったから、山内さんに刃が向けられたんですね。そうでなければ、夏川さんが殺されていた」

「そのとおりです」

「それは、いつですか」

「あの晩です」

雪乃が硬い表情で答えた。

「ほんとうの作者が夏川さんではなく、山内さんだと、山内さん自身から聞かされた瞬間、あの人は殺されたのです。そうでなければ、夏川さんが殺されていました。すべての準備はそのつもりで進んでいたのです」

じつは土壇場まで自分が標的だったと知って、夏川洋介は愕然として口を開けた。だが、そこから言葉は出てこなかった。

11

「もういい加減にしろよ、雪乃」

しばらく黙っていた真蔵が、不愉快そうに言った。

「うちの高史も、ひとりで妄想世界を作り上げるのが好きで困っているんだが、おまえもそうなのか」

「悪あがきはおやめになったほうがよろしい、真蔵さん」

志垣が冷たい口調で言いはなった。

「せっかく一生懸命お考えになったアイデアだったんでしょうが、さきほど申し上げたように、すでにあなたの仕掛けたトリックは崩壊しているんです。いま雪乃さんが言われたように、あなたはひとりで山内さんを殺し、その首を切り落とし、首は東京の多摩川に、胴体はこの裏山に異様な形で埋めました。すべては真蔵さん、あなたひとりが実行したことです。そしてその殺人は、あなたが犯した二十年前の恐るべき猟奇殺人に端を発していた」

「バッカじゃねえのか、おまえら」

ついに、真蔵の言葉が汚くなった。

「あんたがポンポン、ポンポンポン雪乃に質問をして、雪乃がまたそれにポンポン、ポンポンと間髪を入れずに答える。なんだよ、それ、デキレースみたいに。警察が事件を解決するときって、そんなご都合主義で行なわれるのか。え？　雪乃の言葉の裏も取らないで、『すべては真蔵さん、あなたひとりが実行したことです』だって？　ふざけんな」

「真蔵さん、あなたはまだごぞんじないんですよ」

「なにが」

「あなたが紘子さんのご遺体に付き添って岐阜市内へ行っているあいだ、我々はここにおられる方全員に、個別に事情聴取を行なっているんです」

「それがどうした」

「もうすでに結論は出ている、ということです。だから私は回りくどい消去法ではなく、いきなりあなたを犯人と名指しさせていただきました。あなたの単独犯行だとね」

「ありえねえ、って、何度も言ってるだろ」

「じつは私どもは、当初はあなたと奥さんの紘子さんによって、山内さん殺しが行なわれたのではないかと考えておりました。夫婦共同でね。しかし、この囲炉裏の火をたびたび見ているうちに、ふと気がついたことがある。あれ？　これだけ煙を立てる囲炉裏がありながら、煙突はどこにあるんだろう、とね。白川郷のみなさんにとっては常識であることも、私にとっては素朴な疑問となります。しかし煙はここから屋根裏へ逃げて……」

志垣は、囲炉裏の上の「すのこ天井」を指差した。

「屋根裏に充満した煙は、かつては養蚕のための室温保持の役割を果たし、いまでもそれは貴重な茅葺き屋根の防虫効果を果たしています。そして、茅の微細な隙間から外へ逃げていく。雨は防ぐけれど、中の煙は逃がすという構造です。ただしその煙は、暖炉の煙が煙突から逃げていくようには、ハッキリ外からは見えない。まあ、そんなことを教わりましてね。なるほど合掌造りはうまくできているわいと感心したものです。

しかし、囲炉裏の火というのは、住んでいる方にとってはありがたい存在であると同時に、非常に危険な代物である。それはいったん火が出たら、この茅葺き屋根ほど火にもろいものはない。ですから白川郷では各所に消火用のスプリンクラーが設置されており、いざというときには高さ十五メートルにも及ぶ屋根の上まで水が届くように、設備が整えられているそうですな」

「あんた、なにが言いたいんだ」

真蔵の問いかけに、志垣は肩をすくめた。

「暮神家のご家族はたったの三人。伊豆神家もまた同じ。そして大学に行っているお子さんが実家を離れていることも同じです。つまり、両家はどちらも夫婦ふたり暮らしです。そういう家族構成にあって、夫婦が同時に長時間外出するとなると、囲炉裏の火の始末もしっかりしておかねばなりません。このお宅のように、炭ではなく太い薪を使っておられる家はとくにね。しかし、どちらか一方がちゃんと在宅していれば、火の不始末の心配もない。

……まあ、そんなことに思いを馳せたとき、多摩川で目撃された女性が紘子さんではなく、雪乃さんであったらどうかと思ったんです。暮神家でも一名、伊豆神家でも一名、それぞれが連絡をとりあって外出し、残りの一名ずつが在宅していたら、というふうに。つまり暮神家と伊豆神家の対立という構図に破綻が生じていたという仮定で状況を考えたとき、見えてきたものがあったのです」

志垣は真蔵、雪乃、そして光吉に順に目をやった。

「小説では濡髪家と水髪家として描かれたように、戦国時代より怨念の対立をつづけてきた暮神家と伊豆神家は、ほんとうにいまも憎しみあっているのだろうか。むしろ、そういう怨念の歴史を抱えているからこそ、おたがいの家どうしで愛情が芽生えたら、いったいどのような悲しみや苦しみを感じるだろうか、と、私はそっちのほうへ考えを及ばせるようになりました。その発想は、高史君の季絵さんへの熱烈な思いから連想したものでした」

季絵をチラッと見てから、志垣はつづけた。

「若い高史君が季絵さんに恋をしたように、もしも真蔵さんが雪乃さんを愛し、雪乃さんもまた真蔵さんを愛し、それでいながら両家の怨念の歴史がふたりの結婚を阻んだとしたら、そしておたがいが妥協の結婚を余儀なくされたとしたら、そこにどんな人間模様が生まれるでしょうか」

伊豆神光吉は、志垣の言葉にムッとした顔になった。しかし、なにも言わなかった。

「そんなことを頭に思い浮かべる一方で、ここにおる私の部下の和久井が、山内さんの首切断事件に関して、コロンブスの卵ともいうべき逆転の発想に思い至ったのです」

志垣は、和久井のほうをふり返った。

「こいつは警視庁にあまたいる刑事の中でも屈指のアホで、昼間の蛍光灯みたいにふだんはパッとしない男なんですがね、たまに別人かと思うように鋭く輝くときがある」

和久井は、なんでこんな状況で人をおちょくるんですかという顔をしていたが、志垣はかまわずつづけた。

「彼が着目したのは、多摩川に置かれた頭部のほうではなく、この裏山で発見された胴体のほうです。先ほどみなさんにお見せした写真のように、被害者の胴体は、なぜ中途半端な恰好で崖に埋められなければならなかったのか。その謎を、和久井が見事に解き明かしたのです。

私は唸りました。一見すると犯人の異常さや犯行の猟奇性ばかりが目につくような状況でありながら、あの場面には論理的な必然性が存在していたのです。そして同時に、真蔵さんが仕掛けたアリバイトリックも、見事に崩れ去った。その着想を聞いた庄野警部も、児島警部補も感嘆しました」

庄野と児島は、そのとおりというふうに大きくうなずき、和久井はほめられているのか、けなされているのかわからない状況に、複雑な表情を崩さなかった。

「ほんとうは真蔵さんは雪乃さんと結婚したかったのではなかったのかという私の着想と、和久井刑事によるトリックの解明とを併せて、率直に雪乃さんにぶつけてみました。真蔵さん、あなたが岐阜に行っているあいだにね。そして雪乃さんはすべてを告白なさいました」

「なんだって……」

「だから私と雪乃さんのやりとりが、ポンポンと都合よくはずんでいるように思えたのです。雪乃さんはみんなの前で、とりわけご主人の光吉さんとお嬢さんの季絵さんの前で、罪の告白をして、償いをする決心をなさった。だから、いまの会話のやりとりは、個別の取り調べで長い時間をかけて、やっと雪乃さんが吐き出した真相を、おさらいしたにすぎないんですよ。そうじゃなかったら、雪乃さんがそんなにあっさりとすべてを認めるはずがないでしょう。真蔵さん、結論はすでに出尽くしているのですよ」

12

呆然とする暮神真蔵に向けて、さらに志垣は追い打ちをかけた。

「いまから二十年前——正確に言えば二十二年前から二十年前にかけて、まだ二十代後半の若さだったあなたは故郷の白川郷を出て、東京という大都会に行きました。表向きには都会で就職先を捜すためだった。しかし、由緒ある暮神家のひとり息子であり、第二十七代当主を継がねばならない真蔵さんが、都会に永久就職できるはずもない。じつは、その東京行きは失恋の傷を癒すためでした。最愛の雪乃さんを、最大のライバルである伊豆神光吉さんにとられた心の傷を」

真蔵がギリッと歯ぎしりをした。

「そのことについて詳しくふれるのはあとにしましょう。東京に出た真蔵さんは、慣れない環境とドライな人間関係の中で、ひどい目に遭わされる連続でした。そして『屋根裏文書』であなたの父・暮神以蔵さんが書いておられるように、自分に屈辱的な思いを味わわせた八人の人間を怨み、そのうち三人を殺したのです。首を切り落として。

ちなみに、首を切断する行為にもちゃんと意味があった。『濡髪家の殺人』の連載がはじまって、あなたが恐れたのも、そこにありました。小説では三人ではなく、七人の人間がつぎつぎと殺されていったけれど、いずれも首をちょん切られて死ぬ。誰が読んだって、推理小説ならではの、おぞましい展開に思えます。いくら暮神家や伊豆神家がモデルにされているという噂が立っても、そんな首切り連続殺人が現実に起きているとは誰も思わない。しかし、首を切断して殺す必然的な理由が小説で明らかにされた瞬間、現実世界におけるあなたに疑惑の眼差しが集中する恐れはあったのです。

なぜなら、山内さんの首を切り落としたときとはまったく別の理由で、しかしちゃんと理屈のとおる理由をもって、過去のあなたはそういう残虐な殺し方をしたからです」

志垣の演説は真蔵を、そしてほかの者をも圧倒した。

「息子――すなわち真蔵さんは、自ら犯した罪の大きさに耐えかねて、お父さんに泣きながら告白をしたそうですね。そして生き残った五人のうち、四人は居所がわからなくなったり、怒りが収まったりして、殺すのはやめた。しかし、あとひとりは居場所もわかっているし、その人間に対する怒りはどうにも収まらない。そいつだけは殺しておきたい。あなたがそう告白したと、お父さんは書き記しています。

高史君からそういった記述の『屋根裏文書』を見せられた山内さんは、その後もひそかに白川郷への取材を重ね、さらには五箇山へも足を伸ばしたようです。そして徐々に『息子の大罪』の全容をつかみかけてきた。その取材の成果が、連載中の『濡髪家の殺人』にも詳細に投影されるようになってきた。このままストーリーが進めば、殺意の動機も、残りひとりに対する復讐の思いも、すべて現実どおりに週刊誌上で暴露されてしまうかもしれない。そこまできたら、モデル小説だけでは済まなくなる。

それだけではありません。真蔵さんが犯した過去の殺人、その犠牲となった三人の埋められている場所を、父・以蔵さんがあなたから聞いたとおりに地図に描き残していれば、いつ『濡髪家の殺人』の作者がそれを警察に通報するかわからない。いや、より最悪の展開は、小説にその場所を明記されてしまうことです。そうなったら、どんな物好きが掘り返しにいくかわからない。

あせった真蔵さんは、過去の犯罪を知る雪乃さんにも相談し、山内さんにコンタクトをとった。連絡役は雪乃さんでした。ただしその時点では、真蔵さんのターゲットは夏川先生にあった。そして真蔵さんは、おりしも山内さんが夏川さんをつれて、白川郷へ向かう段取りを組んでいるのを知らされたわけです。日曜日の夜九時に名古屋で合流し、月曜日にはふたりで白川郷へ向かうはずだった。夏川先生、そうですね」

志垣が確認をとると、夏川が何度も咳払いをしてから答えた。

「そのとおりです」

「それは、どういう旅になる予定だったんですか」

「十一月に入ったころになると、私のしつこい追及にとうとう山内君も折れて、じつは小説の舞台は五箇山ではなく白川郷であることを白状しました。しかし、私にはわからなかった。なぜ小説の舞台が五箇山ではなく、白川郷であることをそんなに私に隠しつづけなければならないのか。いったい、どういう秘密があるのかと、山内君を厳しく問い詰めました。そして、私は開き直ったのです。こんな中途半端な状態で『夏川洋介』の名前を貸すことはもうできない。たとえ私の作家生命が絶たれることになったとしても、これ以上きみの勝手な暴走は許さないぞ、と。

するとと山内君は、ようやく観念した様子で言いました。それじゃあ、先生といっしょに白川郷へ行きましょう。そこできちんとした説明をします、と。そして日曜の夜九時に、名古屋で合流することにしたのです。でも、彼はこなかった。連絡もつかなくなりました。だから私は、具体的なあてもなく、ひとりで白川郷へきた。そして、彼の首が発見されたというニュースを知ったんです」

「では、山内さんは夏川先生にどんな話をするつもりだったのか、それはぜんぜんわからずじまいだったんですね」

「そうです。でも、いまとなっては、刑事さんがおっしゃったようなことを私に打ち明けるつもりだったんでしょう。二十年も昔に、悲惨な殺人事件があり、それを告発するために『週刊真実』の連載という場を借りたのだ、ということを。いまとなっては、それは山内君の義憤だとして理解したいと思います。彼は人間としてはいいヤツでしたから」

「でもね、夏川先生、山内さんがあなたに言いたかったのはそれだけでなかったのかもしれません」

「というと？」

「八人を怨み、三人を殺し、四人についてては復讐をあきらめ、しかし残りひとりについては、いまだに殺意を消しきれない。そのターゲットが、あなたもよく知っている人だったらどうします」

「私が、よく知っている人？」

「そうです。それは……」

志垣が答えを言うよりも先に、叫び声を上げた人間がいた。

「おい、おまえ……上原なのか！」

囲炉裏の南の辺に、夏川や梨夏と並んで座っていた編集長の桜木が、真向かいに座る暮神真蔵を指差した。

その指先は、激しく震えていた。

「そうなのか？　二十年前に、ウチにアルバイトにきていた上原なのかよ。え？　おい、どうなんだ」

「そのとおりだ」

答えるなり、真蔵は囲炉裏の中で燃えさかる太くて長い薪の一端をつかみあげた。

そして、囲炉裏の中央に吊り下げられ、湯気を上げていた鉄瓶を払いのけた。

鉄瓶が鉤(かぎ)からはずれて炎の中に中身の湯がなだれ落ち、大量の灰神楽(はいかぐら)がもうもうと立ち上った。

米倉春子と伊豆神季絵が甲高い悲鳴を上げた。

灰の煙幕の中をくぐり抜け、髪も顔面も真っ白にした真蔵が、赤く輝く薪を手にして、桜木めがけ躍りかかった。

和久井と児島が、とっさにそれを防ごうとしたがまにあわなかった。

「死ね、この野郎！」

青白い炎を噴き出す薪の先端が、桜木めがけてふり下ろされた。

が、それが桜木の顔面に接触する寸前で、真蔵がバランスを崩した。加々美梨夏が、真蔵の膝めがけて足払いをかけたのだ。

「どわっ」

そんなふうに聞こえる悲鳴を発すると、真蔵は薪をほうり出し、囲炉裏の中央に倒れ込んだ。

真蔵が絶叫をほとばしらせた。

急いで和久井と児島がその身体をつかみ、囲炉裏端に引き上げた。衣服が炎をあげて燃えていた。

「水だ！　春子さん、水！」

志垣が叫んだが、『まんさく』の女将は腰を抜かしてその場から動けなかった。

代わりに季絵が台所へ飛んでいき、ボウルいっぱいに水道の水を汲み、それを真蔵の衣服の燃えている部分にぶちまけた。

「そんなんじゃ足りない。このまま風呂場へつれていけ！」

志垣が真蔵の両脇に手を差し入れ、抱え上げた。

「どこだ、風呂場は！」

「こっちです、こっち」

暮神家の造りを承知している米倉春子が、ようやく金縛りから解けて志垣たちを案内した。和久井と児島がそれについていき、庄野は携帯にかじりついて救急車を呼んでいた。

「梨夏、おまえは悪くない。おまえは悪くないぞ」

自分の反射的な行動が招いた結果に震える梨夏を、桜木が抱きしめていた。ふたりとも灰で真っ白になり、血走った目だけが顔の中で動いていた。

「おまえはおれを助けてくれた。ありがとう。あいつの火傷の責任はおれが負う。知らなかった……夢にも思わなかった……自分が人から、殺したいと思われるほど憎まれていたなんて……」

傲岸不遜というキャラを自任していた桜木大吾は、生まれてはじめて、心の底から打ちのめされていた。

その横で夏川洋介が放心状態でへたり込み、頭の中で疑問の言葉をつぶやいていた。

（トリックって、なんなんだ。ざっと十時間のうちに、山内君を殺して首を切り落と

し、胴体を崖に埋めて、首を東京に運んで、またこっちへ戻ってこられたトリックって、いったい……どういうものなんだ)

第十章　独占スクープ発売

1
「もしもし、矢吹か。ああ、わかってる。だいじょうぶだ。人海戦術でなんとか原稿は間に合わせる」

木曜日の午前二時を指している腕時計を見ながら、桜木は携帯電話に向かってつづけた。

「とにかく印刷所と相談して、朝の九時まで一折を待ってもらうようにしてくれ」

「何ページですか」

「前半ブロックまるまるだ。目次を除く十五ページだ」

「十五ページですって？」

携帯電話の向こうから、デスクの矢吹が素っ頓狂な声をあげた。

「編集長は、見開き二ページを空けていればいいとおっしゃったじゃないですか」

「言ってねえよ」

「言われましたよ。二ページだけだから、表紙にも広告にも内容を載せる必要はない。ギリギリまで中身を外部に知らせないためにそうするって」

「状況が変わったんだよ、状況が。同じ説明を何回させりゃわかるんだ。山内を殺した犯人は暮神真蔵だった」

「それは聞きました」

「しかも、そいつが追い込まれる場面に、おれたちは居合わせたんだ」

「それもうかがいました」

「それだけじゃない。殺人の原因におれが一枚嚙んでいた」

「なんですって！」

「編集長激白だ、編集長激白！」

　桜木はヤケ気味にわめいた。

「おれの懺悔の告白も、包み隠さず赤裸々に綴ることになる。アンネの日記じゃなくて、ザンゲの日記だ」

「なんですか、それは」

「いちいち説明しているヒマはない。まだほかにもいろいろあるんだよ、衝撃的な話がいろいろな」

そう言って、桜木は隣にいる夏川洋介を見た。

水曜日から木曜日に日付が変わったころから、桜木、夏川、梨夏の三人は、米倉春子に頼んで、民宿『まんさく』に拠点を構えた。

岐阜県警からの依頼による臨時休業のおかげで、ほかの一般客に気を遣うことなく、しかも、ほかの報道陣さえも米倉春子の機転でシャットアウトして、民宿の食堂を独占状態で「週刊真実」の臨時オフィスとして使うことができた。

そこに火曜日の夕刻から桜木の指示で現地入りしている記者二名とカメラマン一名の取材チームが合流し、カメラマン以外の五人がパソコンを食堂の机に並べ、手分けして原稿を打ちはじめていた。

「いいか、とにかく十五ページ、絶対空けろよ」

「無理です」

「無理なワケねえだろ。おれがやれといったら、やるんだよ」

四、五時間前の精神的ショックから立ち直った桜木は、いつもの調子を取り戻していた。そして、灰にまみれたままの髪の毛をかきむしりながら、本社で待機しているデスクに指示を飛ばした。

「『濡髪家の殺人』を掲載中止にしたから、空いた五ページ分を、ほかのところから持ってきて埋めただろ。その移動したぶんがまるまる空いてるはずじゃないか。残りの十ページ分は、ほかの予定記事をぜんぶ飛ばせ」

「ちょっと待ってください。『濡髪家の殺人』が掲載中止ですって?」

　矢吹が、またしても裏返った声を出した。

「聞いてませんよ、そんな話」

「言ったじゃねえか」

「いつですか」

「えーと、何曜日だっけ。もう曜日感覚がメチャクチャでわからねえや。おれが急遽、白川郷に飛んだのはいつだ」

「昨日……じゃなくて、一昨日です。火曜日です」

「そうだ、火曜日だ。その日に、羽田へ向かう前に言っただろ。小説の連載は中止だって」

「聞いてませんって。ちょっと待ってください。藤代さあん」

　矢吹が、文化担当デスクの藤代昌樹を呼んだ。

　水曜日の深夜から木曜日の明け方にかけては、入稿の締め切りで「週刊真実」編集部がいちばんワサワサとしている時間帯である。周囲のオフィスビルは眠りに就いていても、時代舎ビルの「週刊真実」が入るフロアは煌々と窓明かりが灯り、多数の人間が動き回り、各担当デスクの叱声や、記者たちのキーボードを叩く音が響き渡っていた。

夜の闇の中で、そこだけは完全に昼だった。

矢吹は送話口を押さえて、小説ページを担当するデスクの藤代と、しばらくふたりでやりとりしていた。そののちに、ふさいでいた手をはずして桜木に報告した。

「藤代さんも聞いてないそうですよ。連載中止だなんて」

「ンなワケねえだろ」

「いいえ、ほんとうです。聞いてません」

と、矢吹の背後から藤代の声が聞こえた。

「ほんとかよ」

ふたりのデスクから否定され、桜木は、ようやくそうだったかもしれないと、自分の連絡ミスを認めはじめた。自分に腹を立て、灰だらけの頭をまたかきむしった。

五箇山で梨夏と合流した夏川から、じつは『濡髪家の殺人』は自分ではなく、担当編集者の山内が書いていたという衝撃の告白を電話で聞かされたとき、桜木はとっさに、この小説はもう来週号には載せられない、と判断した。

にもかかわらず、文芸担当デスクの藤代にも、事件担当デスクの矢吹にも、そのことを伝えなかった。二十週にもわたってニセモノが書いた小説を読者が読まされてきたという事態は、編集長更迭、あるいは自発的辞任に直結する不祥事だった。だからすぐにその問題を言い出せなかった。そのことを思い出した。

さらに山内の胴体が白川郷で見つかったというショッキングなニュースが頭の大半を占めていたこともあって、桜木はめずらしく余裕を失って混乱していた。その精神状態で羽田から小松空港へ飛び、さらに金沢で五箇山からやってきた梨夏と夏川に合流した直後に、こんどは暮神家の妻が首を切断するような形の自殺を遂げたという情報が会社経由で飛び込んできた。

ついで、桜木が現地方面へ飛んだことを知った宿敵志垣警部から、たずねたいことがあるので白川郷へきてほしいとの連絡も入った。

そんな出来事が相次いだために、ふたたび白川郷へ戻ったころには、桜木は小説の連載中止のことなどすっかり忘れていた。そして、いつしか矢吹か藤代に中止の判断を伝えたものだと思い込んでしまっていた。

「なんとかしろよお、矢吹」

桜木は、まるで相手のほうに責任があるような口調で言った。

「杓子定規(しゃくしじょうぎ)なこと言わねえでさあ」

「なんとかしろって、どういうふうに」

「とにかく、もう載せるわけにはいかないんだよ、『濡髪家の殺人』は」

「だけど編集長だって、それが無理だということはごぞんじでしょう。小説の折はとっくに校了していますよ」

週刊誌はグラビアを除く活版モノクロ三十二ページ分を「一折」と呼んで、その折単位で印刷されていく。ただし週刊誌は二つ折りにした紙のセンターを針金で綴じる「中綴じ」という製本形態のため、一折は前半十六ページと後半十六ページに分かれる。

「週刊真実」の場合は活版ページを五折分、百六十ページとっていた。巻頭巻末のグラビアに接する外側から「一折」「二折」「三折」「四折」と数え、いちばん内側の中央部分が「五折」になる。単位としては「ひとおり」と読むが、折番号で言う場合の「一折」は「いちおり」と読む。

外側の折ほど、前半と後半のページは離れる。週刊誌は表紙を1ページと数え、グラビアにはノンブル（ページ番号）を打っていないが、それもカウントするため、「週刊真実」の次週発売号の場合はモノクロ活版の最初のページ、つまり目次のページが19ページになった。それに対して、「読者だより」や「編集長後記」などを載せるモノクロ最終ページは、センターのカラーグラビア四ページ分を含めて数えるため

182ページになる。

この19ページ目も182ページ目も、同じ「一折」の印刷ブロックとなるのだ。最も外側の一折には速報性のあるニュースをギリギリまで待って突っ込むため、締め切りもいちばん遅い。それが木曜早朝だった。その早朝の締め切りを、桜木は朝の九時まで印刷所に待たせろと編集長命令を出している。しかも前半十六ページのうち、目次を除く十五ページの原稿をいまから書きはじめたというのだ。

矢吹が無茶だと感じるのは無理もなかった。

一方、いちばん内側の「五折」に相当する三十二ページ分は、ノンブルで83ページから、センターのカラーグラビアをはさんで118ページまで。このいちばん内側の折だけは、最初から最後までページが連続している。

そのため早めの入稿が可能な、速報性のない要素――連載小説、連載マンガ、エッセイ、書評、旅やグルメの記事など、いわゆる文化担当デスクの守備範囲となるページがつづく。

これはどの週刊誌も共通で、各誌の連載小説が例外なく中綴じのセンター部分に近いところに割り当てられているのは、こうした事情からだった。

ここは一冊の中で最も早い進行となり、「週刊真実」では五折の入稿は前の週の金曜日で、火曜日に校了、そしてその日の夜から印刷にかかる。

だからすでに木曜日に日付が変わった現在、『濡髪家の殺人』連載第二十一回を含む五折は、完全に校了していた。そこまで進行したものを差し替えるのは、金を払えばできるというものではなかった。また編集者や記者が総動員で原稿を書けばよいというものでもなかった。輪転機の手配や紙の手配が絶対まにあわない。

「わかったよ」

桜木は頭を切り替えた。

「じゃあいいや、そのままで。その代わり表紙にこの文句を突っ込め。《『濡髪家の殺人』今週号で連載中止！》と。ビックリマーク付きでな。よけいな説明をつけないほうが、読者の注意を惹く。文字色はデザイナーに任せるが、めちゃくちゃ目立つ色を使えよ。こうなったら開き直るよりねえや」

「表紙の件は了解しました。でも、十五ページは無理ですよ」

「何ページならできるんだ」

「どうにかこうにか都合をつけて、いいとこ五ページです」

「アホか、おめえ。原稿はこっちで間に合わせると言ってるんだぞ」

「でも……」

「わかったよ、矢吹。じゃ、おまえ、明日からこなくていいわ。ってか、もう帰れ」

「え？」

「『週刊真実』創刊以来の大スクープをやろうっていうのに、そういう役所みたいに四角四面の対応しかできない石頭は、おれの部下にはいらないってことだよ。クビだ、クビ！」

と、叫んでから、桜木はハッとなった。自らが発した「クビ」という言葉に全身を硬直させた。

隣にいた夏川と、その向こう側に座ってパソコンに向かっていた梨夏も、やはりその言葉に反応して桜木を見た。

「……ああ、すまん。おれもカッとなってしまった。いまの言葉は撤回する」

桜木は感情を抑えて言った。

「だが、編集長命令は編集長命令だ。こっちで責任をもって十五ページ分の原稿を打ち上げるから、おまえは印刷所の時間交渉と、入稿済みの記事の引き上げを手配してくれ。じゃ、頼んだぞ」

相手に有無は言わせぬ口調だったが、しかし最後は静かに指示を告げると、桜木は携帯を切った。そして灰に汚れた手を、米倉春子が用意してくれたおしぼりで拭うと、夜食として用意された一口サイズのおにぎりを一個、口にほうり込み、パソコンに向かってキーボードを叩きはじめた。

各人の分担は決まっていた。あとからきた援軍の記者ふたりは、捜査陣の公式発表をもとにした事件の総論執筆と、桜木、梨夏、夏川が打ち上げた原稿の校正作業。夏川洋介は連載小説『濡髪家の殺人』と現実の事件との関わり方、山内編集者と自分との「恥ずべき秘密」、それゆえに本来なら首を切り落とされて死ぬ運命にあったのは山内ではなく自分であった点などについて、率直な自己批判もまじえて書くことになっていた。

加々美梨夏は数時間前に起きた暮神家の囲炉裏端での生々しいドキュメント、追いつめられた暮神真蔵が感情を爆発させるまでの様子、さらに和久井刑事によって明らかにされた首切断のトリックの記述が任された。

そして桜木は、部下である山内修三が殺されるに至った、その原点となる二十年以上前の出来事から筆を起こすことにした。

そこには桜木自身が関与する怨念のドラマがあった——

2

《この項目は弊誌編集長の桜木大吾が執筆を担当する。本論に入る前に、まず「週刊真実」編集長として読者のみなさまにおわびを申し上げなければならないことが二点

ある》

　桜木は、原稿の書き出しを読者への謝罪からはじめた。

《ひとつは連載中の『濡髪家の殺人』が、作者であるべき夏川洋介氏の手によるものではなく、今回殺害された弊誌編集者の山内修三が実質的な執筆者であった点である。

　今週号はやむをえない印刷上の都合で二十一回目を掲載するが、今回をもって『濡髪家の殺人』の連載は打ち切りとなる。別項で夏川洋介氏自身の筆によって詳細な舞台裏が綴られているが、編集長としての不明を恥じ、読者のみなさまには深くおわび申し上げます。

　もう一点は、犯人・暮神真蔵が過去に同様の首切り殺人を犯していた点について、ほかでもない、この私がその原因の一端を作っていたと認めざるを得ないことである。

　暮神真蔵は過去の出来事で激しい怨念を抱いていた。その結果が、埼玉県狭山湖畔で発見された男女三体の白骨死体である。そして真蔵にはあとひとり、どうしても殺したい人物がいた。それがこの私だった。

　その事実を知ったときの衝撃は筆舌に尽くしがたい。そして、世の中で無数に起きている殺人事件の本質というものが、遅まきながら身にしみてわかってきた気がする。

通り魔的な犯行を除けば、殺人とは憎悪の産物である。しかし憎悪とは加害者が一方的にかき立てるものではなく、他人の無神経が生み出す場合もある。その無神経な他人が、殺人事件の被害者になりうるのだ。

これは決して二十年以上前に、暮神真蔵の手にかかって殺された方々を冒瀆するものではない。私自身の深い反省と後悔を込めての感想だとご理解いただきたい。

では、本論に入る。暮神真蔵の生い立ちから、彼が人を殺し、その首を切断するに至るいきさつを述べていこう》

3

蛍光灯が暗いな、と、加々美梨夏は食堂の天井を見上げた。

「週刊真実」の編集部にも、梨夏の自宅の仕事部屋にも、夜でも昼間のように明るい光量を確保できるだけの照明が備えてあった。しかし、民宿『まんさく』の食堂は、そこそこ広いにもかかわらず、元気のない光をぼんやりと放つ二連の蛍光灯が、間隔を置いて四ヵ所についているだけだった。

電気スタンドを借りたいとたずねたが、女将の春子は「すみません、そういうのはないんですよお」と申し訳なさそうに頭を下げた。

照明の暗さがやたらと気になるのは、梨夏自身の目の疲労がピークに達しているせいもあった。それにさきほどの騒動で大量の灰神楽をかぶってしまい、目をだいぶ傷めた影響もある。

桜木や夏川は、照明の暗さはあまり気にしていない様子で快調にキーボードを叩いていた。

いや「快調」という表現は、彼らの心理を考えれば適切ではないかもしれない。夏川も桜木も、自らの身を切るような告白を綴らねばならないのだから。そしてその告白は、数十万読者の目にさらされる。来週月曜日の「週刊真実」の発売とともに、このふたりの人生は大きく変わるはずだった。

夏川洋介と桜木大吾を激しく批判し、軽蔑する人たちも大勢出てくるだろう。少なくとも夏川は、作家生命を絶たれるのは間違いがなかった。いま彼は、桜木から五ページ分の原稿を任され、取り組んでいた。十五ページの緊急特集の三分の一を占め、いま並んでパソコンに向かっている五人のうち、最も多い分量を書くことになっていた。

その五ページとは、奇しくも『濡髪家の殺人』の一回分のページ数に等しかった。もしかすると桜木は、これが物書きとして夏川洋介最後の仕事になると思って、それだけの原稿スペースを与えたのかもしれなかった。

一方の桜木も、暮神真蔵の犯罪の原点を、自己批判とともに書く運命に陥り、この十五ページ特集を最後に、編集長を引責辞任するのは確実だろうと梨夏はみていた。デスクの矢吹に、無理を承知で土壇場の十五ページ差し替えを命令したのも、これが自分にとって最後の仕事だという覚悟があったからこその強引な指示と思われた。

しかし、梨夏はこのふたりの男たちを憎むことができなかった。夏川洋介に関しては、『濡髪家の殺人』を自分で書いていなかったと告白されたとき、怒りで身体が震えるほどのショックと軽蔑を覚えた。だが、自らの非をすべて認めて、淡々と「最後の原稿」を打っているその横顔を見ると、しだいにすべてが許せるような気になってきた。孤立無援の彼をいたわってあげたいと思った。

また、日ごろ傲岸不遜で高圧的なキャラで知られた桜木が、彼の窮地を救うために、結果として暮神真蔵にかなりの火傷を負わせることになった梨夏を案じ、強く抱きしめて、「おまえは悪くない。おまえは悪くないぞ」と、重ねて言ってくれた言葉が身にしみていた。

ふだんは見せない桜木のやさしさにふれた気がした。できれば、これからもこの編集長のもとで仕事をしたいと思った。これが夏川洋介や桜木大吾との最後の仕事にならないでほしくなかった。

そんな思いを脳裏に走らせながら、梨夏は、暮神真蔵が救急車で運ばれていったあと、まだ散乱した灰が片づいてもいない囲炉裏端で、和久井刑事がトリックの解明を述べたときの光景を思い出していた。

これから、その部分を原稿にしていかなければならない。客観的な叙述よりも、思い切って和久井の言葉をそのまま書き写していったらどうだろうか、と思った。

それを読んで警視庁からクレームがくるかもしれなかったが、和久井の発言を勝手にアレンジするわけではないから問題はないと思った。彼の発言を一語一句正確に再現すれば、それは真実の報道となるはずだった。囲炉裏端で暮神真蔵が追いつめられていく状況についても、完全なる復元が可能だった。

なぜなら、梨夏は囲炉裏端での全員集合のシーンを、最初から最後までＩＣレコーダーに録音していた。それは桜木から命じられたからではなく、梨夏の独断だった。桜木はそれを知って「さすが、梨夏だ」と称賛した。

事件の異常性に気を取られていた志垣たち捜査陣は、週刊誌の編集長と取材記者がそこにいるという意識を持たなかった。桜木も梨夏も、あくまで事件の関係者として招集をかけていたから、彼らがすべてを録音するという可能性を忘れていた。

いま梨夏はＩＣレコーダーを取り出し、イヤホンを耳に差し込んで、和久井刑事によるトリック解明がはじまる部分をサーチしていた。

その場面に居合わせた人数は減っていた。

児島警部補はひどい火傷を負った暮神真蔵に付き添って病院へ向かい、庄野警部は県警本部との連絡のために出ていき、米倉春子は衝撃を受けて『まんさく』に戻ったので、残ったのは伊豆神家の三人と東京からきた三人、そして志垣警部と和久井刑事だけになっていた。

「これは『週刊真実』の方には独占スクープの提供という形になって、他のマスコミから叩かれる可能性もありますが」

志垣警部の声がそう語る部分を見つけて、梨夏はそこから再生をはじめた。

「あなたがたは当事者でもあるわけなので、暮神真蔵が――もう敬称はつけませんがね――真蔵が仕掛けたトリックを一足先にご説明しておきましょう。それじゃ、和久井」

志垣にうながされて、和久井の声に代わった。

「暮神真蔵は月曜日の早朝五時に、間違いなく白川郷にいたことを強調していました。たしかにそれは三浦医師とその家人によって立証された、明確なアリバイです」

梨夏は目を閉じて和久井の声に聞き入った。

「しかし、暮神真蔵が月曜日の朝五時にどこにいたのかということよりも、日曜日の夜、どこにいたかというほうが重要なのです」

それは、思いもよらない逆転の発想だった。

4

夏川洋介は、桜木から与えられたテーマに基づいて、週刊誌五ページ分の原稿を順調に打ち上げているようにみえた。

たしかに彼は、自らの犯した過ちを含めて、自分と山内が陥った罠について自己反省の弁を書き綴っていた。だが、書いても書いてもうまくいかなかった。

自分の恥をさらすことが苦痛なのではない。「週刊真実」の読者のみならず、推理作家として復活した夏川洋介の著作を買ってくれたすべての読者に向けて謝罪をする覚悟はできていた。だが、文章がまったくまとまらないのだ。

全体で十五ページに及ぶ特集のうち三分の一に及ぶ分量を桜木が割り振ってきたのも、ひとつには夏川洋介はプロの作家だから、それぐらいの分量でも短時間で器用にまとめることができるだろうという期待があったからだった。

ところが、ダメだった。書けないのではない。書いても書いても、話の筋道が通っていなかったり、同じ接続詞を何度も重ねてつかったり、うまい言葉が思いつかずに、陳腐な表現の連発となるのだ。

はためにはキーボードをリズミックに叩いているようにみえても、ひんぱんにデリート（削除）キーやバックスペース（後退）キーを使って、書いた文章を消してばかりいた。五年のあいだ、影武者である山内がつぎつぎと新作のアイデアを生み出してくれたから、夏川は自分で一から文章を書く習慣を完全に失っていたのだ。

この五年間、決してキーボードにさわらなかったというわけではなく、山内の書いた文章を読みやすく、やわらかなタッチに修正する作業はつづけていたから、夏川洋介の作品としての最終形は、夏川自身が仕上げていたのは間違いなかった。それが順調な売り上げを示すものだから、夏川は、山内のミステリー創作能力は認めながらも、プロとしての商品レベルに到達させているのは、自分が仕上げ工程を担当しているからだという自負があった。

たしかにそれは、一面の真実だった。山内が書いた原稿そのままだったら、いくらアイデアが秀逸な推理作品でも、文章が生硬で読みづらく、決して売れる作品にはならなかっただろう。そこは夏川洋介の職人芸が利いていた。だが、それだからこそ夏川は錯覚していた。

山内の文章を修正することは巧みだったが、一から文章を紡ぎ出す思考回路を長らく使わずにいたから、あっというまにその才能が錆（さ）びついていた。しかし、そのことにずっと気づかずにいた。そして、いまになって、その厳しい現実にやっと気がついた。

「書け……ない」

夏川は救いを求めるように、左隣に座る梨夏に向かってささやいた。

「だめだ……書けない」

しかし返事はなかった。

そちらに目をやると、梨夏はＩＣレコーダーのイヤホンを耳に差し、録音された和久井の話に聞き入っていた。

5

「山内さんの胴体部分を検証するかぎり、すべての状況は、発見された場所での殺害を示していました。地面に吸い込まれた被害者の血液。崖に掘られた横穴に遺体の胸元まで入れ、それを固定するために埋めた土壌にも含まれた同じ血液。さらに胴体側の切断面だけでなく、多摩川で発見された首の切断面にも、髪の毛にも二神神社の裏山の土壌がこびりついていること。さらに全身の死斑の出現状態は、死後直ちに、あの中途半端な恰好に固定され、そのまま放置されていたことを示しており、そうしたすべての状況から、山内修三さんはあの場所で殺されて首を切り落とされたとしか思えませんでした。

そして、もしそうであれば暮神真蔵のアリバイは完璧ということになります。しかし、ここで素朴な疑問が三つほど湧いてきたのです」

ＩＣレコーダーに吹き込まれた和久井の声を聞きながら、梨夏はパソコンの画面にメモを打ち出していた。

《和久井刑事、三つの疑問を抱く》

「まず第一に、日曜日の夜、山内さんは夜九時に夏川先生と名古屋で待ち合わせをしています。夏川先生は名古屋に先着して待っていたが、山内さんはこなかった。しかし、東京から白川郷へ向かうには、名古屋が自然な中継地点です。そこで夏川先生が待っていると知りながら連絡もせず、そのまま名古屋を通過して白川郷へ向かい、そしてこの土地で殺されたというのが非常に不自然に感じられます」

《名古屋で待っていた夏川さんをパスして、そのまま白川郷へ行くか？》

「それから第二点、仮に暮神真蔵が首の切断にこだわる理由があったとしても、ではなぜ首だけを東京に運び、しかも胴体部分を、なぜあのような妙な埋め方をしたんでしょうか」

《首を東京に運んだ理由。胴体を奇妙な恰好で中途半端に埋めた理由》

「そして第三点、これが暮神真蔵の仕掛けたトリックを見破る最大のポイントとなったのですが、あの中途半端な姿勢で山内さんの遺体を埋める行為が、たったひとりでできただろうか、という疑問がありました」

《崖面に掘った横穴に遺体を固定する作業を、ひとりでできたか。共犯の存在？》

「最初、我々捜査陣は、そこに必ず共犯者がいると考えました。主犯が真蔵であるならば、その手伝いをする人間が必ずひとりはいたはずだ、と。そうでなければ、あのような恰好で遺体を崖穴に固定することは、ひとりではできません。では、共犯者は誰か。妻の紘子さんか。それとも真蔵が愛していた可能性の強い伊豆神家の雪乃さんか。しかし、女性を共犯者とするには二重の無理があります。第一に、体力的な問題。第二に、首のない遺体をさわることが心理的に難しいであろうということ」

《体力的、心理的に、女性の共犯者は無理》

「殺したばかりの遺体は、熟睡している人間を扱うようなもので、全身が脱力していますから、男ひとりで崖穴に突っ込み、しかもつま先が空中に浮いている形で固定するのは至難の業です。たとえ男性の共犯者がひとりいても難しかったかもしれません」

《男性の共犯者がいても、あの形で遺体の固定は不可能》

「けれども暮神真蔵ひとりで、首を切断された山内さんの遺体を、あのように固定できる方法がひとつだけ見つかりました。それは、最初から山内さんの遺体があの横穴に胸元まで入るような形で固まっていた場合です。これならば、穴に部分的に突っ込んだ身体を落ちないように木の枝などで支え、そのあいだに土を埋め込んでから、支えをはずせばじゅうぶん固定できます」

「つまりそれは……」

ＩＣレコーダーに、夏川洋介の声が入った。

「死後硬直を起こしたあと、遺体を崖の穴に突っ込んだということですか」

「そうです」

　和久井が答える。

「気象条件などによって多少変わりますが、一般的に遺体の硬直は死後二時間後ぐらいからはじまり、およそ十二時間後に硬直のピークに達します。そして三十時間後ぐらいから硬直が徐々に解けはじめていき、丸四日経つころには、完全に硬直が解けます。ただし、月曜深夜から火曜日にかけてこの地域を襲った季節はずれの吹雪は、平年以下の非常に低い気温をもたらし、飛騨日報の記者が山内さんの胴体を発見したときは、零度をだいぶ下回っていました。ですから、死後丸一日は経っていても、死後硬直とは別の理由――水分の凍結という理由で、遺体は死後硬直を起こしたときの姿勢を保っていました」

《死後硬直は二時間後にはじまり、十二時間後にピーク。その後、零度を下回る寒さによって、その姿勢を維持》

「そこで私はまったく逆転の発想に思い至ったのです。もしも山内さんのご遺体が、死後硬直のピークに近い状態で崖面に埋められていたらどうか。つまり、殺害直後に埋められたのではなく、殺害から半日前後経過した時点で、はじめてあそこに埋められたらどうなのか、と」

《逆転の発想》

加々美梨夏は、パソコン画面に自分で打ち出したその文字を、じっと見つめていた。

「それでいて、裏山の現場に被害者本人の大量の血液が残っているには、どのような状況を考えたらよいか。いえ、まだ条件がありました。少なくとも月曜の午前二時までには東京の多摩川河川敷に、裏山の土壌が付着した首が置かれているには、どのような状況を考えたらよいのか」

「和久井さん……すごい……」

感嘆の言葉が、自然と梨夏の唇から洩れた。

6

《暮神家の第二十七代当主・暮神真蔵は、いまから四十九年前に、第二十六代当主・暮神以蔵のひとり息子として誕生した》

編集長の桜木は、隣にいる夏川洋介の原稿がまったくはかどっていないことには気づかず、自分の担当分の執筆に集中していた。

《白川郷のはずれに三百メートルほどの距離を置いて建つ二軒の大きな合掌造りの旧家、暮神家と伊豆神家は、はるか戦国時代の昔から激しい対立関係にあった。それをモデルにしたのが、弊誌で七月から連載をはじめた『濡髪家の殺人』で、作中では暮神家が濡髪家、伊豆神家が水髪家と名前を変えられていたが、地元の人間であれば、実在の両家をモデルにしたことは明白であったはずだ。

しかし、我々編集部はもちろんのこと、「作者」である夏川洋介氏も、これがモデル小説であることを知らなかった。冒頭に述べたように、本人が書いていなかったからである。

この両家をめぐって、現代版のロミオとジュリエットというべき事件の発端は、いまから二十三年前のことだった。

ここから先は、真蔵からすべてのいきさつを聞かされている伊豆神雪乃——すなわち、本来なら真蔵の妻になるはずだった彼女の告白を中心に、そのほかの関係者の証言も併せて記述する。なお、本号の締め切り時間までには、客観的な事実として裏付けのとれない部分もあり、そのあたりについては実名を避けて書き、関係者からの伝聞情報である旨をご了承いただきたい。

当時二十六歳の暮神真蔵は、同じ合掌造り集落として、のちに白川郷と並んで世界遺産に登録される富山県五箇山の相倉集落に住む美しい女性に恋をした。その名前を雪乃という。当時、二十一歳の若さだった。

一時は彼女と相思相愛の関係になり、ふたりの結婚は確定的かと思われた。だが、真蔵にとっては衝撃の結末が待ち受けていた。突然、最愛の彼女が別の男と結婚することになったのだ。それはよりによって、怨念に満ちた対立の歴史を持つ伊豆神家の息子で、当時三十八歳の光吉だった。

土壇場の逆転を招いたのは、占いだった。雪乃の祖母が、五箇山に伝わる民俗楽器の「ささら」を使って運勢を占う「ささら占い」を集落でただひとり行なう、いわばシャーマン的存在であり、その祖母が孫娘の運勢をみたところ、暮神家の跡継ぎの嫁になったら雪乃だけでなく、彼女の両親も含めて一族がとてつもない不幸に陥り、破滅が待ち受けているが、伊豆神家の跡継ぎの嫁になったら素晴らしい幸福な運勢が待ち受けていると出た。

雪乃の家において、祖母のご託宣(たくせん)は絶対だった。雪乃は泣いたが、逆らうことは許されなかった。おそらく二十年以上も前の時代だから、まだかろうじて残っていた古い結婚観であったのだろう。

もちろん、美しい雪乃をおたくの息子の嫁にと話を持ちかけられた伊豆神家の第四十代当主・伊豆神宗吉は大歓迎だった。

暮神家も伊豆神家も、二十世紀の終わりには家系が途絶える寸前まできていた。暮神家のほうは「暮神」の名を継ぐことを嫌った男の子たちが、白川郷の外へ出ていってしまい、みずから他家に婿入りするなどして、その名前を捨てた結果であり、伊豆神家のほうは「女腹」と言われて、女の子しか産まれない世代がつづいて急速に血筋を細めた。

息子で第四十一代当主を継ぐことになる光吉は、性格は温厚で人柄については評判がよかったが、その当時から年齢よりずっと老けてみえたために女性関係は芳(かんば)しくなく、ようやく結婚した妻にも死なれた光吉にしてみれば、雪乃との再婚は天から宝物が降ってきた気分だっただろう。

思いもよらぬ横槍にふたりの仲を引き裂かれた暮神真蔵は悲嘆に暮れた。しかも、最愛の人が隣の伊豆神家の嫁になるとは、あまりにも残酷な仕打ちだった。真蔵は白川郷にいることが耐えられず、故郷をあとにして東京へ出た。いまから二十二年前、真蔵二十七歳のときである。

しかし、真蔵の真の悲劇はそこからはじまった。大都会東京で、新たな地獄が彼を待ち受けていたのである。

東京はなにからなにまで、スピードがケタはずれに違っていた。人の流れ、交通の流れ、時間の流れ、仕事の流れ、そのすべてが速すぎて、素朴な環境で生まれ育った真蔵は目が回り、それについていくことがまったくできなかった。そんな落伍者は、あっさりと排除されていく。そうした過酷な大都会のルールに真蔵は翻弄された。

なんとか仕事を見つけたものの、要領の悪い真蔵は上司の激しい怒りを買い、同僚や年下の若手からも嘲笑われ、軽蔑された。連日のように罵声を浴びせられ、職場いじめの恰好の標的となり、耐えられずに辞めるか、がんばっていても最後は決まってクビを言い渡されて、職場を去るという連続だった。

二十七歳で東京に出て、二十九歳までの足かけ三年のうちに、暮神真蔵は、じつに九回も会社を変わっている。そのうち自主的な退職が三度で、クビを言い渡されたのが六度あった。その屈辱と苦悩の体験が、真蔵の心を急速に歪めていった。

現在の真蔵は気性の荒い粗暴な人間として知られているが、最初からそうした性格ではなかった。それは雪乃がはっきりと証言している。「真蔵さんは、心のやさしい、穏やかな人でした。いまの主人と同じぐらい、いえ、それ以上に。だから私は彼を愛したのです」と……。

しかし罵倒と嘲笑の連続、イジメとクビの連続は、彼の性格を歪めていった。だが、彼を精神的に追い込んだ職場の上司たちは、自分が暮神真蔵の殺意のターゲットにされていることを知るよしもなかった。彼らは、自らがクビを通告した真蔵が去っていくと、おそらく一週間もしないうちに、その存在をすっかり記憶から消し去っていたに違いなかった。真蔵が自分をいたぶった上司たちに対する怨みをいつまでも忘れなかったのとは対照的に……。

そして二十年前、二十九歳の暮神真蔵が最後の希望をもって訪れたのがほかでもない、弊社だった。当時、時代舎は「週刊真実」を立ち上げたばかりで、現場は猫の手も借りたい忙しさだった。そして多数の契約記者やアルバイトを募集した。

その中に、暮神真蔵がいたのだ。ただし本名ではなく上原という仮名を使っていた。当時のアルバイト採用の場合、履歴書だけあればよく、住民票などの公的書類は求めていなかった。

アルバイト採用された彼は、取材現場のアシスタントということで、私の下についた。私もまだ当時は三十を出たばかりで、血気盛んなころだった。手加減というものを知らなかった。

箸にも棒にもかからない「上原」の仕事ぶりに業を煮やし、苛立ち、連日のように彼を罵倒しつづけた。それも、とても活字にはできないような下品で差別的な言葉を浴びせかけて……。正直に告白するが、肉体的な暴力もふるった。髪の毛をつかみ、壁に叩きつけたこともあったし、拳で殴りつけたこともあった。そして最後に私は言いはなった。

「おまえみたいに救いようのない馬鹿はクビだ！」

さらに何度も重ねて怒鳴ったはずだ。

「クビだ、クビだ、クビだ！　とっとと出てけ！」


十度目の失職、七度目のクビを言い渡されて、真蔵は切れた。

のちに彼からすべてを告白された伊豆神雪乃が私に教えてくれた。「どこの会社かは言いませんでしたが、自分とたいして年の変わらない人間から殴られ、クビだ、クビだと怒鳴られた瞬間、抑えていたものが爆発したそうです」と。

私の態度がダメを押す形になって忍耐の限界にきた真蔵は、自分をクビにした人間への復讐をはじめた。まず最初に自分をクビにしたX社のA氏を殺し、同じく二年前に真蔵にクビを言い渡したY社の管理職であるB氏とその部下のC氏（女性）を殺した。それぞれの遺体は埼玉県の狭山湖畔に埋められたが、雪乃が真蔵から聞かされたところによると、突然行方不明になった彼らには、行方不明になるだけの理由があったという。

A氏は会社の金を横領しているとの噂があり、B氏とC氏は社内不倫の関係にあった。真蔵はそうした噂を聞いていたから、彼らが突然姿を消しても、それらの問題ある事情が原因と思われ、短期間でクビにした社員の復讐とは、よもや疑われる可能性はない、と真蔵は計算していた。

彼は怨念と憤怒（ふんぬ）で感情的になっていたが、冷徹な計算をも忘れてはいなかった。だからこそ、復讐をあきらめたターゲットもあったのだ。

そして真蔵は、狭山湖畔に遺体を埋める前に、恐ろしいことをした。それぞれの首を切断したのである。それは推理小説でときおり取り上げられるような被害者の身元隠蔽などのためではなく、またホラー小説でときおり描かれるような猟奇的な嗜好や、死者の復活を恐れる恐怖心から出たものでもなかった。

ほんの数時間前、警視庁捜査一課の志垣警部から、伊豆神雪乃の証言を聞いて私は愕然となった。

自分をクビにした人間の首を切る——それが暮神真蔵の復讐における唯一無二の目的だった、というのだ。

「おまえらに教えてやる。クビを切るとはこういうことだあ！」

深夜の湖畔、すでに殺害して動かなくなった遺体に向けて、真蔵はそう叫びながら、切断のために用意したナタをふり下ろしたそうである。そして、一度では切り落とせなかったので、二度、三度とナタをふるいながら「クビだ、クビだ！」と叫びつづけたのである。

いっしょに話を聞いていた夏川洋介氏は青ざめた顔でつぶやいた。「こんな動機は、聞いたことがない」と……》

そこまで文章を打ったところで、桜木大吾は手を止めた。そして、キーボードから両手を離し、それで顔を覆った。

夏川だけでなく、桜木の執筆の手も完全に止まった。

7

東京からきた週刊誌のスタッフが、食堂で夜を徹して作業している気配を居間で感じながら、米倉春子は午前二時を回っても、とても眠れる状態ではなかった。神経が興奮して、目が冴え渡っていた。

思い出すのは二十年前だった。しばらく東京へ行っていた暮神家の真蔵がひさしぶりに白川郷に戻ってきたかと思ったら、突然、春子と同郷の菅沼集落出身の紘子と結婚した。見た目も内面も地味な、真蔵より三つ上、春子より二つ上の女性だった。

五箇山も狭い世界だから、春子は、真蔵のほんとうの意中の人が伊豆神家に嫁いだ相倉集落の雪乃であることを当然知っていた。もちろん、紘子本人も知っていた。

真蔵は、雪乃の代わりを紘子に求めたのではなく、紘子との結婚はあくまで跡継ぎを作るためのもので、彼の愛はいまだに雪乃に注がれていることも、紘子は知っていた。それを承知でいっしょになった。

春子もそうだが、合掌造りの家に生まれ育った紘子は、その貴重な茅葺きの家をことのほか大切なものだと考えていた。

「人の家は人のもの、自分の家は自分のもの。けれども、人の屋根は自分のもの、自分の屋根は人のもの」

紘子は親からそうやって教えられてきた。合掌造りの茅葺き屋根は、集落全員の協力がなければ葺き替えることはできないから、屋根だけは全員の共有財産である。そういう認識があった。なにかの事情で茅葺き屋根の家が取り壊されることになると、その家の住人はもちろんだが、周りの者全員が、自分の家が取り壊されるような悲しみを覚えた。

だから紘子は、暮神家の家を守るためならば、そこへ嫁いでもいいと思った。「家」とは「家族」とか「家柄」という意味ではない。文字どおり、建造物としての「家」だった。

愛のない結婚によって長男の高史が生まれたとき、紘子は同郷の春子にだけは本心をそっとつぶやいたのだった。

「これで私のお役目は終わったようなものよ」

暮神家の家系ではなく、立派な合掌造りを守るために紘子は嫁ぎ、そして子どもを産んだのだという。

じつは、それが自分の哀しい立場をごまかすためのきれいごとであるのを、春子はわかっていた。だが、そういう理屈がまかりとおるような雰囲気が、白川郷の暮神家と伊豆神家の巨大な合掌造りには存在していた。

春子が女将として経営する民宿『まんさく』も合掌造りだったが、暮神家や伊豆神家の家ほどの存在感はない。それでも春子は、自分の人生も合掌造りに翻弄されてしまったと感じていた。

夫の雄治が暮神家の屋根の葺き替えで秘密の文書を見つけてしまい、伊豆神家の葺き替えのときにそのことを思い出し、つい注意力を失って屋根から転落した。そして、それがもとで若くして亡くなったからだった。

それだけではない。夫があれを見つけなければ、「週刊真実」の『濡髪家の殺人』は決して書かれることがなく、二十年ぶりに新たな悲劇などは起こらなかったのだ。

（けっきょく……）

春子は思った。

（雪乃さんのお婆さんの占いが、大はずれだったんだわ。あんな占いに従わなければ、雪乃さんも真蔵さんも幸せだった。そして、この私も……）

祖母の占いに従って不本意な結婚をした雪乃は、紘子より先に子どもを産んだが、伊豆神家のジンクスを破ることはできず、男の子ではなく女の子だった。しかも帝王切開で、二度と妊娠できない身体になった。だが、それでも光吉のやさしさは変わることがなかった。

暮神家の真蔵・紘子夫婦とは異なり、伊豆神家では雪乃と夫の光吉は仲むつまじかった。娘の季絵もいい子に育った。だが、それで雪乃が幸せというわけではなかった。

（いったい、あの人たちがどこまで真実に迫れるのだろう）

春子は、居間からは直接は見えない食堂のほうへ顔を向けて思った。

（白川郷も五箇山も、ついこのあいだまで知らなかった東京の人たちに、いったいどれだけのことがわかるのだろうか）

8

同じころ――

火傷の治療のために高山市内の病院に搬送された暮神真蔵は、朦朧(もうろう)とした意識の中で、過去の人生をふり返っていた。

三人の人間に復讐を遂げたあと、真蔵は故郷の白川郷に戻った。狭山湖に埋めた遺体は、ずっと発見されなかった。おそらく関係者のあいだでは、姿を消した三人について騒動になっていたはずだが、それと真蔵とが結びつけられることはなかった。

そして真蔵は年上の紘子と結婚した。割り切った結婚だった。だが、それで雪乃を忘れることができなかったのと同じように、東京でのおぞましい出来事も記憶から消すことはできなかった。

　三人の人物に対して復讐を遂げたが、最大の屈辱を舐めさせてくれた、わずか二歳しか違わない桜木大吾に対する怒りが収まらなかった。どうしても消せない殺意に苦しんだ真蔵は、十四年前、三十五歳のときに、まだ存命だった父の以蔵にすべてを打ち明けた。

　だが、よもやそれを文書にして残されるとは思ってもみなかった。いくら親としての正義が許さないからといって、すべてを告白して泣きついた息子を告発するなど、鬼としか思えなかった。しかもその文書が『まんさく』の主人に発見され、息子の高史に渡され、さらには、憎むべき桜木大吾が編集長を務める「週刊真実」の編集者に渡るとは、運命の皮肉というよりなかった。


　どうしても小説の連載を止めなければ破滅がくると確信した真蔵は、最悪の場合、作者の夏川洋介を殺す必要があるかもしれないとまで考えはじめていた。そして具体的な行動に出る前に、心の中に隠しつづけてきた過去の大罪を、雪乃にはすべて打ち明けておこうと決めた。そうでなければ、これから自分がとる行動を、雪乃は永遠に理解してくれないだろう。

「あとになってきみを幻滅させる前に、いまのうちに言っておきたい」

ひとこと前置きをしてから、真蔵は、自分がいかに誤った道を進んできたのかを一気に語った。三人を殺したことも、その首を切り落としたことも、ぜんぶ話した。首を切るという残酷で猟奇的な行為が、クビにされた報復であることも語った。雪乃と別れさせられ、東京での人間関係にもなじめず、なにもかも自暴自棄になったあのころ、自分で自分の暴走を止めることができなかったと、包み隠さず洗いざらい打ち明けた。

この話を聞いて、雪乃が恐怖の悲鳴を上げて逃げ出しても仕方ないと覚悟した。あるいは、雪乃の手で警察に突き出されるなら本望だと思った。

真蔵の告白を聞いた雪乃は、激しく震え、白い頰に涙を流した。だが、意外にもそれ以上は取り乱さなかった。

「東京でなにか大変な経験をしたのは、帰ってきてからの真蔵さんを見ていてわかりました」

雪乃は言った。

「真蔵さんをそこまで追い込んでしまったのは、まちがいなく私のせいです、私が祖母の占いを信じてしまったからです。だから私も、あなたの犯した罪をいっしょに背負います」

雪乃は涙に濡れた瞳で誓った。

その反応に真蔵は胸が詰まり、雪乃を抱きしめた。二十数年ぶりの抱擁だった。長い年月を経ても、雪乃の身体の柔らかさや、髪や肌の匂いは少しも変わらなかった。

しかし、その勢いで唇を合わせようとする真蔵を、雪乃は片手で静かに遮った。

「だめ。そこまでは戻れないの」

こんどは真蔵が涙を浮かべる番だった。

雪乃は真蔵への変わらぬ愛を示しても、ふたたび一線を越えるようなことはしなかった。夫の光吉に対しても、娘の季絵に対しても、雪乃は誠実だった。ただ、夏川洋介に連載中止を求める脅迫状をしたためる役は、進んで引き受けた。

雪乃にしてみれば、それは犯罪の片棒を担ぐものではなく、真蔵の窮地を救うための協力だった。

しかし、名古屋から投函したその手紙に対して、夏川からなんの反応もなく、小説の内容にも目に見えた変化があるわけでもなかった。暮神家と伊豆神家をモデルにした推理小説は、作中ですでに七人の死者を出し、さらに犯人は、あとひとりをどうしても殺したがっているところまで描かれていた。

真蔵はあせった。いつ、どこで「狭山湖」という具体的な土地の名前が、出てくるかわからなかった。あるいは暮神家に比定される濡髪家当主の犯罪が赤裸々に暴かれるかわからなかった。同作品で探偵役の秋山陽介に追いつめられる、小説上の犯人になった気分だった。

十一月に入って、真蔵はじっとしていられなくなった。連載開始一週間前の誌上で、夏川が名前を出して感謝していた担当編集者の山内に接触することに決めた。最初に電話をかける役は雪乃に頼んだ。そして日曜日の夕刻に、彼と会うことになった。場合によっては、そのまま夏川殺害に移行してもよい準備を整えて、真蔵はその場に臨んだ。

山内は、夏川先生の自宅に届いた脅迫文書はあなたが書いたのかと問い詰めてきたので、真蔵はそうだと答えた。すると、意外な言葉が山内の口から出た。

「連載中止を求める件で夏川さんと会おうとしても、意味ないですよ。交渉をするならぼくを窓口にしてください。そして、まずあなたがそこまで必死に連載をやめさせたい真の理由をハッキリと言ってください。白川郷全体のイメージダウンだなんてタテマエじゃなく、小説がつづいては困るほんとうの事情を教えてくださったら、ぼくの判断でストーリーを変えてもいいです」

暮神高史から受け取った「屋根裏文書」が、伊豆神光吉の犯罪を示唆しているものと確信している山内は、光吉ではなく、真蔵が連載ストップをかけてきたことをいぶかしがりながら、そう言った。

一方の真蔵も、山内の言葉に納得がいかなかった。

「編集者のあなたが、作家に無断で筋書きを変えられるわけないでしょう」

すると山内は、ここだけの話ですよ、と、もったいぶった前置きをしてから、小声でささやいた。

「じつはね、あの小説はぼくが書いているんです」

その瞬間、山内の運命は決まった。

9

「山内さんは日曜の午後九時に、夏川先生と名古屋で会う約束をしていました。しかし、司法解剖の結果からみると、その時点ではすでに殺されていた公算が強い」

梨夏の耳に差したICレコーダーのイヤホンからは、和久井刑事の声が流れつづけていた。

「でも、予定を変更して名古屋を通り過ぎて白川郷まできていたなら、事前に夏川先生に連絡があってしかるべきです。そういう連絡もなしに殺されてしまったのはなぜか」

「山内君は私に内密で、暮神真蔵と会いたかったんでしょう」

夏川が発言すると、和久井がすぐに応じた。

「たしかにその可能性もあります。しかし、もっと単純な状況を想像してみたらどうでしょう。山内さんはとくに夏川先生に連絡をとる必要を感じていなかったから、電話もメールもしなかったのかもしれません」

「私に連絡をとる必要がなかった、とは？」

「殺される直前まで、山内さんは予定どおり先生と午後九時に名古屋で会うつもりだった、ということですよ。それなら、とくに連絡を入れる必要もないでしょう？」

「しかし、すでに白川郷にきていて、そこから折り返し名古屋に戻ってくるつもりだったら、そのことぐらい前もって知らせてもよさそうですが。そしたら、彼がいちいち名古屋まで戻らずに、私だけが白川郷へ向かえばよかったんだし」

「違うんです。当初の予定だと、山内さんはどこから名古屋にくるつもりでしたか？」

「もちろん、東京です」

「ですよね。だから山内さんは東京にいたんです。そして真蔵に殺される時点では、まだ名古屋に午後九時にじゅうぶん着ける時間帯だった。ゆえに、先生に連絡を入れる必要を感じていなかった」

「ちょ、ちょ……ちょっと待ってください」

夏川の混乱する声が、イヤホンを通して梨夏の耳に届いた。

「山内君は東京にいたんですって？」

「そうです。私の推理が正解であることは、ここにおられる雪乃さんが認めているんです。そうですね、雪乃さん」

ＩＣレコーダーには雪乃の声が拾われていなかったが、目を伏せ、無言でうなずいている姿を、その場にいた梨夏は思い出していた。

「つまり、こういうことです。切断された首が東京に運ばれたのではなく、首から下の本体が白川郷へ運ばれたんです」

《完璧なまでの逆転！》

梨夏は、パソコンにそう打ち込んだ。

10

午前二時半――
いま雪乃は、高山署へ向かうパトカーの中にいた。両脇には志垣警部と和久井刑事、そして庄野警部がハンドルを握っていた。

車はすでに東海北陸自動車道から出て、高山清見道路の小鳥トンネルを走行していた。トンネル特有の照明が前から後ろへと流れていくのを後部座席から見つめながら、雪乃は日曜日の夜の出来事を思い出していた。

真蔵から「小説のほんとうの作者は編集者の山内だった。そいつの首を切り落として多摩川の河川敷に置いた。『濡髪家の殺人』は、これで終わった。もうつづけることはできない」という連絡を自宅にいて携帯で受けたとき、雪乃は「すぐにそこへ行きます。詳しい場所を教えてください」と叫んだ。「おまいりをしないとダメです。祟ります！」

二十年ぶりに犯した真蔵の大罪を咎めるより、死者の霊を弔いたかった。そうしないと、絶対によくないことが起きると思った。祖母の占いが自分と真蔵の人生を誤った方向へ走らせたと反省していながら、祖母と同じように、祟りとか霊の存在を雪乃は信じていた。

気がつくと、亡くなった祖母が楽器としてではなく占いの道具として使っていた「ささら」を手に、自分の車に乗り込んでいた。

夫の光吉は、妻があわてた様子で出かける姿を見ても、なにも言わなかった。まるで、すべてを見通しているように、少し悲しそうな目で見つめていた。

光吉はカンの鋭い人間だった。そして、家族の気持ちをよくわかってくれる夫であり父だった。一瞬だけ合わせたその眼差しは、「きみは、ぼくの妻になるべき人ではなかったんだね」と言っているようだった。

雪乃は、光吉はすべてを察しても、きっと自分を守り通してくれる人だろうと感じていた。

事実、のちに山内の胴体発見をきっかけに開かれた集会で、光吉は事件に関するおのれのアリバイを問われて、こう答えていた。

「私のアリバイは、ないよ。娘は、昨日の晩に東京から呼び寄せるまでこっちにはいなかったし、女房は……女房の証言があったところで、家族はアリバイの証人になれんのだよな」

家族どうしではアリバイの証人になれないことを引き合いに出し、あたかも自分が家にいなかった可能性を匂わせながら、じつは妻のほうがいなかったという事実を伏せた。

光吉は真蔵と激しく言い争いながら、妻の雪乃のことだけは、なにがなんでも守ってやろうとしていたのだ。雪乃は天からの大切な授かりものだと思っていたから……。

真蔵からの一報を受け、夫に対する後ろめたさを覚えながら車に乗り込んだ雪乃は、冷え切ったハンドルを握り、エンジンをかけたが、東京まで車で行くつもりはなかった。夜とはいえ、まだ早い時刻だった。車は名古屋駅の駐車場に置き、そこから新幹線で東京へ向かうつもりだった。

東京の地理にはまったく不案内だったが、真蔵は山内の生首を置いた場所を、携帯のGPSデータで送ってきた。だから、東京駅から多摩川の近くまで電車を乗り継いでいき、適当な駅からタクシーを拾い、多摩川より少し離れたところで降りれば、あとはピンポイントでその場所に行き着くことができるはずだった。

雪乃は運転しながら泣いていた。ごめんなさい、ごめんなさい、とつぶやきながら泣いていた。それは殺された山内に対しての謝罪であり、自分のせいでここまで間違った道を暴走させてしまった暮神真蔵への謝罪であり、そして夫の光吉と娘の季絵に対する謝罪であった。

名古屋に向かって走る車の中で、雪乃はまた真蔵からの電話を受けた。

「おれはいま東名を名古屋方面へ走ってる」

真蔵の声はうわずっていた。

「おれはアリバイ工作のためだけに、こんなことをやっているんじゃない。すべてはエサだ。桜木の野郎を誘い出すためのエサだ。必ずあいつは食いついてくる。だから早く食いつかせるために、山内の名刺を生首の口にくわえさせた」

「もうやめて！　そんなことを言うのは」

片手ハンドルになって、雪乃は携帯に向かって叫んだ。

「私は、自分の力ではあなたを止められないことを知っています。桜木さんという人を殺すまで、このまま走りつづけることを知っています。でも、やっぱりやめて。もう復讐は終わりにして。こうやって関係ない人まで巻き込むのだったら。小説は止めてほしかったけど、人を殺してまで止めてほしくなかった」

「やめない」

真蔵は冷たい声で言った。

その声の背景に、やけにうるさいエンジン音が聞こえていた。

「おれは桜木の首を切り落とすまでやめない」

そして真蔵は大声で叫んできた。

「クビだ！　あの野郎をクビにしてやる！」

「刑事さん」

パトカーの後部座席に座った雪乃は、まっすぐ前を向いたまま言った。

左隣の志垣と、右隣の和久井は、どちらに向かって呼びかけたのかわからず、同時に声を出した。

「なんでしょうか」

「私……」

雪乃はしっかりした声で言った。

「自分も罪を背負うことはわかっています。でも、私をできるだけ早いうちに、狭山湖へつれていってください。真蔵さんが手にかけた方たちのお弔いを、どうしてもしてさしあげたいんです」

運転する庄野警部が、硬い表情でバックミラーを覗いた。

パトカーがトンネルを出た。急に広い闇の中にほうり出された感じだった。ヘッドライトの光に浮かぶ道路の両側には、まだ白い雪が残っていた。

11

「夏川先生は、このあたりで生まれ育ったそうですよ。ここは大田区の矢口という場所です」

火傷の痛みに唸りつづける暮神真蔵は、いつしか病院のベッドの上で、惨劇の夜の再生を見ていた。

真蔵が苦しむ様子を見て、医師が睡眠薬に近い成分の薬剤を投与したのを、自分では気づいていなかった。朦朧としていた意識が、より夢の世界に近づいていた。

だが、その夢は現実の正確な投影だった。

真蔵が運転するワンボックスカーは、山内の案内で多摩川の土手に面した高層マンションが建ち並ぶ場所にきていた。時刻は日曜日の午後六時十五分。十一月も中旬ともなれば、その時刻は完全に夜だった。近隣のマンションの明かりや水銀灯の明るさが目立ったが、大きな木立によって周辺からの視界が遮られる薄暗い場所も数多くあった。

真蔵はその暗がりへワンボックスカーを寄せた。白川郷から乗ってきたおんぼろのワンボックスカーは、低速走行でも高速走行でもそれなりにうるさかった。そしてボディのあちこちでやたらと金属板が振動するような音を立てた。しかし高速道路では、とりあえず時速百キロは問題なく出た。

これは平瀬温泉にある知り合いが経営する中古車解体修理工場から、まだナンバープレートがついて動くものを選び、けさ無断で持ち出してきた。

まだじゅうぶんに動く車だったが、車検を取り直してまで使えるほどのものではなく、近々解体される運命にあるからこそ、工場のストックヤードに放置されていた。

二束三文の価値しかない車だからキーもつけっぱなしで、ゲートで囲まれているわけでもない空き地のようなところにほうりっぱなしだった。素朴な田舎らしく、鷹揚(おうよう)なものだった。しかも日曜日の工場は休みで誰もいなかった。

車体のあちこちに錆の浮き出たそのワンボックスカーの助手席に座る山内は、品川駅を午後七時七分に出て名古屋駅に八時四十三分に着く「のぞみ」に乗れば夏川さんとの約束にまにあいますから、と言って、それまでの約束で合流し、夏川洋介が子ども時代を過ごした場所へと真蔵を案内した。

夏川洋介が恋愛小説家として大成功を収めながら、その成功が長続きせず、山内がゴーストライターとなって助けざるをえなかった原因として、山内は夏川の根底にある性格の暗さを挙げた。それを詳しく説明するために、わざわざここへ真蔵をつれてきた。

運転席から周囲を眺め回した真蔵は、予定を実行するには絶好の場所だと判断した。ここできみは死ぬんだよ、と、声を出さずに助手席の山内に呼びかけた。

「むかしはこのあたりは長屋のような木造家屋が建ち並んでいたそうで、そこで生まれ育った夏川先生は……」

「夏川さんの生まれ育ちはどうでもいいんですが」

真蔵が遮った。

「もう一回確認させてください。『濡髪家の殺人』は夏川さんが書いているのではなく、あなたが作者だというのはほんとうですね」

「ほんとうです」

「そのストーリーは、一からあなたが考えたものですか。それともなにか参考にした資料でもあるんですか」

「暮神さん」

山内は闇を透かし、斜め前方に見える多摩川の土手に目をやってたずねた。

「それは高史君が民宿の主人から手渡された文書のことですか」

「そうです」

真蔵は助手席の山内を見つめながら、ドアポケットの中に忍ばせたナイフへ右手をそっと伸ばし、その動きを察せられないように質問をつづけた。

「山内さんは、それを息子から預かったでしょう」

「預かりました。もちろん暮神さんも中身をご存じですね」

「実物は見ていないんですよ。息子があなたにそれを渡してだいぶ経ってから、じつはこんなものを雄治さんから預かったと聞かされましてね」

「でも高史君から、その筆者が誰であるかも聞いたんでしょう？　そして、そこに書かれている恐ろしい罪を犯した『息子』が誰であるかも」

「聞きました。もう亡くなっている伊豆神家の先代、宗吉さんがそれを書き、いまの当主である光吉さんが若いときに犯した罪を悔いている内容だったと」

「では、あなたはなぜ伊豆神さんをかばうんですか。伊豆神家は暮神家にとって、いわば敵のような存在でしょう」

「べつにかばったりはしていません」

「しかしあなたは、こうやって必死になって『濡髪家の殺人』の連載中止を求めてきている」

「では、恥を忍んで申し上げましょう」

真蔵は、ナイフを握っていない左手だけをハンドルに載せ、少しおおげさなため息をついた。

「あれはね、息子の自作自演なんです」

「自作自演?」

「そうです。高史は小さいころから妄想癖があって、ときどき遊びと現実の区別がつかなくなるんです。大きくなれば直るだろうと思っていましたが、中学生になっても、高校生になっても直らない。それこそ小説家にでもなってくれれば、その欠点も長所に変わるのかもしれませんが」

「つまり、あの文書に書かれた内容は、百パーセント高史君の空想だとおっしゃる」

「ええ、百パーセント」

「あれほど達筆な筆文字も、高史君が書いたんですか」

「はい。あの子は小学生のときから書道を習っておりましたので」

「添えられた地図も、高史君の空想の産物ですか」

「なんですか、そういう地図も添えてあったらしいですな。それもごらんになりましたか」

「見ましたよ。三人の死体が埋められている狭山湖畔の場所を特定する地図を」

「まあ『宝島』ですな」

　真蔵は唇を歪めて笑った。

「宝物のありかが記された地図を描いたりするのが、高史は好きでした。それのアレンジですよ。死体とは少々物騒ですが」

「………」

「夏川洋介さんは……いや、ちがった、山内さんは、それをまにうけて小説に取り込まれた。だから私は困っているんです。決して伊豆神さんをかばうとか、そういう問題ではない。息子の恥を全国にさらされているようで、いたたまれないんです」

「そういう話ですか……」

　ひと言つぶやくと、山内は目を閉じた。頭の中で真蔵の言葉を信じてよいものかどうかを検討しているふうに、真蔵自身の目には映った。

「ねえ、山内さん」

目を閉じたまま沈黙をつづける山内のほうへ身体をひねって、真蔵がたずねた。

「夏川さんは、どこまでごぞんじなんです」

「あの人は小説作りにはなにも関わっていません」

山内は目を閉じたまま答えた。その答えに、夏川への軽蔑が滲んでいた。

「高史君から得た情報については、まだなにも話していません」

「ほんとに夏川さんは、編集者のあなたにまかせっぱなしなんですか。驚いたな」

「ただし、今晩名古屋で合流したら、先生にもすべて話しますよ」

「ほう」

ナイフを握りしめる真蔵の右手に力が入った。

「じつは夏川先生も、白川郷で実際になにか重大な出来事があったのではないかと察しはじめたものですからね。さすがに私も『濡髪家の殺人』の背景を打ち明けずにはいられないんです」

「名古屋で合流ということは、そのあと……」

「ええ、一泊してから明日朝、白川郷へいっしょに取材に行くことにしています」

「なにを取材されるんですか」

「いろいろです。私も小説担当とはいえ、まがりなりにも『週刊真実』の編集者ですからね。事件性のある情報を知りながら、黙ってはいられないんです。場合によっては伊豆神光吉さんにお会いしてもいい。それにしても……」

「それにしても？」

「暮神さん」

閉じたまぶたに力を入れ、眉間に縦皺を刻んで、山内がきいた。

「あなた、例の文書と地図はすべて高史君の捏造だとおっしゃいましたね」

「ええ」

「でも、私が見るかぎりでは、あの筆書きの文書はずいぶん年月を経たものにみえました。十年以上は経っている気がします。いくら高史君が書道に秀でていても、小学生にあれは書けない」

「ひょっとすると、高史はそれが年代物であるかのように加工したかもしれません。それぐらいのことはやる子です」

「そして自分で屋根裏の隙間に差し込んで、自分でそれを取り出して『見つけた』と」

「まあ、そんなところでしょう」

「ということは、『まんさく』のご主人が屋根の葺き替え中に見つけ、驚いて落ちたという話も」

「高史の作り上げたストーリーでしょう。あの子は、人の不幸もそうやって物語の肉付けに使うんだから困ったものです。私も『まんさく』の春子さんに合わせる顔がないですよ」

「暮神さん」

そこで山内は急に目を開き、真蔵のほうを向いた。

真蔵はギョッとなった。

助手席と運転席に座るふたりが、おたがい横に身体をひねり、正面から見つめあった。

「私も夏川先生の名義でずいぶん推理小説を書いてきました。だから直感的に思うところがあるんです。『まんさく』の米倉さんが文書を見つけた屋根というのは、伊豆神家の屋根ではなく、暮神家の屋根だったんではないですか」

「ほ、ほう」

真蔵が唇を丸めた。

「すると、どういうことになりますかしら」

「どういうことになるって……」

真蔵を見つめる山内の瞳に、警戒と恐怖の色が浮かんだ。

「あ、そうだ。山内さん、これ、ちょっと持っててくれます？」

真蔵はサイドブレーキの脇に無造作に置いた雑巾を左手で持ち上げた。洗車用などに使われるごく平凡な雑巾だった。

「なんですか」

自分の顔の前にぶらさげられた雑巾を、山内は反射的につまもうとした。

その瞬間、真蔵が隠し持っていたナイフが繰り出された。雑巾が視界を邪魔して、山内にはその動きが見えなかった。

いきなりナイフが山内の喉に突き立てられた。山内はカッと目を見開いた。

すぐさま真蔵は雑巾で血の噴出を抑えながら、突き刺したナイフをさらに深く突き立て、そして左右に揺さぶった。

12

そこから真蔵の夢は早回しのように加速した。

ワンボックスカーの後方には、自宅裏山の土を大量に入れた大型のフラットケースが載せてあった。首の切断はそこで行なう計算である。近いうちに解体される可能性の高い車とはいえ、工場に返却するときには、極力血痕が目立たないようにしなければならない。そのため、あらかじめビニールシートが随所に張ってあった。

首を切断したあとの胴体は、三列並んだ座席の最後部中央に逆向きに、背中を丸めて引っかけ、動かないようにロープで固定する。その場所なら遺体の足もまっすぐ伸ばしたままにできた。

東京へ発つ前に、自宅裏山の崖面には横穴を掘っておいた。そこに入れ込むことを想定して、車の中で同じ姿勢で死後硬直を起こさせる必要があった。もちろん、その上に毛布をかけて、外部からは見えなくする。

真蔵は、遺体の血液が重力の方向に溜まって生じる死斑という現象にも留意していた。あくまで殺害と首の切断は白川郷の裏山で行なわれたことにしなければならない。

切断作業のさいに山内の血液をたっぷり吸い込んだフラットケースの中の土は、現場の地面や横穴に埋め戻されることになる。最後列の座席のさらに後ろに設けられた荷物スペースにも、同じように土を盛った別のケースがあり、胴体側からこぼれ出る血液の受け皿にした。

二十年ぶりの切断か、と真蔵は昔のことを思い出した。少し複雑な気分だったのは、以前の標的と異なり、山内修三に対しては個人的な怒りや怨みがまったくない点だった。気の毒だと思った。

だが、山内の口をふさぐためには殺害以外に選択肢はなく、しかも最終ターゲットの桜木をおびき出すには、首切りというハデな演出が必要だった。なおかつ、それは真蔵のアリバイを証明する役割も果たさねばならない。

　東京で殺した死体の胴体部分を、わざわざ白川郷の自宅のそばまで持っていくのは、間違いなくリスキーだった。だが、だからこそ、その胴体が最も近くに住む人間によって、遠く離れた東京から持ち込まれたとは思われないはずだ。真蔵にはそういう計算があった。

　過去に人を三人も殺していれば、殺人の罪から逃れるための計算は、かなり細かいところまで立てられた。慣れというものだった。


　首を切断し、胴体を予定の恰好にセットし終えたのが午後六時四十五分。幸いにもワンボックスカーを停めた暗がりに近づいてくる人影はなかったので、作業を途中でストップする必要はなかった。

　そして一連の作業中に使用したゴム手袋をはずすと、こんどは軍手にはめかえ、スーパーのレジ袋を三重に重ねた袋に生首を入れた。それを片手にさげて車から出て、小走りに土手を駆け上った。

　自動車もバイクも通行できない、自転車と人間だけが行き来できる幅の狭い堤の上に出た瞬間、真蔵は立ちすくんだ。

車を停めた土手下と違って、そこはあまりにも開放的な風景だった。多摩川の黒い流れが右から左へ滔々と流れていき、対岸には神奈川県の夜景が広がっていた。

東京都側と神奈川県側を結んで多摩川に架けられた橋の上を、ヘッドライトを灯した車の行列が無数に行き来していた。

さらに驚かされたのは、いきなり自分のほうに向かって走ってくるいくつもの人影を見つけたときだった。それが土手上の道をジョギングする人々だと気づいたとき、真蔵は凍りついて動くことができなかった。

だが、トレーナーやパーカーを着込んで走る人々は、求道者のようにただ黙々と前へ進むことだけに集中しており、堤の上で生首入りの袋をさげたまま棒立ちになっている真蔵を視野に入れても、まったく関心を示さなかった。

おそらく彼らの目には、スーパーで野菜でも買って、それをレジ袋に入れて家路につく独身者とみえたのかもしれない。

「キャハハハー、サイアク〜」

という笑い声が聞こえたので、また真蔵は固まった。

淡いライトを灯し、携帯を耳に当ててしゃべりながら、片手ハンドルで自転車をこぐ制服姿の女の子が、ふらふらと左右に車体を揺らして近づいてきた。

あわてて真蔵がよけようとすると、よけた方向に自転車が蛇行する。それの繰り返しで、あわや生首を入れた袋にぶつかるかと思うほどの至近距離を通過していったとき、すれ違いざまに女の子と目が合った。

なんだよ、このスケベオヤジ、色目で見るんじゃねーよ、という声が聞こえてきそうな目つきだった。

つづいて逆方向から、また自転車のライトが近づいてきた。こんどは背広姿で眼鏡をかけたサラリーマンで、後ろの荷台に通勤カバンを縛りつけ、前のカゴには食料品がはみだしたスーパーのレジ袋が積んであった。

その男も真蔵と目を合わせたが、まるで同類を見るようなまなざしで真蔵のさげたレジ袋にチラッと目をやったかと思うと、あっというまに過ぎ去っていった。

頼むからみんな、おれの姿を記憶にとどめないでくれ、と真蔵は祈った。とっぷりと日が暮れてから、川沿いの土手でこれほど多くの人間とすれ違うとは、白川郷ではありえない話だった。学校から、職場から家路につく人々と、生首をさげた自分との交錯が、あまりにも非現実的な光景に思えた。

しかも、上流側に架かるガス橋や下流側に架かる多摩川大橋は、いずれも下り方向の車の流れがますます濃密になり、ヘッドライトの動く速度が遅くなっていた。帰宅ラッシュによる渋滞が起きているのだ。

白川郷では、夜は「静」である。しかし東京では、夜は「動」だった。その違いに驚いた二十二年前の自分がよみがえってきた。

それからふと我に返ると、真蔵は河川敷のほうへ下りていく小径を見つけて、そこを下った。

そのころには、あわてて走ったりせずに、ゆったりと自然な動作で事を済ませるべきだということがわかってきていた。

そしてジョギングやサイクリングの人影が消えたのを見計らって、河川敷の草むらに、レジ袋から取り出した生首をきちんと置き、本人の名刺を一枚抜き取って、半開きの唇に差し込んだ。

目を閉じた山内は、されるがままに自らの名刺をくわえていた。

背丈の長い雑草のあいだに置いたため、数歩下がっただけで、もう生首は見えなくなった。真蔵は、空になったレジ袋をくしゃくしゃに丸めて、手に握った。袋越しにも、中に血が溜まってぬるぬるしている感触がわかった。

それから白川郷の自宅にいる雪乃に連絡を入れると、新たな殺人の完遂を知った彼女は衝撃を受け、どうしても現場でおまいりしたいというので、GPSで位置情報を送った。その携帯も、念のためにレンタル品を使った。

結果として、雪乃が午前二時に現場にいたところを偶然目撃され、おかげでなおさら真蔵のアリバイを完全なものに見せかけることになった。

13

多摩川出発は午後七時五分すぎ。往路、東京に入った時点でガソリンは満タンにしておいたし、トイレも済ませたので、首無し死体を乗せた状態でガソリンスタンドやサービスエリアに立ち寄る必要はない。白川郷までノンストップ五百キロあまりの帰路は、七時間ほどかかった。

東名高速で名古屋方面左の標識を見たとき、いまごろ夏川洋介は、担当編集者が首無し死体となって白川郷へ向かっていることなど知らずに待っているのだろうと思った。

一宮ジャンクションで東海北陸自動車道に入り、その高速を出るときは、慎重を期して白川郷出口は使わず、二つ手前の荘川インターで下りた。

高速道路は荘川―飛騨清見―白川郷間のところで、高山へのアクセスの利便を考えて大幅に東へ迂回する。そのため、荘川からは一般道を使ったほうが白川郷までは最短距離となり、白川郷のメインストリートの分岐までの約三十六キロ区間、国道上には信号がたったの一個しかない。平均時速は落ちても所要時間が大幅に増えるわけではなかった。

国道156号線を北上し、平瀬温泉の前を通る。このワンボックスカー車を無断で持ち出した平瀬温泉の工場前を通り、自宅裏の二神神社のそばへ戻ったのが午前二時すぎだった。

東京と異なり、この時間帯の白川郷は深い闇に包まれて、合掌造りの家々の明かりもほとんど消えていた。とくに二神神社周辺は真っ暗で、明かりひとつない。誰かに目撃される心配はなかった。

車を停め、あらかじめ横穴を掘っておいた場所へ遺体を運ぶと、山内の血液を吸い込んだ現場の土を混ぜながら、崖の中に頭を突っ込んだような形で遺体を固定した。ペンライト一本の明かりでの作業だったが、すでに死後八時間近く経過しており、遺体はかなり硬直していたため不便はなかった。

天気予報では、つぎの晩から季節はずれの大雪になりそうだった。もしもその雪が死体を長く隠すことになった場合、それが自分にとって有利なのか不利なのかと考えながら、真蔵は白い息を吐いて遺体の固定に集中した。

作業完了は午前三時すぎ。それからワンボックスカー内部の清掃を終えたのが午前四時前だった。この車が山内の遺体と関連づけて調べられるケースはまずない。だから見た目に血液が目立たなければじゅうぶんだった。

　午前四時十五分、盗み出した車を平瀬温泉の中古車解体修理工場のストックヤードに戻し、朝くるときに乗ってきたバイクに乗り換えて自宅に戻った。

　バイクにまたがっているとき、ワンボックスカーのトリップメーターが白川郷―東京の往復分、千キロ以上も増えてしまったことに、いまさらながらに気がついた。しまった、と思った。だが、転売する目的さえなければ、走行距離計の増加には気づかれないだろうと、楽観的に考えることにした。仮に、真蔵の友人であるその経営者がメーターの異変に気がついても、その謎はおそらく解けない。そして、数字の記録ミスとして納得してくれることを祈った。


　自宅に戻ると、妻の紘子は寝ているようだった。だが、日曜の朝から夫が家を空けていることは、もちろん知っている。しかし、説明したくないことは、きかれても答えないのが真蔵のつねだったから、紘子は、どこへ行ってたんですかとは、追及してこないはずだった。そんな干渉をすることもなくなっているほど、夫婦のあいだは冷めていた。

　真蔵は、念入りにシャワーを浴びて全身を洗ってから形ばかり寝床に入り、それからすぐに紘子を叩き起こした。腹が痛い、三浦先生を起こすしかないかもしれない、と……。

それが午前五時前だった。

(アリバイは完璧だ)

朦朧とした意識の中でみる夢で、真蔵は勝ち誇っていた。

(おれは完全犯罪を成し遂げた。あとは、桜木を殺すだけだ)

すでにそのアリバイは崩壊し、警察に逮捕されて、火傷の治療のために緊急で入院しているにすぎない立場にありながら、夢の中の真蔵はその現実を認識していなかった。

そしていま、真蔵は光り輝く空間で雪乃を抱いていた。

雪乃も真蔵も、結婚を固く信じていた二十三年前の姿だった。二十三年前の顔で、二十三年前の裸身だった。真蔵は二十六歳で、雪乃は二十歳である。

「雪乃、とうとういっしょになれたね」

「はい。とうとう……いっしょに」

裸で抱き合い、真蔵は雪乃の柔らかな唇に、自分の唇を押し当てた。

「長かったよ」

雪乃の唇を撫でるようにして、真蔵は唇を動かし、言葉を発した。

「ぼくたちは二十三年もの長い時間を、誤った道を進んできた。でも、いまやっと元の場所に戻ることができた」

「時の流れって、戻せるんですね」

こんどは雪乃が真蔵の唇を撫でるように唇を動かした。

「そうだよ。時間の流れは戻せるんだ。人間は、誰でも間違った方向へ進んだ分岐点まで、人生を戻すことができる。そして、こんどこそ正しい方向へ進み直せるんだ」

「知らなかった……そんなことができるなんて」

「雪乃」

真蔵は、相手の裸身をより強く抱きしめた。

「ぼくと、結婚してくれるね」

「はい」

「そして、一生ぼくのそばにいてくれるね」

「はい」

「愛してるよ。もう、絶対に放さない」

そして真蔵は、雪乃の唇を強く吸った。

だが、温かく柔らかな唇は、あっというまに硬く、氷のように冷たくなっていた。

その異変に気づいたとき、真蔵の唇に接していた氷の唇がつぶやいた。

「なぜ私が死んだかわかりますか」

「え？」

「あなたのしたことが、ぜんぶわかったからです」

真蔵は驚いて唇を離した。

そこにいるのは雪乃ではなかった。妻・紘子の生首が、じっと目を見開いて真蔵を見つめていた。

真蔵は絶叫をほとばしらせた。

医師と看護師と、廊下に待機していた児島警部補が病室になだれ込んできた。

14

「できた」

「できました」

精神的な苦痛を乗り越え、自分の持ち分の原稿を、桜木大吾と夏川洋介が相次いで仕上げたのは、午前八時を回ったところだった。

加々美梨夏は、それより一時間も早く書き上げていた。

すぐにそれを援軍の記者が客観的な視点で読んで、疑問があれば書いた本人に問い質し、きちんと修正ができたものを本社で寝ずに待機している矢吹をはじめ、デスクに一斉送信する。校正者にもそれが渡る。

本来なら編集長の桜木が最終確認をしなければならないが、精も根も尽き果てた彼に、いつもの職務を遂行させるのは無理だった。ふたりいる副編集長が編集長チェックに相当する最終確認を分担して行ない、それで印刷所に入れる段取りになっていた。なんとかこれで予定どおり、来週月曜日の最新号に穴を空けずにすむはずだった。

午前九時ちょうど、本社の矢吹から桜木に電話が入った。

「驚きました、編集長」

矢吹が喉を詰まらせたような声で感想を述べた。

「それ以外に、コメントのしようがありません」

「独占スクープ、発売だな」

桜木は笑いながら言ったつもりだったが、頬が引き攣って笑いにならなかった。

「ほんとうにおつかれさまでした、編集長。とりあえず、ゆっくり休んでください」

「ありがとう。あとは頼むよ。ああ、それから、山内の遺体をグラビアに使うと言った発言は撤回する。おれはどうかしていた」

「え？　そんなことは聞いていませんが」

「そうか……おれの頭の中で、一瞬考えただけだったか」

ふっと笑って、桜木は電話を切った。

「編集長」

いつのまにか梨夏が立ち上がって、目の前にきていた。

「これから、どうなさるんですか」

「おれか？　わからん」

携帯をパタンと閉じてから、桜木は肩をすくめた。

「おれの命運は、もうおれの手を離れた。といって、会社の上層部の手にあるわけでもない。おれの進退は世間が決める。……ま、そんなところだ」

「私のほうの進退は、もう自分で決めましたよ、桜木さん」

そう言いながら、夏川洋介が近寄ってきた。

「このたびはいろいろご迷惑をおかけしました。にもかかわらず、人生最後の文章を誌上に載せる機会を与えてくださって、ありがとうございました」

「人生最後の、って？」

桜木より先に、梨夏が心配そうにきいた。

「別に死ぬわけじゃないよ」

夏川は弱々しく笑った。

「これからどうやって食べていくかは、ゆっくり考えていくことにするが、少なくともぼくは作家の看板は下ろさなければならない。もっとも、実質的には五年前に廃業したも同然だが」

「でも、先生はこれだけの体験をなさったんですから、それを乗り越えれば、またいい作品が」

「いや、それはない」

必死に励まそうとする梨夏に向かって、夏川はきっぱりと否定した。

「ゆうべ、みんなの前で言ったように、多くの文芸作品は負け犬の品評会だ。私の恋愛小説もその例に洩れない。作家なんて、負け犬の遠吠えの大きさを競っているような商売だよ」

夏川は自嘲的に言った。

「それでも作家として出直すことがあれば、それは人生の失敗などとは無関係な作品を書いて再スタートすることにしたいんだ。ただ、それだけの材料が見つかるかどうかはわからない。

ともかく、ぼくは夏川洋介の名前を捨てる。そして本名の斉藤正として、晩年の領域に入っていきたいと思う。人生はね、梨夏」

短いあいだだったが、恋人としてつきあってきたときの眼差しで、夏川は梨夏を見た。

一後悔の分岐点に戻ろうと思ったって、絶対に戻れないんだ。無理して時間の流れを遡ろうとしても、時間の流れに溺れるだけの結果しか招かない。だから前へ進むしかないんだ。過去を捨てて、新しい生き方を求めるしか」

そして夏川は、桜木のほうにも顔を向けてつづけた。

「山内君はぼくの身代わりとなって小説を書き綴ってきました。でも、生命までぼくの身代わりになって捨ててしまった。私は一度は死んだ生命です。これからの人生はおまけと思って、本名でしっかり生きていきます。それに……」

夏川は、朝の光が入ってきた食堂の窓から、合掌造りの家々が眺められることに気がつき、そちらに歩み寄って言った。

「引きずるには、あまりにもつらい過去ですしね」

世界遺産に登録された合掌造りの家並みは、まさにその名前のとおり、手を合わせて合掌をしているようにみえた。

悲劇の被害者の鎮魂だけでなく、加害者の立ち直りをも祈るように、白川郷のすべての家々が両手を合わせていた。

15

「高史君」

ブラインド越しに朝の光が病室に差し込んできても、暮神高史はまだ夜がつづいているように昏々と眠りつづけていた。付き添いの警察官の許可を得て、その枕元に立った伊豆神季絵は、自分の言葉が相手の意識に届くことを信じて、しっかりとした声で呼びかけた。

「私のことを、好きになってくれて、ありがとう」

同じ病棟のワンフロア上では、火傷を負った真蔵が入院している。高史は、父が同じ病院にいることも知らず、いまは薬の効果で深い眠りに就いていた。

その眠りから醒めたとき、以前の自分を取り戻せるかどうか、その可能性は五分五分ですと語る医師の言葉が、季絵の胸に突き刺さっていた。

「季絵」

その言葉にふり返ると、母の雪乃が、志垣警部に付き添われて立っていた。さらにその後ろには、父の光吉もいた。

誰もが一睡もしておらず、眼を赤くしていた。

「お母さん……」

「ごめんね、季絵」

「ううん」

季絵は首を横に振った。

「お母さんが謝ることなんて、ないよ」

「私もそう思う」

伊豆神光吉が、かすれた声で言った。

「誰が悪いという問題ではない。雪乃や真蔵さんが一身に背負う問題でもない。ただ、こんどの事件でひとつだけよいこともあった。それはな、戦国時代からつづいてきた、つまらぬ対立に終止符を打つきっかけができた、ということなんだ。私はいま、真蔵さんを見舞って……」

ワンフロア上の病室を示すために、光吉は天井を指差した。

「もう、わだかまりの歴史はおしまいにしようと言うたんだ。真蔵さんは、高史君と同じように意識が朦朧として返事ができる状態ではなかったが、私は彼に話しかけた。おたがいに家にこだわってきた間違いは正そうじゃないか、とね。『濡髪家の殺人』とはよく言ったもんだ」

光吉は苦笑した。

「あの小説の最終回を読まずに済むのは、ありがたいこっちゃないのかね。人が家に負けるような終わりがきそうだったからね。これからは、家があっての人間ではなく、大切な家族があっての人間でいつづけたい。季絵、父さんはそういうふうに、さっき母さんと話したんだよ」

季絵は黙ってうなずいた。

涙がこぼれた。

「あ……」

家族のやりとりをそばで見ていた志垣が、ベッドのほうに目をやった。

「高史君が」

暮神高史が、いつのまにか目を開けていた。

「高史君」

季絵がまっさきに、その手を握った。

高史はなにも言わなかったが、その瞳にしっかりとした彼の理性が宿っているのを、季絵は確認した。

おたがいにつぎの屋根の葺き替えはもうない、と確信しながら、季絵は握った高史の手を、こんどは両手でやさしく包み込んだ。

あとがき　志垣警部＋和久井刑事　新シリーズスタート

本作『白川郷　濡髪家の殺人』は、温泉シリーズでおなじみの志垣警部と和久井刑事の新しいシリーズの第一弾である。従来の温泉シリーズはひきつづき実業之日本社のJOY NOVELSと実業之日本社文庫（二〇一〇年秋創刊）でお目にかけていくが、講談社ノベルスでは舞台設定を温泉にこだわらないというコンセプトで、志垣と和久井の活動範囲を広げることにした。

とはいっても、志垣警部と温泉は切っても切り離せない関係にあるので、本作では白川郷のそばにある平瀬温泉が登場するし（名前が似て、場所もそれほど離れていない奥飛驒に平湯温泉があるが、それとは別）、この新シリーズでも、これからも温泉地は出てくると思うが、あくまでそれは脇役。

今回の主役は、ユネスコ世界遺産に登録された白川郷と五箇山の合掌造り集落である。タイトルには白川郷のほうしか出てこないが、岐阜県の白川郷と富山県の五箇山は、その独特の茅葺き屋根構造と、それに伴う養蚕、塩硝づくり、そして茅葺き屋根を維持するための「結」のシステム（いずれも詳しくは本文参照）など、たんに家屋の特徴だけではない、家屋と生活が一体化したユニークさが、世界遺産登録の根拠となった。

　この合掌造り集落を舞台にしてミステリーを書こうと思ったとき、物語の構成で新しいテーマを自分に課した。本作の題名は『白川郷　濡髪家の殺人』だが、「○○家の殺人」という形式の題をもった推理小説は古今東西じつに数多く存在するが、その「○○家」という題が意味する要素は、おそらくふたつしかないと思う。ひとつは家系としての「○○家」である。そしてもうひとつは、家の間取りが密室殺人などに使われるという意味で、トリックの舞台装置としての「○○家」。

　本作でも、出だしは前者の「○○家」、つまり怨念に満ちた二大旧家の対立という、パターンにはまった（笑）構造が出てくる。ただしこれは二重構造になっていて、推理作家・夏川洋介が書く『濡髪家の殺人』という週刊誌の連載小説に出てくる濡髪家と水髪家の対立が、そのまま白川郷の旧家である暮神家と伊豆神家をモデルにしている、という設定だ。

　だが、そこまでは古典推理の王道をいっているが、そこに加えて本作では個別の「家」ではなく、世界遺産に登録された合掌造りという歴史的、文化的な「家」の構造が、悲劇の主役となって話が進んでいくというスタイルをとった。ここが新しいと思う。

それが明らかになっていくのは中盤以降だが、殺人事件に合掌造りの文化と家そのものの構造が密接に関与していくという点においては、白川郷を舞台に取り上げた「○○家の殺人」型ミステリーとしては、ひとつの挑戦に成功したのではないかと思っている。

さて、次回はどこへ行くか。今回に引きつづき「日本の世界遺産」という視点で舞台設定をすることも可能だし、合掌造りに焦点を当てたように、建物の文化的な構造に目を向ける方法もある。次回作のアイデアをじっくり練るというのも、ひとつの作品を脱稿したあとの大きな楽しみなのである。

二〇一〇年夏　吉村達也

解説

大多和伴彦
（文藝評論家）

吉村達也さん、長らくごぶさたしておりました。「そちら」の具合はいかがですか？

今年も、あなたが突然旅立たれた五月が来ました。

二〇一二年の五月十四日。

しばらく更新されていなかったご自分の公式ＨＰに突然、「そちら」へ向かわれたメッセージがアップされ——しかも、その宣言はまるで新たに着想を得た次回作準備のための取材旅行に出かける報告のような軽みをおびたものだったので、「こちら」に残された者たちは、まず戸惑い、そして、その後に襲ってくる大きな悲しみに呆然とし、でも、その後には、いかにも吉村さんらしい別れの挨拶に、あなたが作家としてはたいへん稀有なセルフ・プロデュースの力を持った方であったことを、あらためて思い知らされたものでした。

あなたをお見送りするセレモニーのこともつい昨日のことのように思い出されます。かなり広めの会場だったにもかかわらず、参列される方々が入りきれず建物の外まで長い行列ができてしまいましたっけ。

あれから六年——今年は、いわゆる七回忌になるのですね。

その間に「こちら」には、さまざまな変化がありました。

六年前の暮れには、一度は政権を放り出した宰相が返り咲き、現在四次内閣まで続く長期政権を維持し続けています。しかし、センスのないスローガンを掲げてぶち上げる経済改革も成功せず、国会はしばしば政（まつりごと）の本質から逸れた品性下劣な不祥事で滞る。その一方で、彼はこの国の根幹をなす世界でも珍しい平和憲法をあやういものに変えようとしている。

吉村さんも体験された未曾有（みぞう）の大地震と原発事故からの復興も遅々として進んでいませんし、にもかかわらず、二年後には「東京オリンピック」を真夏の真っ只中に開催しようとしています。その前には、天皇陛下の生前退位が行われ「平成」の世も幕を閉じようとしています。

視線を国外に向けてみれば、近隣の大陸や半島の国々の関係は劇的な変化を見せ、感動する瞬間がありつつも予断は許せない状況は続いています。

でも、明るいニュースもないわけではありません。二〇一六年のクリスマスの夜に、十四歳でプロ棋士デビュー戦に勝利。以後、あらゆる記録を塗り替えながら戦績を伸ばし、二年足らずのうちに六段まで駆け上がってしまった藤井聡太氏。初心者向けの将棋の駒を考案されたり、「作家」としては「小説」よりも「詰将棋」のほうがデビューは先であり、受賞歴もあった吉村さんは、どんな感慨を持たれていることだろうと、彼の快進撃の報を聞くたびに思っています。

迷走するこの国の行く末、予断を許さぬ世界情勢、その中でもほっとひと息つけるような明るい話題——今、かつてのように気軽にお電話できたならば、吉村さんにそれらのひとつひとつについて、冷静で切れ味鋭い考察をうかがうことも出来たのに、と感じることがしばしばです。そして、しばらくすれば必ず、それらの時代の動向や、忍び寄る気配を察知し、吉村流のアレンジを施した一級のエンターテインメント作品を見せてくれたはずなのに、と思ってしまうのです。

そんな中、今回、実業之日本社から文庫新刊として『白川郷　濡髪家の殺人』が上梓されることになりました。

本書は二〇一〇年八月に講談社ノベルスから「世界遺産シリーズ」スタート作品として刊行されたものでしたね。

数々のシリーズを並行して精力的な執筆活動を続けてきた吉村さんを一ファンとしても見守っていた私は、新たな鉱脈を発見されたなあ、とその時思ったものです。トータルで「温泉殺人事件シリーズ」という全国各地の名湯（＝名勝）を舞台にした作品群は二十七作品発表され、それらは私たちに、巧妙に仕掛けられたトリックと一瞬も緊張感の途切れることないサスペンスの虜にしながらも、同時に、叙情豊かな旅の風情も味わわせてくれるという、まことに良質で贅沢なシリーズでした。

その作品群の要となっていたのは、謎解き役の志垣警部と和久井刑事という名コンビの存在であることはいうまでもないのですが、彼らを「世界遺産」という新たなテーマの「ご当地」に配したとき、どのような趣が生まれるのか？――「場の力」とでもいうのでしょうか、温泉地を訪れたふたりの刑事は、いかに陰惨な連続殺人事件に遭遇しても、ともすると、まるで「掛け合い漫才」のような絶妙な間合いの軽妙洒脱な会話を繰り広げていました。そのスタンスが「普遍的な価値が有る遺跡や歴史的建造物、自然環境を人類全体の財産として保護する」制度によって選定された場所に赴いたときにどう変化するのかは大いに興味の湧く事柄でした。

もちろんそれ以前に、「世界遺産」に選ばれた土地や建物に対する人々の関心や注目度は、それこそ「世界」レベルで高まります。また、年を追うごとに新たな「遺産」が選ばれていく。つまり下世話な言い方をすれば、ネタはどんどん増えて行く。そういう場所を舞台にして吉村さんがどんな物語を紡ぎ続けていくのか――シリーズがスタートしたとき大げさな表現ではなく、私は胸躍る気持ちになったものでした。

本書をすでに読み終えられた読者は、志垣警部と和久井刑事のコンビの醸すムードが、「温泉殺人事件シリーズ」とはいくぶん異なっていたと感じられたかもしれません。以前吉村さんはこんな一文を書かれていましたね。

このふたりは情緒的なようでいて論理的であり、論理的なようでいて情緒的である。（中略）情緒と論理のどちらが欠けても「彼ららしくない」のである。

名コンビの「掛け合い漫才的」な会話が本作では少なめなのは、彼らの「論理的」な側面の比率が多かったからなのでしょう。

先祖代々守り続けられてきた合掌作りの家が残る村で起こる連続猟奇殺人事件を描いたミステリの連載中止を求める血判状が作者の元に届くところからスタートする本作は、その小説が連載されている週刊誌の担当編集者が首を切断された死体として発見されるという惨劇へと展開していきます。

頭部が見つかったのは多摩川の河原、そして胴体は小説のモデルとなった白川郷で発見されるという設定は、まがまがしくも犯人がなぜそのような殺害方法と死体を弄（もてあそ）ばねばならなかったのかという大きな謎として物語の最後まで読者の関心を引きつけて離しません。

実は、最初にこの作品を読みだしたときに私には、小さな不安がありました。

それは、作中作である「濡髪家の殺人」が舞台を曖昧にしているにせよ、旧家同士の確執による連続殺人を描き、そのモデルとなった土地にも同様の因習でがんじがらめになりながら対立する旧家があって、その人々による陰惨な悲劇が始まってしまいそうな気配がしたからです。もしそうなれば、本作自体が舞台として白川郷・五箇山を描く中で、現実のふたつの場所での災厄をフィクションとはいえ綴ることは、実際にそこに暮らす人々にとって不愉快なものになってしまう恐れはないだろうか、ということでした。

　しかし、それは私の杞憂に過ぎませんでした。たしかに物語は連続殺人事件へと展開していきますが、それは、私の危惧を見透かしたかのように鮮やかに別の広がりを見せ、かといって伝統が伝統であるために生み出してしまう悲劇をきちんと描いていた。私は早とちりを恥ずかしく思いました。

　執筆前には舞台となる土地へ赴き入念な取材をされていた吉村さんならではの、風景描写も冴え渡っていますが、本書三百二十ページあたりからの惨劇シーンは、現地に足を運ばねば絶対に描けなかったものでしょう。これほど残虐で、しかし、同時にそこに「美しさ」を醸し出すことができる作家は、吉村さんが唯一無二だと思ったものです。

　吉村さんは「こちら」においでの間は、自作文庫化に際して、他人の解説を入れず、ご自身による「取材リポート」を巻末に添えることがほとんどでしたね。本書でも

「〇〇家」という概念が持つふたつの側面について簡にして要を得た筆致で綴られていた。それを表現しようとした目論見は完璧に成功していたと改めて感じましたし、このような文章を書かれてしまってはヘタな解説などは吉村さんには無用だったのだとあらためて思いました。

ご存知ないかも知れませんが、本書に続く「世界遺産シリーズ」第二弾『原爆ドーム０（ゼロ）磁場の殺人』は、この夏、この本と同じ実業之日本社から文庫化されることになっています。また、二〇一六年からは吉村さんの作品のテレビドラマ化が続いています。「温泉殺人事件シリーズ」は片岡鶴太郎の主演で三作、あなたの生み出した名探偵キャラ「ミステリー作家　朝比奈耕作」を主人公にした「惨劇の村」シリーズが二作、『鳥啼村の惨劇』までオンエアされました。こちらの主演は小泉孝太郎です。

まだ続く作品の文庫化、そして、映像化によって、あなたのあらたなファンが生まれてくることでしょう。

だから吉村さん。

あなたは、私たちの心の中では、まだまだ「こちら」の人のままなんですよ。

二〇一八年五月十四日

二〇一〇年八月　講談社ノベルス刊

本作はフィクションであり、実在の個人・団体・事件とは一切関係ありません。（編集部）

実業之日本社文庫　最新刊

赤川次郎
演じられた花嫁
カーテンコールで感動的なプロポーズ、でも……ハッピーエンドが悲劇の始まり!? 大学生・亜由美に事件はおまかせ! 大人気ミステリー。(解説・千街晶之)
あ1 15

今野 敏
男たちのワイングラス
酒の数だけ事件がある——茶道の師範である「私」が通うバーから始まる8つのミステリー。『マティーニに懺悔を』を原題に戻して刊行!(解説・関口苑生)
こ2 12

知念実希人
リアルフェイス
天才美容外科医・柊貴之。金さえ積めばどんな要望にも応える彼の元に、奇妙な依頼が舞い込む。さらに整形美女連続殺人事件の謎が…。予測不能サスペンス。
ち1 3

名取佐和子
逃がし屋トナカイ
主婦もヤクザもアイドルも、誰でも逃げたい時がある——。「ワケアリ」の方、ぜひご依頼を。注目の気鋭が放つ不器用バディ×ほろ苦ハードボイルド小説!
な6 1

西村京太郎
十津川警部　北陸新幹線殺人事件
北陸新幹線開業日の一番列車でなぜ男は狙われたのか——手がかりは太平洋戦争の戦地からの手紙に!? 十津川警部、金沢&マニラへ!(解説・小梛治宣)
に1 18

葉月奏太
しっぽり商店街
目覚めると病院のベッドにいた。記憶の一部を失っていた。小料理屋の女将、八百屋の奥さんなど、美女と会うたび、記憶が甦り…ほっこり系官能の新境地!
は6 5

山口恵以子
工場のおばちゃん　あしたの朝子
突然、下町の鉄工場へ嫁いだ朝子。舅との確執、夫の不倫、愛人との闘いなど、難題を乗り越えていく。著者が母をモデルに描く自伝的小説。母と娘の感動長編!!
や7 1

吉村達也
白川郷　濡髪家の殺人
週刊誌編集者が惨殺された。生首は東京で、胴体は五百キロ離れた白川郷で発見されるが……猟奇事件の背後で蠢く驚愕の真相とは!?(解説・大多和伴彦)
よ1 9

実業之日本社文庫 よ19

白川郷(しらかわごう)　濡髪家(ぬれがみけ)の殺人(さつじん)

2018年6月15日　初版第1刷発行

著　者　吉村達也(よしむらたつや)

発行者　岩野裕一
発行所　株式会社実業之日本社
〒153-0044　東京都目黒区大橋 1-5-1
クロスエアタワー8階
電話 [編集]03(6809)0473 [販売]03(6809)0495
ホームページ http://www.j-n.co.jp/
印刷所　大日本印刷株式会社
製本所　大日本印刷株式会社

フォーマットデザイン　鈴木正道(Suzuki Design)

ISBN978-4-408-55425-9（第二文芸）